La magia di Galena

di
Federica Martina

di Federica Martina

Opera letteraria riservata
La magia di Galena
Copyrights ©Federica Martina Maggio 2017

Tutti i diritti sono riservati. Ogni riproduzione dell'opera, anche parziale, è vietata. Questa è una storia di fantasia. Nomi, personaggi, luoghi, ed eventi narrati sono il frutto dell'immaginazione dell'autrice o sono usati in maniera fittizia. Qualsiasi somiglianza con persone reali, viventi o defunte, eventi o luoghi esistenti è da ritenersi puramente casuale.

Questo libro contiene materiale protetto da copyright e non può essere copiato, riprodotto, trasferito, distribuito, usato in modo pubblico o utilizzato in alcun altro modo fatta eccezione di quanto è stato specificatamente autorizzato dall'autrice, ai termini e alle condizioni alle quali è stato acquistato o da quanto esplicitamente previsto dalla legge applicabile. (Legge 633/1941).

Per contattare l'autrice, potete cercare la pagina Facebook: Federica Martina Autrice.

Progetto grafico a cura di Winterly graphic covers and design.

ISBN: 9781521317297

© Tutti i diritti riservati / All rights reserved
Federica Martina 2017

La magia
di
Galena

Ci lasceremo alla stagion dei fiori.
Cit. La Bohème, atto III

di Federica Martina

La magia di Galena

Prologo

Il rumore ritmico del treno, la cui locomotiva imboccava il ponte, scandiva i battiti del suo cuore in tempesta. Nemmeno nel peggiore degli incubi aveva immaginato di essere costretta a compiere quel passo: abbandonare in piena notte Caen e la sua famiglia, con solo un baule come corredo; eppure sapeva fin troppo bene di essere stata lei a sfidare la madre, chiedendo alla veggente di leggere il loro futuro.

La colpa era solo sua se la strega aveva toccato le loro mani e si era rabbuiata di colpo. Quel viso rugoso era diventato una maschera cinerea e l'aria nella stanza si era fatta pesante.

L'odore d'incenso, mischiato a quello del tabacco nell'alito della donna, aveva stordito e nauseato la ragazza che, per rispetto, non aveva voluto farlo notare alla madre e alla donna.

Sua madre l'aveva pregata di uscire, di non ascoltare il responso, ma invano. Galena, da sempre curiosa, spavalda e intraprendente, non si era mai tirata indietro di fronte agli ostacoli e non lo aveva fatto neanche quella sera.

Il rumore del vento che sferzava la carrozza si fece feroce, come l'ululato di un lupo famelico in cerca di nuove prede. Il treno transitava veloce sul ponte centenario che univa le due sponde del fiume e che segnava il confine del mondo che lei conosceva. Per Galena, oltre quella linea invisibile, c'era solo l'ignoto e la solitudine, il passo finale verso il suo domani, cupo e nero come la notte calata su Caen.

Una lacrima le scivolò lungo la guancia. La asciugò lesta con una mano poi, con un sospiro, allungò le dita tremolanti verso il gelido finestrino e le appoggiò sulla superficie trasparente. I suoi occhi erano pozzi di dolore e rimpianto. Aveva passato la giornata a piangere disperata e a chiedere

di Federica Martina

consiglio a sua nonna, ma senza effetto. Nemmeno l'anziana era riuscita a fare qualcosa: la sua nipotina, il gioiello della loro casata, era stata maledetta. Tutta la magia conosciuta non avrebbe potuto salvarla dal destino che le era stato predetto.

Galena era incredula, aveva solo voluto divertirsi alla fiera del paese, rivedere i suoi concittadini, parlare con le sue amiche e bere sidro tutte insieme.

Lei amava quegli eventi: il piccolo paesino si colorava di lanterne variopinte, si accendeva di luci bianche e gialle, nell'aria risuonavano le risate e ovunque aleggiava il profumo delle crêpes dolci.

Solo nel periodo natalizio Caen era più addobbata e festosa.

Galena si era preparata per giorni a quella festa. Aveva scelto il suo vestito più bello e, presa dall'euforia del momento, non aveva preso in considerazione l'idea che qualcosa potesse andare storto.

Volteggiando davanti allo specchio, aveva sognato di passeggiare vicino al gazebo o di voltare gli occhi, durante le danze, e di vedere tra i ballerini l'uomo più bello del mondo; in quell'istante si sarebbero scambiati lo sguardo più intenso di sempre e lui non avrebbe resistito alla sua bellezza naturale e fresca.

Galena fantasticava sull'amore, quello che ti fa smettere di dormire e di mangiare. Era l'unico sentimento di cui sentiva la mancanza.

Con un nodo alla gola distolse l'attenzione dai ricordi della notte precedente. La sua carrozza si trovava quasi a metà del ponte scricchiolante e presto sarebbe tornata sulla terraferma, dove lei sarebbe stata, per la prima volta, sola.

Un singhiozzo le sfuggì dalle labbra e tentò di mascherarlo chiudendosi la bocca con le mani: non voleva svegliare l'unico altro passeggero del piccolo vagone.

All'esterno, la notte sembrava una distesa nera che inghiottiva tutto. Dal finestrino, Galena, non distingueva più

La magia di Galena

nulla dei luoghi che racchiudevano i ricordi di un'infanzia felice. L'unica cosa che intravvedeva erano le assi di legno delle pareti esterne del ponte sospeso.

Fu con crescente terrore che rivide, come riflesso nel vetro, il volto della veggente annunciarle il peggio: se entro l'anno della sua maturità Galena non avesse lasciato Caen, la sua famiglia sarebbe stata ingurgitata dal Demonio, il male avrebbe sterminato tutti e dal sangue versato sarebbe nata la peggiore di tutte le sofferenze.

Galena non ci aveva creduto, aveva riso di quelle parole, ma la vecchia aveva alzato un sopracciglio disegnato e le aveva porto un mazzo di tarocchi.

«Scegli tu stessa il tuo destino, bambina, se non credi a quello che ti dico!» le aveva detto con voce raschiante e secca.

Sua madre l'aveva tirata indietro, ammonendola di non prendersi gioco della magia perché, anche se all'apparenza quello sembrava il banale banchetto di una vecchina che leggeva la mano ai turisti creduloni, c'era sempre un fondo di verità.

La donna l'aveva guardata e Galena aveva scosso le ciocche bionde che le erano sfuggite dalla lunga treccia. «Non ti preoccupare, mamma. Vedrai che non è nulla!» le aveva risposto, sfiorando la mano piena di anelli della strega. Ogni dito aveva una pietra di colore diverso: giallo, verde, rosso e nero, sotto le quali spuntavano i tatuaggi delle zingare. Era di certo una donna appariscente: aveva così tanti capelli da riempire il turbante, da cui fuoriuscivano a ciuffi; al collo portava innumerevoli collane; Galena non capiva dove finisse la veste e iniziassero i monili. La cosa più spaventosa della donna erano i suoi occhi: nerissimi, contornati da trucco scuro e sbavato.

Alla fine Galena aveva estratto una carta dal mazzo e la cartomante l'aveva girata sul tavolo. L'immagine davanti agli

di Federica Martina

occhi della ragazza era mutata: il volto dai tratti consunti prese le sue sembianze e le rivolse un sorriso.

Brividi di terrore l'avevano percorsa, così si era alzata di scatto ed era corsa via, mentre la veggente rideva in modo raccapricciante.

Quella carta, la Morte, le tornò alla mente, sovrapponendosi al paesaggio che scorreva fuori dal finestrino. L'uomo, suo unico compagno di viaggio, continuava a russare, incurante di lei che tremava nel buio.

In sella al cavallo con il muso squartato, lo scheletro con la falce sorrideva arrogante, mentre il suo mantello, di un abbagliante colore rosso, lo stesso del sangue sulla lama, svolazzava. La Morte aveva puntato i suoi occhi vuoti su di lei e decretato il suo futuro.

Innervosita da quella visione Galena torturò, per l'ennesima volta, il piccolo fiore con cui aveva chiuso la treccia.

Prima di salire sul vagone, nel lasciare il baule in un vano bagagli, aveva visto dondolare tra le crepe del selciato un fiorellino violaceo, dalle foglioline sottili, che era nato da un minuscolo cespuglio d'erba. Galena aveva raccolto il piccolo fiore di amello e ora ne stava accarezzando i petali con il cuore spezzato, la sua testa era lontana da quel treno che la stava portando oltre il ponte, via dalla sua casa.

Vide il limite del ponte avanzare rapido, quasi andarle incontro, insieme al cartello che delimitava la fine di Caen.

Il bianco del segnale la colpì, non tanto per la sua lucentezza, quanto per la sagoma nera che vi stazionava davanti: era allungata, immobile e anonima. Sembrava qualcuno in attesa. La sensazione che aspettasse proprio lei le fece venire i brividi.

Il giorno seguente sarebbe stato il suo compleanno e la maledizione parlava chiaro: aveva poche ore per lasciare la sua famiglia, doveva essere lontana dai suoi affetti prima che scoccasse la mezzanotte.

La magia di Galena

Quella figura, quindi, le fece temere il peggio: pensò che fosse lì per fermarla, per dare inizio alla maledizione e di aver commesso un errore fuggendo di casa. La paura le chiuse la gola.

Senza che la presenza facesse un movimento percepibile, una luce azzurra e impalpabile iniziò a strisciare sul terreno fino alle assi del ponte. Sotto gli occhi di Galena, la massa fluorescente avvolse la costruzione. L'intensità del suo bagliore aumentò fino a illuminare la notte. Fu a quel punto che la ragazza poté scorgere, da sotto il cappuccio scuro, lineamenti simili ai suoi e una lunga treccia identica alla propria. Ebbe appena il tempo di riconoscere la donna, sua madre, che lei alzò le mani e si tolse l'indumento dal capo, scoprendo un viso tirato dal dolore, ma senza lacrime.

La luminescenza che la avvolgeva si dischiuse e rivelò la magia: un rampicante con piccole foglie verdi e fiorellini di potentilla costruì un ponte magico sopra a quello esistente, strappando, per il dolore, l'ultimo pezzettino di cuore a Galena.

La ragazza chiuse gli occhi, cercando di scacciare le lacrime, e, nell'accarezzare la piccola margherita tra i suoi capelli, recitò la formula che le aveva insegnato la nonna. Bastò un battito di ciglia perché in mezzo alla potentilla cominciassero a crescere fiori di amello, che dal ponte giunsero fino ai piedi della madre.

Nonostante gli sforzi, lacrime calde le rigarono il viso e le appesantirono il cuore; Galena appoggiò la mano sul vetro e la donna alzò la sua, per un ultimo saluto. Poi il vagone passò oltre il ponte e a Galena sembrò di aver impattato con l'intero corpo contro una parete invisibile. Le parve di soffocare, di essere più pesante e che muoversi fosse più difficile, ma tutto durò solo qualche secondo, poi sparì: ora era nel mondo, da sola. La sua prossima tappa sarebbe stata la Scozia.

di Federica Martina

Capitolo Uno
"Signorina girasole"

Nell'istante in cui un raggio di sole attraversò prima il vetro trasparente della finestra e poi il vaso di cristallo sul davanzale, dando vita a un arcobaleno di colori sul pavimento,, catturò l'attenzione della ragazza per strapparle un sorriso. Fu in quel momento che Galena si sentì a casa per la prima volta dopo mesi.

Era arrivata nel porto dell'isola solo il giorno prima e, dopo numerose domande, era stata indirizzata verso l'unico proprietario di un furgoncino abbastanza capiente da poter trasportare tutte le sue cose.

Gli ultimi scatoloni erano accatastati in un angolo del negozio, attendendo di essere sistemati: alcuni erano già aperti, altri giacevano ancora ben chiusi con il grosso e anonimo scotch da pacchi.

L'aria della piccola entrata della bottega era pervasa dal profumo dei fiori e si mischiava al calore di quell'estate quasi conclusa e alla tipica fragranza dell'oceano.

Dopo ore di lavoro si decise a uscire nel piccolo giardino davanti al negozio e a concedersi un respiro profondo che sapeva di mare e fiori appena sbocciati, stiracchiandosi un po'.

Non poteva chiedere di meglio in quel momento: il sole le scaldava le guance e il profumo le solleticava le narici. Quelle sensazioni le erano mancate moltissimo durante il suo lungo e difficile viaggio che l'aveva condotta fin lì.

Il ragazzo che la stava aiutando non dimostrava molti più anni di lei, aveva la pelle abbronzata dal sole del porto e un ciuffo ribelle di capelli castani. Quando Galena si avvicinò al

La magia di Galena

camioncino, lui tornò verso l'entrata del negozietto aspettando di essere pagato.

Galena rientrò a sua volta, adagiò sul ripiano di marmo del bancone il grosso tomo che reggeva tra le braccia, estrasse dal borsellino, che custodiva nel cassetto centrale, i soldi pattuiti e glieli porse con gentilezza.

«Porta fortuna, sa?» la voce profonda e da uomo adulto del giovane la riportò alla realtà.

«Cosa?» gli chiese, scostando con un gesto timido una ciocca sfuggita dalla treccia e incastrandola dietro il grosso fiore che portava all'orecchio.

Come risposta alla sua domanda, Sebastian indicò con un cenno della testa il pavimento e l'arcobaleno.

È un gran bel ragazzo, pensò Galena, osservando i lineamenti scolpiti del suo viso e l'agilità con cui si muoveva, mentre, con le mani, stirava la maglietta bianca sgualcita dal lavoro al porto.

Lui prese i soldi, mettendoli nella tasca dei jeans scoloriti, e le sorrise con distaccata gentilezza.

«Grazie Sebastian» gli disse a quel punto, consapevole che essere l'ultima arrivata su una piccola isola non avrebbe semplificato il suo inserimento nella comunità, ma lei contava di conquistare tutti con un sorriso e la sua passione per i fiori. La natura l'avrebbe di sicuro aiutata; il cuore aveva cantato di felicità quando era scesa dalla nave e aveva respirato, per la prima volta, l'odore dell'isola. Un buonissimo presagio.

«Prego signorina dei girasoli» scherzò il giovane.

Gli sorrise in risposta, divertita nel sentire quel nomignolo affibbiatole da uno degli scaricatori appena era sbarcata sul porticciolo dell'isola. Quando il giorno prima il capitano le aveva annunciato l'attracco all'isola, Galena aveva scelto con accortezza un abito bianco legato dietro al collo. Era fresco ed estivo, con stampati grandi fiori giallo scuro dal centro nero, e

di Federica Martina

lo aveva abbinato a uno nei capelli di plastica che si trovano nei mercatini rionali.

Sapeva che il significato di quel fiore grande e profumato era di buon auspicio, ecco perché lo aveva scelto come portafortuna per quella giornata.

«Se le servisse altro, Miss Lirhon, mi cerchi al molo. Chieda di Sebastian e chiunque saprà indicarle dove trovarmi».

Galena annuì e il ragazzo, con un inchino a mezzo busto e un sorriso, uscì dalla porta principale, fischiettando.

«Va bene, grazie» rispose alla fine, guardando il giovane salutarla alzando una mano, mentre chiudeva il minuscolo cancello che si affacciava sulla strada principale e sulla grande piazza del centro cittadino. Rimasta sola, Galena respirò il profumo di legno verniciato, dei fiori secchi e del sole che aleggiava nell'aria: quello sarebbe stato l'odore della sua nuova vita e della libertà che aveva conquistato andando ad abitare lì, sull'isola di Skye.

La magia di Galena

Capitolo Due
"Un appuntamento importante"

Una settimana dopo l'arrivo sull'isola, Galena si era sentita pronta per aprire il suo angolo magico al profumo di fiori.
La festa per celebrare l'evento risultò faticosa: la ragazza aveva impiegato tutta l'allegria e la sua fantasia per organizzarla. Molti erano stati i curiosi, ma pochi, purtroppo, avevano varcato la soglia del negozio. Ciò le aveva lasciato un po' di amarezza. Una delle poche signore che erano entrate, se ne era accorta, le si era avvicinata e le aveva mormorato: «Non è colpa tua, piccola cara. Sei nuova, non conosci le nostre usanze. Qui a Skye non si fa nulla senza il permesso del signor sindaco».

Galena, rimasta interdetta da quel commento, si era subito messa all'opera per rimediare.

Adesso che la facciata della sua nuova casa, imbiancata di fresco, spiccava sul prato, i primi bulbi giacevano nei loro piccoli scomparti, pronti per essere piantati nella terra, e le pareti gialle donavano luce all'interno del negozio, Galena aveva telefonato in municipio e chiesto di essere ricevuta dall'uomo più importante della città. L'appuntamento, con sua grande meraviglia, venne fissato per il giorno successivo.

Per lei si trattava di un impegno importante: doveva rimediare alla brutta figura del giorno precedente. Decise che per andare al primo appuntamento ufficiale della vita, sarebbe uscita con il suo miglior sorriso: quel pomeriggio, infatti, avrebbe conosciuto il sindaco Addams.

di Federica Martina

Galena, pronta a fare un'ottima impressione, aveva passato l'intera mattinata a pensare e rimuginare su quale sarebbe stato il miglior omaggio da donare al sindaco, a quale abito indossare, se fosse più saggio portare qualcosa da mangiare oppure no... mille dubbi l'avevano resa un po' nervosa. Alla fine aveva optato per presentarsi con semplicità e garbo, così come voleva sembrare a tutti gli abitanti dell'isola. Se sua madre fosse stata con lei in quel momento, pensò a un certo punto, le avrebbe consigliato di essere il più naturale possibile. Le era parso anche di udire la sua voce mentre finiva di vestirsi.
«Sii sempre te stessa» le avrebbe mormorato dopo una carezza.

Tutto quello, però, era successo prima che Galena varcasse il grande portone di legno della magione del signor Addams.
Superato l'imponente porta e venendo scortata nello studio privato da una cameriera, la sua sicurezza vacillò.
Per calmare l'agitazione, Galena chiuse gli occhi e fece un respiro profondo, poi alzò un pugno per bussare al battente dell'ufficio. L'uscio era chiuso. In modo del tutto involontario, per darsi coraggio la ragazza strinse forte i fiori al petto, infine, non prima di aver ricevuto risposta dall'altra parte, abbassò la maniglia d'oro e fece il primo passo dentro lo studio privato del sindaco.
Dall'immensa vetrata che illuminava la stanza filtrava la luce del tramonto. I pesanti tendaggi scuri davano un tocco regale all'ambiente, ma ciò che la colpì di più fu la grandezza della scrivania dietro cui sedeva l'uomo. Era così grande che, con molta probabilità, non sarebbe nemmeno entrata nel suo negozio e, ai suoi lati, messi in bella mostra, due leoni intagliati nel legno che parevano vivi tanto erano grandi.
L'uomo, accomodato dietro l'imponente tavolo, non passava certo inosservato: aveva i capelli grigi, molto ben curati e

La magia di Galena

portati corti, la postura un po' curva non intaccava l'immagine di importanza e lo sguardo, incorniciato da rughe che davano a Galena l'idea che fosse di mezz'età, era il più serio che avesse mai visto. La barba bianchissima e le spesse lenti appese al collo, insieme alle mani magre e macchiate, le diedero un'altra impressione: sembravano le caratteristiche di un gentile nonno che abitava in campagna, non certo quelle di un'importantissima figura di potere.

Si trattava di un personaggio che metteva soggezione e, a primo impatto, Galena si pentì della brutta figura del giorno prima; adesso aveva il timore che l'uomo l'avrebbe mal tollerata.

Si sentì molto in imbarazzo con quel mazzo di fiori in mano e, credendo di aver commesso un grosso sbaglio, cercò una scusa per andarsene. Pensava di tornare con un dono più pregiato, magari qualcosa di valore per riparare allo sgarbo, ma non fece in tempo: l'uomo si alzò e fece il giro della scrivania.

«Buongiorno, mia cara!» la salutò con voce decisa e gentile.

Usando un bastone per camminare, le andò incontro con un sorriso caloroso e amabile dipinto sul volto.

Galena si sentì pervadere da un senso di calore e benessere non appena ne percepì l'animo buono. Era anziano e particolare come persona ma, sebbene sembrasse molto potente, emanava benevolenza e cortesia. Lo si poteva percepire dall'aura che lo circondava.

La ragazza sorrise pensando come tutto, in quella casa, fosse particolare: i giardini immensi, il colonnato e anche la bellissima e gelida moglie che le aveva aperto la porta.

Niente sembrava pacchiano od ostentato, ogni cosa era collocata e sistemata per rendere tutta quella grande magione un luogo di forza e potere.

«Alla fine conosco la famosa Miss Lirhon».

Con quel commento il sindaco la riportò al presente. Le indicò con cortesia una poltroncina e le fece intuire che poteva

di Federica Martina

accomodarsi, poi si sedette a sua volta in una poltrona gemella, posta davanti alla scrivania, e allungò una mano. Galena gliela strinse con gentilezza. La paura e il nervosismo per l'appuntamento svanirono in quell'esatto momento, come se quella stretta le avesse infuso calma e tranquillità in tutto il corpo.

«Il piacere è mio signor Addams!» asserì non appena furono seduti entrambi e, per una volta, quella frase non era mera circostanza ma rappresentava la verità.

«Oh, per favore cara. Sono un vecchio sindaco di una piccola isola, chiamami pure Jeremya».

Galena annuì porgendogli la composizione di fiori che aveva con sé, mentre un sorriso si fece largo sul viso dell'uomo in modo del tutto naturale.

«Questi sono per lei, Jeremya. Sono i primi fiori che mi sono giunti dal continente» con garbo la ragazza si sporse fino a depositarli proprio tra le mani dell'uomo, che li strinse con delicatezza, portandoli al naso per percepirne il profumo intenso.

Appoggiò i boccioli candidi sul ripiano della scrivania osservando come i piccoli petali concentrici catturassero la luce esterna e risplendessero anche di quella propria.

«Sono un piccolo omaggio per rimediare al fatto di non averle consegnato un invito per l'inaugurazione. Giusto ieri ho aperto qui sull'isola un negozio di fiori, in piazza, e lei è invitato a venire ogni qualvolta ne avesse desiderio».

Galena sperò che il sindaco non pensasse male di lei per quelle parole quasi balbettate ma, d'improvviso, il discorso che si era preparata era svanito. Tutta la sua attenzione era attirata da quell'anziano personaggio dall'aspetto così ambiguo.

«Camelie. Un pensiero molto gentile da parte tua, cara! Mia moglie Juliet li apprezzerà, lei ama davvero molto i fiori» disse Jeremya, chiamando la cameriera con un piccolo campanello che stava sul bordo della grande scrivania di fronte a lui.

La magia di Galena

Galena trovò curiosa la seconda parte di quello che le disse il sindaco; tutto avrebbe pensato della fredda e giovane donna che l'aveva accolta nell'ampio salone, ma non che amasse i fiori, semmai che adorasse i veleni e le pozioni o gli strumenti di tortura medievale.

La cameriera entrò e, con mani esperte, sistemò i fiori in un bellissimo vaso, poi uscì silenziosamente, lasciando Galena e il sindaco da soli. Jeremya si allungò per ammirare da vicino le camelie bianche e rivolse a Galena il sorriso più caldo e amichevole di cui fu capace.

«Sei davvero una giovane donna molto bella ed educata, sono felice che tu abbia scelto Skye come tua dimora».

Galena arrossì, sorpresa da quelle parole. «Mi deve credere, Jeremya, è stata Skye a scegliere me, non viceversa» accennò, dato che non sapeva trovare le parole adatte a raccontare come fosse finita lì. Nemmeno lei ricordava bene come fosse successo. Era stato quasi come se di notte una magia l'avesse chiamata e le avesse messo in mano la cartina dell'isola con l'annuncio di quel negozio in affitto a un prezzo così basso.

Jeremya non le chiese altro, annuendo e agitando la mano in aria come a dirle che capiva, mentre si lasciava sprofondare nella grossa poltrona.

«Oh! Credimi cara, non sei la prima che lo dice» mormorò quasi come se stesse parlando tra sé. Poi, d'improvviso, si tirò di nuovo dritto a sedere. «Ma ora basta perdere tempo in chiacchiere, mia piccola Galena, il tuo magico retaggio ti precede. Dimmi, hai portato con te il libro? È druidico, vero?»

Galena quasi si soffocò da sola, per la sorpresa. «Come fa a sapere del mio grimorio?» avvampò, sentendosi messa alle strette e chiedendosi se fosse possibile che quell'uomo apparisse tutto l'opposto di quello che, in realtà, era.

«Sono vecchio, certo, ma ho ancora i miei assi nella manica» nel parlarle, Jeremya aprì un cassetto e ne estrasse un

di Federica Martina

libro rilegato in pelle, identico a quello della ragazza ma più sottile e molto più vecchio.

«Siete anche voi un druido?» quelle parole le sfuggirono, incredule, dalle labbra.

L'uomo scoppiò a ridere e scosse il capo: «No, mi sarebbe piaciuto, ma il destino ha voluto altro per me. Sono solo un apprendista di Merlino, era lui il druido della coppia».

In Galena il senso di ammirazione crebbe insieme allo stupore.

Ma quanti anni ha quest'uomo?

La magia di Galena

Capitolo Tre
"Una telefonata dal passato"

Qualche giorno dopo la visita dal sindaco Addams, Galena si era destata molto presto. Una sensazione strana l'aveva svegliata all'alba. Nemmeno bere un tè alle erbe calmanti, respirare a fondo e farsi una doccia bollente le aveva tolto di dosso la sgradevole impressione che qualcosa non stesse andando nel verso giusto.

Fu scendendo al piano inferiore che quel presentimento divenne certezza.

Uscendo per aprire le persiane della finestrella sul retro, la pelle le aveva formicolato, come percorsa da centinaia di zampette invisibili.

Cosa starà accadendo?

L'aria, vicino alla piccola serra, aveva un odore strano che, arrivata sul prato per salutare il sole che sorge, le punzecchiava le narici. Poi lo sentì: dalle montagne a nord soffiava un vento freddo di tempesta.

Poco dopo, seduta sull'alto sgabello e intenta a prepararsi della frutta per colazione, le vennero i brividi nel lasciar vagare lo sguardo oltre la finestra che dava sulla piazzetta centrale deserta.

Tremando di freddo, si strinse lo scialle attorno alle spalle e mise un ceppo più grosso nella stufa su cui stava bollendo dell'altra tisana.

Grossi nuvoloni grigi, spuntati dal nulla, oscurarono l'orizzonte; nonostante le finestre ben chiuse poteva sentire, in lontananza, lo sciabordio delle onde riversarsi sull'isola come alti cavalloni sulla spiaggia.

di Federica Martina

Un impulso la spinse a non aprire gli infissi, così si limitò a girare il cartello poggiato sul vetro della porta per segnalare l'apertura del negozio.

Dopo quasi un'ora, mentre Galena leggeva il grimorio, con poca attenzione, seduta al bancone con una tazza di tè fumante accanto e la radio a volume basso in sottofondo, la campanella della porta trillò. Il suono la colse alla sprovvista facendola saltare dritta in piedi ma, quando vide il sorriso sbruffone di uno dei portuali conosciuto al suo arrivo, si tranquillizzò.

Chiuse con un tonfo il librone e sfoderò un grande sorriso di benvenuto al suo primo cliente della giornata, avendo riconosciuto Little Boyd.

Il portuale entrò con fare titubante. Quell'atteggiamento parve alquanto inusuale alla ragazza per un omone grosso come un armadio.

«Miss Lirhon, ho una consegna per lei» il giovane le porse il foglietto da firmare e attese che lo leggesse, prima di uscire a prendere il pacco.

Boyd era uno dei ragazzi di Sebastian. Lavorava allo scarico delle merci e, siccome era il più giovane della squadra, veniva mandato anche ad adempiere ai compiti di corriere espresso.

«Non aspettavo consegne oggi...» disse Galena, preoccupata che la stesse confondendo con un'altra persona o, peggio, che avesse sbagliato lei. Con prontezza la ragazza riportò alla memoria le telefonate dei giorni precedenti, mentre controllava l'agenda e camminava intorno al ripiano di legno per andare a vedere dalla porta di cosa si trattasse.

La pagina bianca del registro testimoniava che, per quel giorno, non aspettava nessun pacco. Non si era sbagliata. Notò che non vi erano consegne previste nemmeno per i prossimi quindi, perplessa, aspettò il ritorno di Boyd.

Solo quando il giovane tornò con le braccia ingombre di un enorme mazzo di fiordalisi bianchissimi, comprese all'istante che non si trattava di un errore.

La magia di Galena

Il ragazzo li appoggiò sul bancone mentre lei tornava al suo posto.

«Sì, non si tratta di una consegna per il negozio, Miss. È da un vostro ammiratore segreto. Un fidanzato lontano, magari?».

Galena rabbrividì al solo pensiero di una simile eventualità; Boyd era simpatico e curioso, una volta superata la sua diffidenza iniziale, così lei si limitò a scuotere la testa. «No, è solo un vecchio amico» precisò più a se stessa che al giovane corriere, accompagnandolo alla porta.

La brutta sensazione di quella mattina, divenuta più reale con quei fiori, la rese circospetta quando il furgoncino delle consegne ripartì e la lasciò sola.

Alzando gli occhi osservò, con preoccupazione crescente, il cielo plumbeo e la città deserta.

Tornò dentro, prese un vaso e mise i fiori nell'acqua poi, sentendo un brivido gelato percorrerle le membra, s'infilò un golf più pesante, chiuse a chiave la porta del negozio e sbarrò la finestra. In quel momento il telefono squillò.

«Pronto?» rispose con il massimo della gentilezza che le riuscì.

«Ti sono piaciuti i fiori, *ma chérie?*».

Un tremito di paura le corse lungo la schiena nell'udire il timbro viscido di quella voce familiare. I suoi sospetti vennero confermati da quel detestabile nomignolo e quell'accento spavaldo.

«Come hai fatto a trovarmi Deavon? Nessuno sa dove sono, maledizione!» Galena cercò di stare calma, sapendo che il suo interlocutore percepiva le emozioni come se gli fosse stato davanti. Non voleva fargli capire che la spaventava a morte, ma nel percepire la sua risata divertita non si trattenne.

«Galena, dopo quella notte io e te siamo una cosa sola. Il destino ci ha uniti per sempre, non puoi negare l'evidenza. Smettila di scappare, so sempre dove sei: sono uno stregone,

di Federica Martina

non scordartelo. Trovo sempre il modo per trovare chi voglio…
e adesso io voglio te».

Galena represse un singhiozzo, guardandosi intorno per avere la certezza di essere sola.

Deavon era stato il suo primo sbaglio di gioventù. L'estate precedente, inesperta e innocente ragazzina in cerca del vero amore, si era lasciata sedurre dalle sue parole lusinghiere e si era concessa a lui, credendo, in buona fede, che le sue azioni fossero guidate da un sentimento buono.

La storia, durata anche più di quanto lei si era ripromessa, era finita quando Galena aveva scoperto quanto il ragazzo, suo coetaneo, fosse abile con le parole, falso e menzognero; così, non solo lo aveva cacciato via, ma aveva giurato di non fare mai più uno sbaglio simile.

E ora lui sapeva dove lei si trovava.

Calcolando quanto tempo le servisse per correre via e nascondersi in un posto dove non potesse raggiungerla, commise l'errore di guardare di nuovo fuori dalla finestra.

L'aria era immobile e pesante, segno che il mago non si trovava lontano. Galena sapeva, infatti, che Deavon praticava ormai da tempo le arti oscure, motivo per cui aveva cercato di entrare nelle grazie della sua famiglia per carpirne i segreti; oppure i suoi poteri erano cresciuti così tanto da raggiungerla fin lì allo scopo di terrorizzarla.

Nessuna delle due ipotesi le andava a genio, così nascose il grimorio sotto un'asse traballante del pavimento e lo coprì con la pesante cesta della legna.

Per tutto il tempo il ragazzo era rimasto in silenzio all'altro capo del telefono solo per innervosirla ancora di più.

«No, Deavon!» ribatté alla fine, prendendo coraggio. «Io non sono tua, sono libera adesso. Lasciami in pace».

Ancora una volta la risposta che le arrivò all'orecchio fu una risata di scherno che le riempì la testa.

La magia di Galena

In quell'istante le crebbe, in petto, la voglia di prenderlo a ceffoni e graffiargli quella finta faccia da angelo innocente. Pronta a rincarare la dose con parole più dure, si morse la lingua, ben conscia di stare di nuovo per cadere nel suo trucchetto.

«Sì, hai ragione *ma chérie*» le mormorò, quasi come se fosse la promessa di un amante ansioso «ma è solo questione di tempo prima che tu, amore mio, torni da me strisciando».

Eccolo che compariva il vero Deavon; Galena non ebbe dubbi su come rispondere a una simile minaccia: il *click* della comunicazione che veniva interrotta fu l'unico suono che lui poté udire.

Si sentì sollevata per un secondo mentre riponeva la cornetta del telefono; quando, però, il suo sguardo si posò sull'enorme mazzo di fiordalisi bianchi, d'improvviso quei fiori le fecero ribrezzo. Scoppiò a piangere, stringendosi lo scialle sulle spalle e rannicchiandosi sullo sgabello dietro al bancone. Una mano le scivolò da sola, come guidata da uno spirito, sulla copertina del libro magico che, senza rendersene conto, aveva tirato fuori dal suo nascondiglio, in cerca di conforto.

Con le nocche bianche per la forte stretta attorno al tomo e gli occhi che le bruciavano per le molte lacrime, Galena capì che nessun luogo sarebbe mai stato abbastanza lontano dal suo passato; in quell'istante le venne voglia di fuggire ancora.

L'attimo stesso in cui un tuono fece tremare le vetrate, il vaso cadde a terra e i delicati fiorellini finirono sul pavimento in un caotico disastro di acqua, cristallo e petali.

Quello, per lei, fu un segno.

Galena si alzò, consapevole che la natura l'aveva di nuovo salvata e guidata nel momento del bisogno.

di Federica Martina

Capitolo Quattro
"Dopo la pioggia"

La tempesta era mutata in scrosci d'acqua che imperversarono su Skye per giorni interi, scemando con lentezza per lasciare nell'aria un nuovo odore.
Da tutto il pomeriggio Galena era alle prese con i preparativi per l'arrivo dell'inverno quando, nel girare intorno al bancone per rispondere a una telefonata, la sua attenzione venne catturata da un gioco di luce sul vaso di cristallo. Osservò i pochi e appassiti fiori che era riuscita a recuperare del mazzo ricevuto da Deavon, rabbrividendo al pensiero mentre concludeva la breve chiamata per passare al prossimo ordine.

Fu in quel momento che la campanella del negozio suonò, sorprendendola per la particolarità dell'evento. Fin dai primi giorni, aveva notato quanto gli abitanti di Skye fossero abitudinari: frequentavano la piazza e i suoi negozi solo al mattino o nel tardo pomeriggio, al tramonto.

Ora, però, il sole era calato da oltre un'ora e il giorno si era quasi concluso. Se non avessero suonato, reclamando la sua attenzione, Galena aveva pensato di chiudere il negozio dopo quella telefonata.

Incuriosita, quindi, andò alla porta per scrutare nella scarsa luce dell'imbrunire chi avesse suonato. Attraverso il vetro opaco dell'uscio vide un volto sconosciuto ma pacifico, cosa che la rese ancora più interessata.

Alla fine aprì, girando il chiavistello, e lasciò entrare nel negozietto una giovane donna minuta, dai movimenti molto aggraziati.

La magia di Galena

La ragazza aveva un abito lungo fin sotto le ginocchia, di lana spessa e dal colore consumato, un pesante giaccone per ripararsi dalla pioggia e poco altro addosso. Nell'osservarla camminare per il negozio, Galena notò che non portava nemmeno le scarpe e che, nel calpestare le assi del pavimento, lasciava piccole impronte umide.
«Salve».
Nell'esatto momento in cui la salutò con cortesia e crescente curiosità, la giovane donna posò su di lei dei profondissimi occhi verdi, arrossati e gonfi come dopo un lungo pianto.
«Perdonatemi...» si scusò, indicando la scia di pedate sul pavimento e stringendosi nel giaccone troppo grande per lei. «Voi siete Galena, vero?» la sua voce vibrava nell'aria come il suono di un'arpa e Galena annuì, comprendendo, dalla sua espressione afflitta, che qualcosa la sconvolgeva.
Galena la seguì, con atteggiamento pacato, fino al bancone, dove la fece sedere su uno degli sgabelli per la clientela e le porse una tazza di tè bollente.
Osservandola, le avrebbe dato circa vent'anni; i capelli sciolti sulla schiena erano scuri come la notte, sebbene avessero una curiosa sfumatura che Galena non riusciva a definire e che con molta probabilità era dovuta alla luce fioca dell'ora.
«Fai con calma, non c'è fretta» le disse, porgendole i fazzolettini di carta e accarezzandole la schiena quando la giovane iniziò a singhiozzare. Nell'avvicinarsi, Galena, percepì un buonissimo profumo di oceano e sabbia che le ricordò, d'istinto, la sua terra natia.
Per qualche secondo il silenzio pesò tra loro, fino a quando la ragazza si agitò sulla sediolina.
«C'è stato un incidente al porto, sul continente, stamattina. Una nave mercantile ha sbattuto contro il molo e si è aperta una falla nello scafo...» parlava con la voce rotta dal pianto, trattenendo i gemiti e tamponandosi le labbra con il fazzoletto.

di Federica Martina

Per il dispiacere Galena sentì un peso sul petto, mentre le tornava alla memoria la terribile notizia sentita quella stessa mattina all'apertura del negozio.

«Tuo padre?» provò a indovinare, cogliendo la disperazione della giovane, la quale però scosse il capo. «Tuo fratello?» riprovò Galena, ma le mani pallide della ragazza tremarono mentre negava ancora. «Fidanzato?» all'ennesimo cenno negativo Galena si sentì male per lei: in quel momento le venne in mente l'ipotesi che non si trattasse di una sola persona.

«È colpa mia se è morto».

A quelle parole, Galena, le passò un braccio attorno alle spalle per darle conforto.

«Tesoro non dire così! Sono incidenti che capitano, non è colpa tua» era sicurissima che si fosse trattato di un incidente anche se, in quel momento, non ricordava le esatte parole usate dallo speaker della radio nel dare la notizia.

«Sì, lo è! La nave ha sbandato per evitare la mia coda!»

Galena spalancò la bocca, sorpresa dallo scatto d'ira che mutò il tono gentile della giovane cliente. Mentre pronunciava quelle parole, gli occhi della giovane avevano brillato come smeraldi e, quando le porse il fazzoletto usato fino all'attimo prima, Galena non lo trovò bagnato come consueto, ma pieno di un liquido luminoso e semi solido.

«Il mio nome è Morvarid, figlia di Dragan del mare dell'ovest».

Galena si sedette sullo sgabello posto di fronte a quello della ragazza. La sua sorpresa era tanta e ben visibile.

«Lacrime di... sirena!» sussurrò, mentre fissava sbalordita il contenuto del pezzettino di stoffa bianca tra le sue mani.

Lo tenne aperto verso la creatura marina, mentre questa annuiva e, con una mano fredda, serrava la sua attorno a quel dono prezioso.

Galena, commossa, lo infilò nella tasca del grembiule e prese le mani della giovane tra le sue. La osservò più da vicino

La magia di Galena

e con maggiore attenzione: la sua pelle non era bianca ma verdognola, gli occhi grandi e vitrei risplendevano come smeraldi e il naso, sottilissimo, dava al suo viso un'eleganza magica. Solo allora vide le branchie, piccole e chiare, che sembravano normali orecchie sotto i capelli sciolti.

La sirena mosse le labbra in un sorriso triste. Galena strinse le sue mani con più impeto, cercando di trasmetterle un po' di calore, ma quel contatto durò poco perché Morvarid tolse quasi subito le proprie, abbassando lo sguardo.

«Potreste mandare alla cerimonia funebre un mazzo per me? Non ho denaro per pagarvi ma, forse, le mie lacrime possono bastare per questa volta…».

Galena spalancò la bocca per rassicurarla ma le mancarono le parole. Alla fine si limitò ad avvicinarle la tazza bollente di tisana, invitandola a sorseggiarne un altro po'.

Morvarid la finì tutta senza dire null'altro, rimanendo sullo sgabello immobile a osservare Galena, soprattutto quando quest'ultima scivolò giù dalla sedia per cercare il fiore adatto a quell'occasione.

I crisantemi, che aveva ricevuto qualche giorno prima e che stavano crescendo rigogliosi nella serra sul retro, facevano proprio al caso suo. Ne raccolse un numero dispari e li confezionò in un grosso mazzo: tre giallo scuro e due bianchi. Per dare volume alla composizione usò della felce e una singola foglia di palma.

Quando ebbe finito, mostrò i fiori alla sirena e li mise in un vaso, proprio accanto ai fiordalisi. Morvarid li osservò per un lungo minuto, poi annuì, con un sorriso abbozzato sulle labbra sottili, dandole la sua approvazione.

«Grazie Galena, siete stata gentilissima e comprensiva. Non sapete nulla di me, eppure mi avete aiutata. Possedete davvero il più buono dei cuori e vi ammiro per questo. Io amavo Jonathan…» il volto della sirena, già segnato dal dolore, si

di Federica Martina

incupì ulteriormente quando lei pronunciò il nome del giovane a cui aveva donato il suo amore.

Galena aveva letto di quanto fossero riservate le sirene quando si trattava di sentimenti e si sentì onorata di quelle parole.

«Non devi preoccuparti, puoi venire qui ogni volta che ti servirà qualcosa. Le tue lacrime sono molto più preziose di un mazzo di fiori, valgono per almeno un anno intero di composizioni» cercò di rincuorarla, allungando una mano da sopra il bancone e sfiorando una delle sue.

«Sono contenta di avervi conosciuta» Morvarid scese dalla sedia con il più fluido e aggraziato dei movimenti, dando l'impressione che scivolasse sugli oggetti, quasi fossero fatti di acqua.

«Grazie a te Morvarid. Questo, da oggi in poi, può essere un luogo di conforto per te, se vorrai. Passa quando vuoi» le disse.

La sirena annuì con il capo, più tranquilla. «Ci vediamo alla fine del prossimo temporale, allora, amica mia» la salutò uscendo sorridente, sebbene il suo viso fosse ancora rigato di lacrime ormai asciutte.

Galena ancora incredula per quella strana visita, seguì Morvarid e la osservò camminare prima sul prato umido e poi lungo la strada già immersa nel grigio del crepuscolo.

Solo in quel momento la ragazza infilò la mano in tasca ed estrasse il fazzoletto che le aveva dato la sirena. Lo aprì con delicatezza e guardò, sempre più entusiasta, le lacrime diamantine quasi rapprese.

Sua madre le aveva sempre raccontato che le lacrime di sirena, se versate per amore, erano il più potente degli elisir: potevano curare ogni dolore e creare la più efficace pozione d'amore.

Capitolo Cinque
"Uno sguardo nella notte"

Il giorno successivo, Galena aveva chiuso il negozio al tramonto con il desiderio di recarsi alla spiaggetta più vicina; Skye, per fortuna, aveva molti anfratti appartati tra cui scegliere. Nelle sere come quella, la ragazza sentiva molto la mancanza di casa, così decideva di fare una passeggiata.

Giunta al porto aveva chiesto ad alcuni concittadini dove poter trovare un angolo tranquillo e loro le dissero di andare verso ovest. Procedendo nella direzione indicatale, si rese conto che le mancava guardare il tramonto dalla veranda di casa, e che quella sera si sentiva oltremodo malinconica.

Quando arrivò in riva al mare, in una delle piccole baie sabbiose, cercò un posticino riparato dal vento e non resistette all'impulso di sedersi sulla battigia. Alle sue spalle le alte scogliere di pietra la circondavano come un abbraccio, ma era la distesa d'acqua di fronte a lei, con i suoi flutti, ad attirarla di più.

Mentre ammirava il sole tuffarsi dietro all'orizzonte, dando il cambio alla luna, la ragazza ripensò a Morvarid, al suo regalo e all'accoglienza pacata e distaccata che aveva ricevuto sull'isola.

Era ancora concentrata sui suoi pensieri quando le onde del mare le andarono incontro, lambendole quasi le punte dei piedi. Galena non si scompose, invece si rannicchiò e si portò le ginocchia al petto, restando a rimirare lo spettacolo della luna che sorgeva, tonda e luminosa come mai prima di allora.

di Federica Martina

Passarono lunghi minuti di totale quiete, ma quando la ragazza stava per rimettersi in piedi e tornare a casa, un rumore cupo e basso ruppe il silenzio, dandole i brividi e riecheggiando nella notte.
In un attimo un ululato riecheggiò nella notte dandole i brividi.
Mentre ruotava il capo verso la scogliera, un ringhio la mise in allarme e, nell'oscurità delle rocce in ombra, le parve di vedere muoversi qualcosa. Si spaventò a morte appena capì di essere nei guai: quello non era un animale qualsiasi ma un lupo.
La luna piena illuminava il tratto di spiaggia dove Galena era seduta; la bestia, invece, si trovava in ombra. Il disagio della ragazza era più che evidente, dato che l'animale conosceva la sua posizione, mentre lei non riusciva a vederlo con chiarezza.
Con movimenti studiati e lenti, Galena si accucciò, senza distogliere lo sguardo dal punto da cui proveniva il basso latrato. Ad un tratto un paio di zanne spiccarono nella luce lunare, accompagnate da uno sguardo che la fece rabbrividire, tanto era profondo e rabbioso; le parve di finire all'inferno mentre il muso del lupo le si avvicinava sempre più.
La paura lambiva la gola della ragazza e l'animale la percepiva con chiarezza, mentre si muoveva con forza e determinazione verso di lei.
Quando la bestia fu a circa tre metri di distanza, Galena sperimentò il vero terrore: non sapeva dove correre per mettersi in salvo. Forse, se avesse urlato, qualcuno l'avrebbe sentita, ma quel pensiero non la rassicurò, conscia che i lupi corrono molto più veloci di un essere umano.
Si ricordò di aver letto nel suo grimorio che la cosa migliore in quei casi era arrampicarsi su un albero in cerca di riparo, ma su quella spiaggia non ce n'era nemmeno uno che potesse esserle d'aiuto.

La magia di Galena

L'animale si fermò a due metri da lei, sempre più spaventata e tremante, lasciandola incredula quando si sedette sulle zampe posteriori.

Con sgomento sempre maggiore, Galena assistette alla mutazione della bestia: gli artigli assunsero la forma di dita, cinque per ogni mano; le zampe anteriori si irrigidirono, perdendo il pelo scuro nel diventare rosee braccia umane e, come in un sogno, tutto il corpo del lupo si trasformò in quello di un essere umano.

Appena la peluria del viso iniziò a ritrarsi, come le foglioline di pudica mimosa quando vengono sfiorate da dita umane, Galena cominciò a intuire la fisionomia dell'uomo che le stava di fronte e a calmarsi. Le zanne divennero denti bianchissimi e il lungo muso nero si appiattì in un viso molto meno bestiale.

Galena restò a bocca aperta alla trasformazione dello spaventoso lupo in favore della comparsa di un Sebastian nudo e rannicchiato sulla sabbia.

Per un lasso di tempo che le parve infinito, il giovane la scrutò, in silenzio, per poi mettersi in piedi e sorriderle sbruffone. La ragazza, sollevata nel riconoscerlo, si alzò per tornarsene a casa, nonostante si sentisse avvampare le guance nello sbirciare quel corpo così giovane e tonico.

«Quindi è vero, sei una strega!» Sebastian le si avvicinò e, vedendola titubante, si sedette di nuovo sulla sabbia soffice, allungandosi e distendendo i muscoli.

Per qualche motivo, che Galena non capiva, la voce del licantropo la mandava in confusione, ma riuscì comunque a rispondergli per le rime. «Tu dai peso alle dicerie?» tremava ancora per lo spavento e la domanda non le uscì come voleva, ma servì comunque a far voltare Sebastian verso di lei.

«No! Ma di solito sono io la fonte dei pettegolezzi e tu mi hai rubato il primato...» la prese in giro con una risata, a suo agio in quella situazione, molto più di lei.

di Federica Martina

Galena si strinse nello scialle e si guardò intorno per ritrovare la strada di casa; era venuta da est, ma adesso, al buio, non ricordava se fosse arrivata dalla scogliera o dal sentierino poco sotto.

«Non mi interessano le loro chiacchiere» sbottò con poca educazione, infastidita dalla naturalezza con cui il ragazzo evitava di chiederle scusa per come l'aveva spaventata, e da come glissava l'argomento sorprendente della sua licantropia. Era quasi certa che informazioni simili dovessero essere date per prime ai nuovi arrivati.

Sebastian continuava a ridacchiare, mentre la contemplava e le tirava piccole quantità di sabbia sui piedi: stava cercando, in modo troppo palese per essere frainteso, di innervosirla.

«Credo che me ne andrò a casa!» brontolò Galena, un po' stizzita.

«Visto che stai andando via, ti consiglio di chiudere a chiave l'ingresso appena arrivi; anzi, sbarra bene tutte le porte e le finestre. Stanotte gira brutta gente...» le disse Sebastian, restando comodo e rilassato con la testa inclinata all'indietro e le braccia tese dietro la schiena; sembrava quasi che stesse prendendo i raggi di luna, come fanno le persone normali con il sole.

«Perché?» Galena sbuffò guardandolo con astio, dall'alto.

«C'è la luna piena, in cielo...» lo sentì ridacchiare di nuovo. Le venne voglia di dargli un calcio e di fargli male in qualche modo. La innervosiva la naturalezza con cui restava nudo davanti a lei.

«Più pericolosi di te?» le sfuggì in tono ironico e sprezzante, pentendosi subito delle sue parole. Non era da lei essere così sgarbata con le persone che conosceva appena, ma Sebastian la irritava.

Senza attendere la sua risposta, Galena si allontanò di qualche passo, giusto per non avere il giovane sempre sotto gli occhi, nonostante continuasse a controllare di nascosto le sue mosse; fu così che assistette al movimento fulmineo che Sebastian compì per sollevarsi, girarsi e mettersi a quattro zampe. Era umano ma, da come la guardava in quel momento, le faceva paura: i suoi occhi erano animati da qualcosa di bestiale.

Il licantropo, ancora nudo e con gli scolpiti muscoli illuminati solo dalla luce argentea della luna, le stava sorridendo.

Galena indietreggiò, guidata da un istinto atavico.

Con un gesto fulmineo, Sebastian le afferrò una caviglia e la imprigionò con quell'unico, semplice, movimento.

«Vuoi giocare con me, piccola Galena?».

La ragazza boccheggiò in cerca d'aria.

Un altro movimento rapidissimo, una salda presa al polpaccio, fu la forza attrattiva che le braccia di Sebastian la obbligarono a seguire contro la sua volontà.

Galena si ritrovò seduta a cavalcioni sulle gambe del giovane, mentre lui, seduto a terra, le teneva una mano stretta intorno a un polso e, con l'altra, la vita.

«No!» protestò la ragazza, tentando di divincolarsi.

«Bugiarda!».

Quello che successe nell'attimo successivo la stordì: Sebastian la tenne ferma, baciandola con voracità e facendola sdraiare al suo fianco; le sue mani calde le si infilarono sotto l'orlo della gonna, mentre la luna spariva dietro la sua nuca corvina.

«Se non lo volessi... non saresti mai venuta alla baia dei lupi in una notte di luna piena».

Galena spalancò la bocca per protestare, ma le parole non le uscirono dalle labbra, coperte da quelle di Sebastian; i suoi baci le carezzavano la mandibola e poi giù, lungo il collo, bruciandole la pelle.

«Profumi di fiori» le sussurrò contro il lobo dell'orecchio; continuando quella lenta tortura di languidi baci le tolse la

di Federica Martina

maglietta, senza smettere di accarezzarla. «Come quei fiori a forma di trifoglio che coltivi nella serra...».

«Quelle sono orchidee... il delicato fiore di chi si concede...» sussurrò Galena, arrendendosi a lui, senza avere la forza di concludere la frase.

Non sapeva resistere a quella tentazione. Ricambiando ogni suo singolo gesto, sentiva il desiderio crescere dal centro del suo stomaco, sotto la sua stessa pelle. Era la prima volta che provava un'emozione simile.

«Allora stanotte farò l'amore con un'orchidea» scherzò Sebastian, mentre le sorrideva, illuminato dalla luna piena alle sue spalle.

La magia di Galena

Capitolo Sei
"Strani risvegli"

Il sole fece capolino dalla finestra, destando Galena ancora attorcigliata nelle lenzuola. Non riusciva a ricordare come fosse arrivata a casa e il dubbio la tenne occupata per qualche secondo, fino a quando, nella mente, le comparve l'immagine della notte appena trascorsa sulla spiaggia, rischiarata dai raggi lunari.

Un brivido gelido la risvegliò del tutto.

Udì un rumore che la fece fremere di spavento: in casa non era da sola come aveva supposto un attimo prima; ascoltando meglio, e con tutti i sensi in allarme, sentì il fischio del bollitore che la rincuorò: chiunque fosse in cucina non era lì per farle del male.

Era tardi e mancava poco all'ora di apertura del negozio; doveva alzarsi, anche se la sua mente e il suo corpo protestavano in modo deciso.

Godendosi il torpore delle coperte e un ultimo minuto di pigrizia, si stiracchiò come un gatto; il pensiero di come si era concessa a Sebastian, la notte precedente, la fece vergognare moltissimo. Non comprendeva come avesse fatto ad arrendersi a quel modo, e in così poco tempo, alle sue avances.

«Quando sono arrivata a letto?» mormorò a mezza voce, mentre un inusuale aroma di caffè aleggiò dalla cucina fino alla sua stanza. Guardò la sveglia e si allarmò per il ritardo che stava accumulando, quindi, sbadigliando e scostando le coperte, scese dal letto. Nel frattempo il licantropo fece la sua comparsa sulla soglia della porta.

di Federica Martina

Sebastian indossava solo un asciugamano, avvolto intorno alle anche e, nel vederla sveglia, si limitò a rivolgerle un enorme sorriso soddisfatto, per poi sparire di nuovo.

Galena, inorridita dalla tranquillità con cui l'uomo-lupo gironzolava per il suo appartamento, stava per protestare con una lunga lista di regole che lui stava infrangendo, quando Sebastian tornò con un vassoio in mano.

«Ho pensato che avresti avuto fame, dopo stanotte».

Galena si sentì avvampare per l'imbarazzo nel ritrovarselo di fronte, nudo e allegro in modo indecente. Si avvolse nella vestaglia, come se servisse a qualcosa, strappando una risatina al licantropo.

In un attimo lo sguardo della ragazza fu catturato dal vassoio: un'enorme tazza di caffè fumante, del tè, un bicchiere di succo d'arancia, due panini farciti, due croissant fumanti, delle fette di pane tostato con la marmellata, uova e pancetta su un piatto, quasi in bilico sul bordo, e, per finire, una rosa gialla e un'orchidea.

«Chi credi che mangerà tutta quella roba?» le sfuggì, mentre lo guardava perplessa.

Ancora una volta Sebastian le rispose con una risatina divertita «Noi due! Sai, per esperienza, so che certe notti mettono fame...».

La ragazza alzò gli occhi al cielo, sospirando. Per un motivo che non comprese, Sebastian scelse quel momento per appoggiare il vassoio sul letto e porgerle l'orchidea. Galena la annusò e sorrise, riconoscendola: era una delle sue.

Il licantropo interpretò quel gesto come un invito a restare e si sedette sul grande letto, infilandosi in bocca un pezzo di brioche.

Galena, con la pancia in subbuglio per la fame, dovette arrendersi al profumo di quella invitante colazione. «Ok, allora io tè e pane tostato, tu il resto...».

La magia di Galena

Sebastian quasi scodinzolò, approvando quella spartizione, mentre la giovane si accomodava sul letto e si serviva una generosa tazza di tè caldo.

«Grazie, non eri obbligato a farlo» mormorò e Sebastian scollò le spalle.

Calò il silenzio, rotto solo dal rumore delle mascelle del ragazzo, che macinavano la colazione come un tritatutto. Galena era sconvolta dalla sua voracità e dal fatto che non si preoccupasse di nasconderglela.

«Perché non te ne sei andato?» gli chiese alla fine, senza girarci troppo intorno.

«Ci ho pensato...» lo vide distogliere lo sguardo ed esaminare la stanza «poi, scendendo, ho urtato il tuo libro».

Galena impallidì: nessuno poteva aprire il grimorio senza incorrere in conseguenze indesiderate. Lo stesso Sebastian sembrava poco contento dell'accaduto e lei si preoccupò all'istante che gli fosse successo qualcosa di grave.

«Oh cielo!» le sfuggì, vedendo il licantropo storcere il naso per l'imbarazzo. «Per favore, non devi più toccare quel libro!» gli disse seria, mentre finiva il tè e assaggiava un croissant, che trovò davvero buono. Non ricordava di averli comprati e si domandò se fosse possibile che lo avesse fatto lui.

«Scusa... l'ho urtato per sbaglio e si è spalancato. Ho pensato fosse maleducato non rimetterlo a posto, ma mi sono ricreduto quando ho letto la pagina che si è aperta».

Galena, in allarme, si portò le mani al viso.

«Comunque sia, sono rimasto e ti ho preparato la colazione» concluse infine il giovane.

Le sembravano delle scuse mal fatte, ma decise di non arrabbiarsi e di prendere tempo prima di decidere se cacciarlo o meno; tutto sarebbe dipeso dalla risposta che avrebbe dato alla sua domanda: «Che pagina si è aperta?»

Galena si finse curiosa, ma osservò con attenzione le reazioni di Sebastian. Voleva scoprire se tentava di mentirle.

di Federica Martina

Una delle caratteristiche dell'antico volume era di non aprirsi mai a caso ma, se percepiva una persona degna di fiducia, di mostrarle la pagina che conteneva la risposta che stava cercando.

«Quella su come uccidere un licantropo» a quelle parole, Galena tossì, trattenendo a stento una risata. Sebastian fece una smorfia e le allungò il bicchiere con dentro quel che rimaneva del succo d'arancia.

«Tranquillo, non sono così potente» lo rassicurò dopo una generosa sorsata. Ora capiva perché non se ne fosse andato e ne rimase delusa.

Che abbia paura di me?

Solo quando ebbe finito di mangiare, Galena notò che Sebastian non sembrava volersene andare così ripose le tazze sul vassoio e guardò per un istante il fiore che dondolava nel bicchiere vuoto.

«Posso chiederti io una cosa?» il giovane si era alzato e, con molta probabilità, stava valutando come salutarla ma, essendo pieno giorno e lui senza i vestiti, andarsene poteva comportare qualche problema.

Alla sua richiesta Galena rispose facendo spallucce, curiosa di sapere cosa volesse domandarle.

Forse proprio qualcosa che riguarda il grimorio, pensò.

«Chi è Daevon e perché ti ha mandato quei fiori?»

«Nessuno di importante» mormorò lei, fingendo di cercare qualcosa, nel tentativo di nascondere la delusione. Sospirò quando la sua attenzione fu catturata dalla rosa sul vassoio. «Sai qual è il significato di questo bocciolo?» gli chiese, sfiorando i petali con le dita, mentre Sebastian scuoteva il capo.

«Rosa gialla vuol dire gelosia» spiegò, vedendolo assottigliare le labbra.

«Sono un alfa, è normale che io sia possessivo con le mie femmine».

La magia di Galena

Galena gli rivolse un'occhiata perplessa, infilandosi un paio di jeans e un maglione. Lui restò a guardarla come se nulla fosse e lei, sentendosi osservata e un po' a disagio, si girò, cercando di capire cosa non andasse in quel momento. Si rese allora conto che Sebastian la stava contemplando con la bava alla bocca.

Lo fulminò con gli occhi e incrociò le braccia al petto, infastidita.

Quasi non si accorse di accettare con così tanta naturalezza il fatto che lui fosse un licantropo senza darsi il minimo pensiero su quel particolare, ma che la sua mente si era concentrata e messa subito in allerta dopo che lui l'aveva definita sua dopo solo una notte passata insieme.

«Non sono una ragazza che accetta le catene, Sebastian» rispose piccata.

Sebastian le sorrise di nuovo, con quel suo fare arrogante e saccente. «Nemmeno io» asserì, prima di trovarsi addosso un maglione sformato che Galena aveva trovato in fondo al baule, e era sicura potesse servirgli.

Il giovane lo infilò, tenendo l'asciugamano attorno alla vita.

La ragazza pensò che solo un folle sarebbe uscito conciato così, ma poi le venne in mente che sull'isola potevano esserci altri licantropi, proprio come lui, e che quindi non sarebbe sembrato così inusuale, agli abitanti di Skye, vederlo girare nudo o vestito in modo così strano.

Subito dopo stava per chiedergli quando e come fosse diventato un licantropo, ma lui la anticipò: «In compenso, a differenza tua, io so fare qualche magia» e prima di voltarsi per uscire dalla stanza, le fece un occhiolino.

Galena rimase a bocca aperta, presa alla sprovvista da come fu semplice per lui mutare umore.

Le venne in mente la notte precedente; come, sotto ai raggi di luna, il corpo di Sebastian sembrasse una statua di pietra e al contempo lava liquida. Ricordò anche di come si fosse

di Federica Martina

trasformato davanti ai suoi occhi e di quanto fosse stato convincente.

Ora che era sveglia, le sembrava tutto così assurdo eppure, dopo quell'ultima battuta di Sebastian, Galena non era più così sicura che quel che era accaduto fosse totalmente opera della luna. Le ci volle un po' per capire che Sebastian non intendeva quello, ma si riferiva ad altri tipi di magie. Avvampò d'imbarazzo: «Sebastian, aspetta!».

Capitolo Sette
"Miss Rosembova"

I primi giorni di un ottobre fresco e frizzante iniziarono sull'isola.
L'aria, al mattino, era più fredda di quando Galena aveva messo piede a Skye, ma le giornate continuavano a brillare di un sole tiepido, che dava ancora la possibilità di passeggiare e di trascorrere tranquilli pomeriggi all'aperto.

Per lei si trattava di un clima favorevole alla cura degli ultimi fiori che crescevano davanti al negozio. Non perdeva occasione di parlare con loro, accudendo con amore i più delicati.

Quella mattina, però, Galena aspettava con impazienza un carico: per prepararsi all'arrivo dell'inverno aveva ordinato molti bulbi e del materiale per riparare la vecchia serra sul retro.

La radio suonava in sottofondo, come d'abitudine, e una tazza di tisana ai millefiori attendeva, fumante, sul tavolo accanto a lei.

Da quando si era trasferita a Skye, pian piano le giornate di Galena stavano iniziando a seguire una routine ben precisa: nella mattina, se nessuno entrava nel negozio, la ragazza studiava il grimorio, mentre il pomeriggio si adoperava per curare le poche piante che era riuscita a far nascere nel suo giardino.

Nei momenti di quiete stava spesso in negozio, dietro al bancone, a memorizzare le pagine del tomo ereditato dalla nonna: alcune erano così vecchie da essere gialle e consumate, altre, molto più recenti, recavano la calligrafia della madre.

di Federica Martina

Quella mattina si era soffermata proprio su una di quelle redatte dalla genitrice. Era attratta dal disegno, dalle linee sottili e dai colori delicati, che aveva sotto gli occhi. Leggendo le caratteristiche della pianta che era raffigurata, rabbrividì.

Non aveva mai studiato quella pagina e ci si soffermò, incuriosita dalla casualità che le si fosse presentata proprio quella mattina.

I caratteri gaelici ed eleganti spiegavano in un modo eloquente che, sebbene all'apparenza il piccolo fiore sembrasse delicato e il suo profumo fosse pressoché inesistente, il suo significato mistico era molto potente e nefasto. Il vero problema, però, era che quel fiore stava infestando il giardino sul retro.

China sul grimorio, la ragazza leggeva con molta attenzione e prendeva appunti su un foglietto: nella pagina c'erano le indicazioni per coltivarla, per prendersene cura in modo accorto e, nel peggiore dei casi, per estirparla.

Aveva scelto di trasferirsi in quella casetta perché le sue mura erano ricoperte di fiori. Così tanti colori, in un piccolo rettangolo privato, non potevano che essere un buon auspicio; ora, però, nel capire il significato del vilucchio, un po' si pentì della sua decisione. Tuttavia Galena non voleva farsi spaventare da un fiore che non conosceva e la curiosità diventava sempre più forte così, uscì in giardino, raccolse un grosso mazzo e tornò all'interno del negozio con il grembiule pieno di boccioli. Ne annusò il profumo, ma si stupì di non sentirne affatto. Si ritrovò a pensare che poteva essere perfetto per delle composizioni da regalare a qualche cliente poco gradita.

Decisa a proseguire l'analisi di quel fiore e a scoprire come mai il grimorio le avesse consigliato quella pagina proprio quel giorno, sparse i fiori sul bancone.

Seguendo l'estro creativo, estrasse da un cassetto una manciata di nastrini colorati e iniziò a selezionare i suoi

La magia di Galena

preferiti, poi legò tra loro piccoli gruppetti di fiori, assicurandosi che fossero tutti della stessa dimensione, e infine ne appese qualcuno per il gambo: il caldo dell'interno del negozio li avrebbe fatti seccare, rendendoli perfetti.

Le piccole corolle chiare dei vilucchi, sfumate di un rosa pallido, spiccavano nell'intreccio delle foglioline mentre ne appendeva qualcuno con un filo in cima alla finestra.

Nello svolgere quel compito, Galena pensò a quanto fosse ironico dare a un fiore così piccolo e delicato un significato così tetro.

Appena ebbe finito di sistemare i fiori e di pulire il bancone dalla terra rimasta, il campanello suonò con forza e la porta venne spalancata all'entrata di una cliente, facendola sobbalzare. Quando Galena la vide, le bastò solo il suo aspetto per capire che si trattava di una presenza tutt'altro che amichevole e gentile. Quella di fronte a lei doveva essere creatura non molto buona.

Lanciò un'occhiata oltre il vetro della porta. Notò dei nuvoloni grigi avanzare e farsi neri di pioggia temporalesca, il vento si era alzato e parecchie foglie mulinavano nel vialetto.

«Sei tu la fioraia?» il tono infastidito e stizzito della donna diede ulteriore conferma alla supposizione iniziale di Galena.

La ragazza annuì, andandole incontro e pulendosi le mani nel grembiule, pronta a servirla nel migliore dei modi. La donna, senza prestarle attenzione, la superò con fare altezzoso e, con poca grazia, gettò sul bancone la borsa firmata, facendola quasi piombare sull'ultimo mazzolino di fiori.

Galena la fissò a bocca aperta e la vide sedersi sullo sgabello destinato alla clientela, incrociare le lunghe gambe nude e sbuffare. La donna si comportava come se il negozio fosse suo.

«In che modo posso esserle d'aiuto?» domandò la ragazza con tono gentile. Non era nella sua indole essere sgarbata,

di Federica Martina

soprattutto con clienti sconosciuti, quindi fece il giro del banco, sorridendo e guardando bene la nuova arrivata.

Dei capelli neri come la pece accompagnavano un viso magro e spigoloso, le labbra erano piene, di un rosso vivo, sanguigne e turgide. Galena non vedeva gli occhi della donna, nascosti da grosse lenti nere, ma intuì che dovevano essere di un colore scuro, freddo tanto quanto la sua voce tagliente.

«Sono passata per l'affitto del terreno» asserì glaciale e lapidaria, allungando sul bancone una mano piena di gioielli e giocherellando con il foulard, che pendeva dal manico della borsa.

Alla fine, stizzita, appoggiò entrambe le mani sul ginocchio, in una posa elegante e studiata, picchiettando sulla gonna con le dita e mostrando tutta la sua impazienza.

«Lei dev'essere la signora Rosembova...» mormorò Galena.

«Sì. Mio marito è il proprietario dell'isola. Tutti qui sono, in un modo o nell'altro, nostri affittuari» c'era della soddisfazione nella sua voce, mentre le spiegava, con compiacimento, chi era e cosa rappresentava.

«Vado a prenderglielo subito» le assicurò Galena mentre, con fare cortese, le indicava il vassoio con del tè appena preparato, messo a disposizione dei clienti come rimedio per il freddo e l'umidità. «Se vuole servirsi, signora, ho appena messo in infusione del tè. È davvero ottimo con questo tempo».

La donna osservò critica la teiera, scuotendo il capo con una smorfia di disgusto. «Non bevo mai tè».

Galena non commentò, né badò alla reazione della donna. Salì al piano di sopra a prendere i soldi, che aveva già preparato, e scese il più veloce possibile, per non indispettire troppo la signora Rosembova.

Tornò verso il bancone, adagiando la busta sul ripiano e allungandola con la punta delle dita verso la donna, la quale nel frattempo si era tolta gli occhiali scuri. Un paio di occhi, tanto

La magia di Galena

neri quanto i capelli e tra i più duri che avesse mai avuto la sfortuna di incrociare, fulminarono Galena.

Katherina, questo era il nome della donna, prese la busta e la mise, senza un cenno, nella borsa.

«Prendo anche quelli» disse, indicando il mazzolino di vilucchio che giaceva sul bancone. «Confezionamene dieci mazzetti. Mi servivano giusto dei fiori da mettere nell'ingresso» sentenziò, quasi prendendola alla sprovvista.

Quando comprese l'ironia della richiesta, Galena non si oppose, invece glieli incartò in una leggera carta marroncina e glieli porse non appena ebbe finito.

«Posso darle altro?» le chiese con educazione, vedendola scuotere il capo.

«No, ma passerò a prendere l'affitto ogni mese» dal tono sembrava quasi una minaccia. La ragazza perse l'ultimo briciolo di speranza di poter conquistare la donna.

Con un gesto gentile, dettato dall'orgoglio, non le chiese nemmeno di essere pagata. Si limitò a guardarla uscire, accompagnata dal rumore ritmico dei suoi tacchi a spillo sul legno del pavimento.

Dopo averle aperto la porta, Galena osservò Katherina allontanarsi, sollevata che stesse andando via. Quando il vento le scompigliò i capelli, un brivido le corse lungo la schiena, non tanto per il freddo di quella folata improvvisa, quanto per il gelo che emanava la sua cliente.

Solo quando tornò al bancone, comprese che il grimorio l'aveva avvisata di quell'incontro.

Tra i fiori il vilucchio costituiva la tenebra, così come Katherina Rosembova lo era stata in quella giornata di inizio autunno.

di Federica Martina

Capitolo Otto
"Fidati di un vecchio"

Quello stesso pomeriggio, Galena si concedette qualche minuto di pausa per farsi una tisana contro il mal di testa, che le troppe telefonate le avevano procurato.
Il piccolo cucinino sul retro non era altro che una semplice rientranza, posta dietro una parete, in cui si trovavano una vecchia stufa, un lavabo e un ripiano, utili per preparare il tè durante la giornata e prendere l'acqua per i fiori del negozio.

Stava intingendo la bustina nell'acqua bollente, quando sentì trillare il campanello posto sopra la porta.

Jeremya annunciò la sua presenza con un colpo di tosse e il ritmico battere del bastone. Galena si affacciò per salutarlo.

«Buongiorno, sindaco Addams!» si pulì le mani sul grembiule e si avvicinò al bancone.

Rispetto alla precedente cliente, l'uomo sembrava avere sentimenti molto più amichevoli verso di lei. «Galena cara, per fortuna ti ho trovata. Come stai?» e mentre parlava, procedette fino a raggiungerla, poi appoggiò il cappello e il bastone sul ripiano in marmo.

Appena la ragazza si accorse del disordine che regnava sul bancone, ne liberò una generosa porzione con movimenti lesti, ammucchiando le carte in un unico plico, chiudendo rapida il grimorio e, prima che l'uomo lo scorgesse, nascondendolo nel cassetto centrale, sotto la cassa.

Dopo aver tolto i fogli, cercò di spostare le foglie di felce che aveva raccolto in giardino prima della pausa, ma Jeremya la fermò, allungando verso di lei una pallida mano.

La magia di Galena

«Perdonami cara per come piombo qui da te, ma dopo la nostra ultima conversazione ero davvero curioso di vedere come proseguono i tuoi preparativi» l'uomo le sorrise gentile e Galena ricambiò con gioia.
Dalla visita di Morvarid, il sindaco era l'unica persona che si dimostrava sua amica; certo, c'era Sebastian, ma il licantropo aveva altri interessi verso di lei e le aveva detto con chiarezza di essere un uomo geloso.
Scacciando i pensieri per tornare al presente, Galena allungò una mano per stringere quella del sindaco, poi si sedette su uno degli sgabelli.
«I preparativi proseguono benissimo, sindaco, grazie!» era commossa per il suo interessamento.
Si ritrovò, senza volerlo, a osservarlo; durante il loro incontro Jeremya le aveva detto di essere stato l'apprendista di Merlino, ma il suo aspetto non tradiva un'età così avanzata. Quel giorno, infatti, l'uomo indossava un abito elegantissimo, con pantaloni leggeri e giacca abbottonata sul davanti: uno classico, adatto a molte occasioni. La barba bianca, tenuta corta, e i capelli, pettinati con cura all'indietro, facevano sembrare lo stregone un anziano qualunque, dagli occhi vispi e attenti. Di certo non un vecchio di più di mille anni. L'agilità con cui salì sullo sgabello, senza bisogno dell'ausilio del bastone dalla testa di leone, che era solito portarsi dietro, tradì le sue radici magiche o almeno il fatto che non fosse un vecchietto comune.
Il movimento di Jeremya strappò un sorriso amichevole a Galena, che si trattenne dal commentare, ma sentì crescere in lei l'affetto per il sindaco. Somigliava, ogni volta di più, alla amatissima nonna che era rimasta in Francia.
«Mi dica, Jeremya, come posso esserle utile?» gli domandò con curiosità. Era convinta che l'arrivo dell'uomo non fosse affatto casuale, come invece voleva farle intendere. Senza fretta, attese che le rivelasse il vero motivo di quella visita

inaspettata. Nel frattempo gli servì il tè che aveva appena messo in infusione nella teiera: era alle erbe balsamiche, ottimo per rinfrescare il palato e dare sollievo dalla stanchezza fisica.

Jeremya annusò, con un gesto teatrale, il profumo emanato dalla bevanda, poi prese in mano la tazzina con eleganza. Ne bevve un generoso sorso, facendo intendere, con un mormorio di approvazione, che gradiva quel sapore balsamico e, solo dopo averne bevuto un altro po', riprese a parlare.

«Oh, ero in giro per affari e ho pensato di venire a curiosare. Sai, noi vecchietti siamo molto attratti dalle novità portate da voi giovani…» disse, appoggiando la tazzina e posando le mani aperte sul bancone in segno di pace.

«Oh, non ho molte novità da portare, coltivo e vendo fiori…».

A quelle parole, Jeremya inclinò la testa di lato, guardandola con un'espressione poco convinta, come se sapesse che c'era di più, ma l'educazione gli impedisse di farglielo notare.

«Lo so, mia cara, non dimenticare che sono il sindaco» le rispose in tono gentile e ironico.

Galena rise piano, prima di portarsi alle labbra un sorso di tisana. Jeremya la imitò, facendo calare un silenzio d'effetto, che ritardò la loro conversazione.

«Dimmi cara, togli una curiosità a questo vecchio impiccione: hai già conosciuto le due amiche di mia moglie?» una risata allegra e divertita accompagnò le ultime parole; come se definire moglie la donna che viveva con lui fosse alquanto spassoso.

Galena negò, scuotendo la testa, e l'uomo proseguì: «In città le chiamano le tre arpie» ridacchiò con eleganza per la seconda volta, prima di continuare «anche se a guardarle bene non hanno niente delle creature mitologiche in questione, oltre al carattere "molto forte"».

La magia di Galena

La ragazza sorrise, finendo di bere prima di trovare una risposta da dare all'uomo. Non era sicura del perché glielo avesse chiesto, ma forse lo avrebbe scoperto di lì a poco.

«Credo di aver conosciuto solo una delle signore in questione. Giusto stamane è passata Miss Rosembova per prendere l'affitto e, in effetti, non posso negare che all'apparenza abbia un carattere molto particolare» affermò alla fine, cercando di essere il più corretta possibile.

Jeremya non lasciò trapelare alcuna emozione apparente, ma appoggiò una mano su un ginocchio, agitandosi sullo sgabello per mettersi comodo.

«Oh cara, ne sono sicuro. Se vuoi seguire il consiglio di un vecchio che frequenta questi luoghi da qualche giorno in più, non inimicarti nessuna delle tre. Anche uno stregone come me sa che è meglio tenere buone certe creature terrene , piuttosto che farle arrabbiare».

Galena intuì qualcosa di sospetto nel tono dell'uomo e lo guardò incuriosita. Le sembrò quasi un ammonimento celato; il modo in cui il sindaco aveva definito il trio di amiche, le fece sorgere il sospetto che quelle parole volessero dire molto di più.

«Non capisco, Jeremya: cosa vuole dire con *creature terrene?*».

«Tesorino caro, davvero non hai ancora capito il segreto della prosperità di quest'isoletta sperduta?»

La ragazza, per la seconda volta, negò e il sindaco sorrise con amore paterno. «Galena, la magia regna sovrana qui!» e indicò il cassetto in cui lei aveva riposto il grimorio, credendo di essere passata inosservata e sbagliandosi di grosso. «Se non hai un retaggio, per così dire magico, non ti sarebbe mai stato permesso di abitare a Skye» concluse, riponendo la tazzina sul bancone.

Galena rimase perplessa nel capire cosa intendesse l'anziano sindaco. Annuì ripensando che, se Sebastian era un licantropo e

di Federica Martina

Morvarid una sirena, non era da escludere che ci fossero altre creature magiche sull'isola, oltre a lei e al signor Addams, che praticavano la magia bianca.

«Non si preoccupi Jeremya, so come cavarmela, ho avuto un buon maestro» cercò di rassicurarlo e l'uomo sorrise, allungandosi per afferrare il bastone dal pomo d'avorio.

«Molto bene mia cara, sono contento di saperlo» mormorò prima di scendere dallo sgabello con l'aiuto del bastone e infilarsi il cappello. «I miei complimenti, non bevevo una simile tisana balsamica da molti anni: mi hai riportato alla mia gioventù» il suo tono si velò di una leggera malinconia. «Ora però mi devi scusare, ho impegni urgenti. Spero di avere l'occasione di incontrarti ancora e molto presto. Sei una giovane davvero amabile» si congedò, dirigendosi con la sua camminata traballante fino alla porta.

«Sono contenta anch'io di averla vista, Jeremya» gli disse a sua volta, scortandolo all'uscio. All'improvviso le balenò alla mente un'idea. Tornò con rapidità sui suoi passi, afferrò una manciata di felci rimaste sul bancone e lo raggiunse di nuovo.

«La prego Jeremya, prenda queste. Saranno perfette dentro un vaso. Daranno colore a un mazzo di fiori che ha in casa» gli consegnò l'involucro e l'uomo, inchinandosi, lo mise sotto il braccio.

«Ah, come mi conosci bene, Galena. Queste felci sono così profumate che mi ricordano la foresta dove abitava Merlino. Tu mi vizi!» con un sorriso allegro e divertito, uscì dal negozio con le foglie smeraldine che danzavano al ritmo dei suoi passi.

Capitolo Nove
"Mal d'amore"

Galena si stava abituando poco a poco a quella vita, all'isola e ai suoi bizzarri abitanti.
Sebastian non si era più fatto vedere dopo la notte passata insieme, ma lei non aveva più pensato alla cosa, catalogandola come di poco conto.

Skye era piccola, sapeva che prima o poi sarebbe si sarebbero incontrati.

Al suo risveglio, quel giorno, il grimorio le aveva mostrato una vecchia pagina dalla carta delicatissima, che lei conosceva molto bene: l'aveva riletta con curiosità, come se, tra quelle righe, potesse trovare informazioni nuove, ma non fu così.
Quando stava per concludere la lettura e alzarsi, il rumore profondo di un tuono aveva fatto vibrare il cielo. L'ennesimo temporale si era formato sulle cime delle montagne, abbattendosi sul paese al sorgere del sole.

Un vento gelido, che proveniva dall'oceano, aveva accompagnato il brutto tempo. L'aria pesante e cupa avrebbe ridotto in modo drastico l'arrivo delle consegne e dei clienti, dando a Galena la possibilità di avere la giornata quasi libera.

Nel scendere al piano di sotto aveva deciso di indossare un pesante maglione. Pensava di prepararsi un tè bollente per allontanare il freddo.

Un'ora più tardi si era avventurata nel giardino davanti all'entrata, coperta con una cerata gialla. Era intenta a

di Federica Martina

raccogliere alcuni fiori quando un colpo di tosse attirò la sua attenzione.

Sollevando il capo verso l'alto, non fu sorpresa di ritrovarsi faccia a faccia con Morvarid.

La sirena aveva un'aria un po' strana ma, ancora una volta, Galena si stupì di come riuscisse a camminare senza scarpe sulla terra umida e fredda.

Si alzò, sorridendo, e le andò incontro. «Ciao!»

Appena le fu vicino, notò le profonde occhiaie verdastre sotto ai suoi occhi smeraldini, la trascuratezza dei suoi vestiti e i capelli scarmigliati. Nemmeno l'ultima volta che si erano incontrate sembrava così sconvolta. «Cosa ti è successo?».

Morvarid si passò una mano tra i capelli, lisciandoli, poi accarezzò l'abito zuppo, nella speranza di togliere qualche grinza. Quella mattina la sirena non indossava un cappotto ma un leggero vestito rosa pallido dallo stile retrò.

«Possiamo entrare?».

Dai gesti nervosi della creatura, Galena intuì il suo desiderio di non voler parlare all'aperto quindi, con affetto, la prese sottobraccio. A quel tocco, Morvarid sussultò, come se avesse sentito dolore, e la scrutò con occhi corrucciati.

Galena ignorò quella resistenza, scortandola, con gentilezza, fino all'interno del negozio.

Solo quando furono dentro Morvarid si sedette su uno degli sgabelli, stringendosi le braccia al torace. Galena le sorrise, incuriosita dalla sua presenza, accomodandosi a sua volta dopo averle allungato un asciugamano.

«Dai, vieni nel retro. Preparo del tè e ci scaldiamo vicino alla stufa. Lì saremo molto più tranquille e nessuno ci disturberà. Ti va?» le propose, rimanendo quasi a bocca aperta quando la sirena annuì, accettando la sua offerta.

«Galena, mi devi aiutare…».

La voce flebile e stanca di Morvarid confermò i suoi sospetti iniziali: qualcosa la preoccupava molto.

La magia di Galena

«Cosa ti è successo?» domandò, lasciando che l'altra si prendesse il tempo che le serviva per rispondere.

«Loro... mi hanno presa di mira. Vogliono... quelle tre vogliono il mio cuore per una persona di Skye» la sua voce tremava di paura, ma Galena non capì cosa volesse dire l'amica, così le prese una mano.

«Sei al sicuro qui, Morvarid. Te lo prometto. Ti aiuto io, ma devi dirmi di più, non capisco...».

La sirena la guardò con così tanta intensità da farle correre dei brividi di terrore lungo la schiena; all'improvviso alla ragazza tornò in mente la pagina del grimorio. Ora ne capiva il significato: per aiutare l'amica doveva fare un incantesimo, restava solo da capire contro chi o cosa. Aveva bisogno di più informazioni da Morvarid.

«L'ultima volta che sei stata qui, eri in lutto per quel terribile incidente. Cos'è successo dopo? Raccontami...» cercò di spronarla.

La creatura annuì, ricambiando la stretta di mano.

«Mi hanno vista al funerale, sulla costa. Loro sanno cosa sono e adesso che hanno scoperto dove vivo, vogliono le mie lacrime e il mio cuore».

Quella confessione lasciò Galena a bocca aperta, ma cercò comunque di confortare Morvarid, accarezzandole con gentilezza una mano.

«Le lacrime di sirena sono molto potenti per i filtri d'amore» confermò quasi sovrappensiero, sorseggiando un po' del suo tè. «Quello che non capisco è il cuore: a cosa gli serve?».

Morvarid fece un respiro profondo, toccandosi il petto come per proteggere l'oggetto del loro discorso.

«È per l'immortalità. Una di loro è una succuba... Vedi, basterebbe...».

Galena sollevò una mano e la fermò, cercando di assimilare la notizia. Al pensiero che uno di quegli esseri malvagi fosse

53

di Federica Martina

sull'isola, un brivido di cieco terrore la percorse; solo l'idea era così raccapricciante che, se non fosse stato per Morvarid, la ragazza avrebbe fatto le valigie all'istante e avrebbe lasciato Skye per sempre.

Una delle creature magiche peggiori da avere come nemica era proprio una succuba. I suoi poteri crescevano in base a chi sottometteva e da quanto tempo lo sfruttava.

«Ma com'è possibile? Allora siamo tutti in pericolo. Tutti sanno che una succuba, oltre a cibarsi delle emozioni umane, ha bisogno di un maschio da soggiogare. È come se il malcapitato fosse indemoniato. Per non parlare poi del fatto che la succuba viene subito a conoscenza di ogni suo movimento o azione».

A questo punto fu la sirena a dover confortare Galena stringendole con fermezza le mani. «Qui sono tutti abbastanza potenti da tenerla sotto controllo. Adesso che ci sei tu, però, quelle tre si sentono minacciate e vogliono più potere. Devi fare attenzione, molta attenzione, perché faranno di tutto per raggiungere il loro scopo».

Galena annuì poi sorrise, cercando di ritrovare un po' di contegno. La sua mente lavorava freneticamente, nel tentativo di ricordare un incantesimo che potesse fare al caso loro, ma invano. Se solo sua madre fosse stata lì con lei, avrebbe potuto chiederle aiuto.

Certo, poteva telefonarle. Sapeva il suo numero a memoria, ma la donna l'aveva scongiurata di non farle sapere dove si trovasse, così, a malincuore, dovette scacciare quel pensiero.

Avrebbe risolto il problema da sola: il grimorio le sarebbe sicuramente venuto in soccorso.

«Adesso pensiamo a te: ti serve un incantesimo di protezione che la tenga lontana abbastanza a lungo perché tu riesca a scappare».

La sirena annuì, sorseggiando le ultime gocce di tè e restituendo la tazza a Galena. Quel gesto così semplice le

La magia di Galena

sembrò fuori dal tempo, mentre andava a prendere il grande tomo da consultare insieme a Morvarid.

Quando tornò, la sirena era ancora nel piccolo cucinino ad attenderla. Galena appoggiò il libro sul ripiano e quando lo aprì, si trovò nuovamente davanti la pagina sulla verbena.: ancora una volta la pagina del grimorio si dischiuse per loro.

Le due ragazze si scambiarono uno sguardo pieno di significato.

«Hai della verbena in negozio?» domandò la creatura marina.

«Dovrei averne di sopra tra le cose ancora inscatolate. Fammi andare a controllare» corse al piano superiore, senza nemmeno attendere la risposta, e cominciò a frugare nelle scatole fino a trovarla. Agguantandola ne fece due mazzolini di erba essiccata e multicolore.

Tornata di sotto, girò il cartello che segnalava la chiusura momentanea dell'attività, poi tornò nel cucinino. Nonostante la stufa continuasse a riscaldare l'ambiente, Galena si sentiva gelare. «Ma tu non hai freddo?» domandò all'amica quando, nel voltarsi verso di lei, la vide con le guance rosate e i capelli quasi asciutti.

«Sono una creatura marina. Abbiamo il sangue freddo. Non patiamo le basse temperature come voi essere umani, semmai soffriamo con il caldo torrido».

Galena immaginò fosse quello il motivo per cui la sirena avesse scelto di vivere vicino a quell'isolotto quasi sperduto nell'oceano Atlantico.

Decise a non perdere ulteriore tempo, le due si misero al lavoro e cominciarono a sbriciolare i fiori secchi in un miscelatore di erbe.

Impiegarono un paio di ore abbondanti per riempire tre sacchettini: uno per Morvarid, l'altro per Galena e il terzo di scorta, nel caso in cui uno degli altri due fosse stato smarrito.

di Federica Martina

Quando il buio calò sull'isola e il temporale si fu quasi placato, la sirena poté infine uscire in giardino.

Prima di sparire, salutò Galena con un abbraccio, sorridendole e stringendo il sacchettino che le pendeva dal collo.

«Te ne porterò dell'altra quanto prima! Grazie di cuore per la tua amicizia».

Capitolo Dieci
"Sugli scogli"

Il nord dell'isola era molto diverso dal paesino abitato. Lì il temporale si era placato prima, lasciando dietro di sé l'umidità e i rigagnoli di pioggia che scorrevano verso il mare.

Le nuvole circondavano le alte formazioni rocciose, simili a punte di freccia, dando al paesaggio quell'aspetto spettrale e mistico che aveva conquistato Galena.

Quelle montagne le riportarono alla mente il colonnato in corallo nel palazzo del padre e le distese di erba incolta, a perdita d'occhio, si mescolavano con la barriera corallina.

Il petto le si riempì di dolore e malinconia. Erano quelli i sentimenti che padroneggiavano nel suo cuore, costretto all'isolamento eterno.

La lontananza da casa era il male peggiore che una sirena potesse sopportare: il suo immenso dolore ne era l'emblema.

Dragan l'aveva punita in modo esemplare, cosicché nessuno dimenticasse mai cosa volesse dire infrangere una regola e disubbidire al re: nemmeno l'essere la figlia prediletta ti poteva salvare.

Morvarid si asciugò, con il dorso della tremante mano umana, le lacrime che le bagnavano, copiose, le guance.

Con i pensieri rivolti alla sua vecchia vita, a casa sua, aveva cominciato a camminare fino ad arrivare nella parte disabitata dell'isola.

Doveva tornare indietro, nella baracchetta che si era costruita con le assi portate dal mare. Prima, però, voleva mantenere la promessa fatta il giorno precedente a Galena.

di Federica Martina

Quella ragazza possedeva il cuore più puro che Morvarid avesse mai conosciuto, il suo animo aveva un'aura così candida e gentile da essere accecante, per lei, ma starle vicino le dava una nuova forza mai sperimentata prima.

Il brivido di paura che le corse lungo la spina dorsale non riguardava lei, ma la nefasta eventualità che il trio di arpie cambiasse soggetto, cercando il cuore di Galena invece che il suo.

Voleva scongiurare quella possibilità, a costo di tuffarsi nell'oceano e mobilitare tutto il popolo delle sirene; avrebbe anche nuotato fino alla corte del padre per salvare Galena, se fosse stato necessario: lei era la giovane più meritevole di fiducia e amore che avesse mai conosciuto.

Cogliere della verbena, in quel momento, le parve un'azione di poco conto.

Seguì, ancora per qualche metro, il sentiero in mezzo all'erba battuta dal vento del nord, arrivando fino al limitare degli scogli a picco sul mare; qui sapeva esserci una piccola insenatura, dove, con certezza, avrebbe trovato l'erba magica nascosta in mezzo a bassi cespugli.

Con gli occhi velati di lacrime si lasciò cullare dal rumore del mare, la schiuma delle onde le spruzzò il viso come lentiggini gelate e le onde le urlarono la loro canzone. Doveva resistere al richiamo, scendendo verso il basso.

Arrivò nei pressi di un punto in cui un enorme scoglio si prolungava verso l'acqua come un molo, fermandosi a guardare attorno a sé.

Quando fu certa di essere sola si concesse un lunghissimo respiro, assaporando l'aria del mare e gli schizzi delle onde sulle gambe, libera di sentire sulla pelle quella sensazione piacevole di libertà.

Le venne un nodo alla gola pensando all'ultima volta che era stata libera di tuffarsi in quelle acque, tornare a casa ed essere se stessa.

La magia di Galena

Nel cuore celava il suo desiderio più grande: ritornare sirena, anche solo per un singolo momento. Le era stato, però, proibito: la punizione per la sua stupidità era stata l'esilio.

Da quel giorno erano trascorsi appena sessant'anni, pochi se paragonati alla lunghezza della vita di una sirena, ma a lei parevano secoli.

All'epoca, a causa della sua giovinezza, non sapeva cosa significasse essere una creatura del mare e l'amore per Annuk era stato così travolgente da condurla a compiere quella sciocchezza.

Si trattò di un colpo di fulmine e lei lo aveva convinto di poter vivere felici, insieme, in fondo al mare, ma Annuk non aveva vissuto abbastanza a lungo, nemmeno per scorgere il fondale sabbioso.

Alla corte di Dragan, Annuk era arrivato cadavere tra le braccia di Morvarid, ormai disperata e colma d'amore tradito; suo padre non aveva potuto fare nulla per lui e lei, ritenuta colpevole, era stata esiliata per mille anni sulla terra senza il suo amore.

Quella sera, però, si trovava lì per aiutare Galena e non per pensare agli uomini a cui aveva strappato la vita in modo così stupido.

Si asciugò le lacrime, accendendo la torcia che aveva con sé. Solo allora lo vide.

A strapiombo sull'oceano, proprio al limite della radura di verbena, svettava un'ombra seduta sullo scoglio.

Si avvicinò circospetta: la schiena scura e i capelli mossi dal vento non l'aiutavano a stabilire chi fosse, fradicio di pioggia. Come lei, doveva amare la sensazione dell'acqua sulla pelle e, quindi, non poteva trattarsi di un umano.

L'ansia le chiuse la gola, mettendola in allarme.

Morvarid non si fidava, doveva essere silenziosa nel procedere sul terreno fangoso, avvicinandosi quel tanto che le bastava per scorgerne il profilo e distinguerne i colori.

di Federica Martina

«Credevo non saresti più arrivata!» la musicalità di quella voce le diede i brividi, ma la cosa che la spaventò più di tutto fu quando, allungando il collo, vide la lunga e sottile coda di tritone in mezzo alle pietre.

«Stammi lontano! Digli che non ho infranto nessuna regola».

Quando lui si girò nella sua direzione sporgendosi per avvicinarsi ancora di più, il cuore della sirena prese a batterle impazzito nel petto, assordandola.

«Non sono qui per portarti da lui. Ti ho cercata per decenni» gli occhi del tritone divennero neri, come gli abissi.

Morvarid gli si avvicinò senza prestare particolare cautela. Quei tratti le erano famigliari in un modo che non comprendeva.

«Thorn...» quando lo riconobbe non si trattenne e gli corse incontro, stava cedendo alla voglia di abbracciare il giovane, ma si limitò a un sorriso titubante.

«Ti ho cercata su ogni costa conosciuta. Perché sei fuggita, Morvarid? Sei in pericolo, lo sai?».

Le lacrime le pungevano gli occhi per la felicità nel rivederlo dopo tutto quel tempo. Annuì con il capo, deglutendo per fermare la corrente oceanica di parole che premevano per uscire.

«Ho imparato a badare a me stessa, tritone!» disse con orgoglio, chinandosi a raccogliere delle piantine che crescevano in mezzo alle pietre.

Per la salvezza del suo cuore e, soprattutto per Galena, non poteva cedere a quell'incontro. Doveva allontanare il tritone da lei e convincerlo a non ritornare mai più: era pericoloso.

«Con quelle piantine innocue?» la schernì, porgendole un fiore dalla forma conica. «Aggiungici anche questo, almeno avrà un buon profumo» si prese gioco di lei.

Morvarid non desistette, raccogliendo una quantità generosa di verbena e infilandola in un sacco di juta. Solo quando ebbe

La magia di Galena

finito, prese il piccolo fiore verdognolo che le porgeva il giovane. Conosceva quella pianta, era una delle tante che crescevano sulle scogliere e che le ricordavano le alghe di casa.

Ne aveva un vasetto sul davanzale, che riempiva e cambiava ogni volta ne aveva l'occasione.

«Thorn questo luogo non è sicuro. Per favore, va via e non tornare più. Non posso pensare anche a te, adesso. Mi dispiace averti abbandonato, ma è stato molto tempo fa, adesso la mia vita è qui...» lo vide socchiudere gli occhi. La sua espressione di delusione la colpì come un ceffone in pieno viso.

«Morvarid, sono un guardiano. Chi ti dice che non sarò io a proteggere te?» tuonò, sparendo, con un balzo nella schiuma delle onde, lasciandola a bocca aperta.

«Sciocco di un tritone!» gridò, ma i flutti coprirono la sua voce, lasciando al giovane l'ultima parola.

Morvarid fissò la bella d'Irlanda e la strinse al petto: non sarebbe più tornata su quello scoglio, sperando, in quel modo, che lui, non trovandola più, si sarebbe arreso all'evidenza che non poteva più averla.

Con la fievole luce della torcia e il pesante sacco sulla spalla, la sirena tornò a casa. Ogni passo nel fango fu accompagnato da amare lacrime di dolore, che inzuppavano il sentiero più della pioggia.

di Federica Martina

Capitolo Undici
"Lupi di mare"

Una sera, seduta nel giardino sul retro, Galena osservava le stelle; era stanca e si sentiva sola. I giorni passavano e, sebbene adesso potesse dire di avere degli amici, avvertiva con forza la mancanza di casa.

Non aveva mai trascorso più di un fine settimana lontana dalla sua famiglia, mentre ora erano più di due mesi che non aveva nessuna notizia da Cahen.

E le giornate uggiose di quell'autunno umido non aiutavano il suo stato d'animo. Il non avere nessuno accanto, dopo il calar del sole, le creava ancora qualche problema; non era paura ma, dalla visita di Morvarid, non riusciva a dormire bene.

Le venne voglia di chiedere alla sirena se volesse passare qualche giorno al negozio con lei. Pensò di domandarglielo appena si fossero viste.

Sovrappensiero, si strinse nello scialle. Era seduta sulla traballante seggiola del cucinino che, con non poca fatica, aveva trascinato nel portico per guardare il cielo. Lì, tra mille pensieri, sentì il ringhio di un lupo provenire dal fondo del giardino, dietro ai cespugli dell'appezzamento vicino.

Valutando che nessuna delle ipotesi venutele in mente potesse essere auspicabile, nel vedere la luna calante, scese dalla sediolina, per entrare in casa e sbarrare la porta.

Era già con un piede oltre la soglia della cucina, quando un paio di occhi rossi comparvero in mezzo al fogliame della recinzione.

Galena trattenne il respiro, afferrando la maniglia di ottone e cercando il manico della ramazza da usare come scacciacani.

La magia di Galena

Quell'arma improvvisata non servì perché il lupo entrò nel cono di luce della finestra.

Solo in quel momento la ragazza riconobbe il pelo scuro del licantropo che l'aveva sedotta parecchie sere prima, per poi sparire. Rincuorata dal vedere di chi si trattasse, le sfuggì un sospiro di sollievo mentre riapriva la porta.

«Ciao Sebastian» salutò la bestia che, nel sentire la sua voce, piegò il capo di lato, sbuffando dalle narici: un saluto in pieno stile lupesco.

Galena tornò a sedersi sulla seggiola mentre il lupo, sul margine del prato, nascosto dalle ombre del selciato, mutò nelle sue sembianze umane.

La ragazza distolse lo sguardo quando intuì cosa stava per accadere; in modo del tutto istintivo portò i capelli dietro le orecchie, lisciandosi la stoffa della gonna per raddrizzarne delle pieghette.

Sorrise tra sé nel rendersi conto che si stava sistemando per il giovane, quasi volesse essere carina per lui.

Che sciocchezza!

«Ciao Galena» Sebastian era più rilassato che mai. «Ho sentito il tuo odore da lontano. C'è qualcosa che ti preoccupa. Come posso aiutarti?» con passo deciso, ma lento, il licantropo si avvicinò alla ragazza, fermandosi a qualche metro da lei.

Il tono era gentile, con una nota di vero interesse, che la ragazza trovò molto premuroso. Scosse la testa, incapace di dare voce ai pensieri che le vagavano per la mente poco prima: non voleva certo confessare di aver paura di stare da sola in quella casa.

Non trovava le parole giuste per rispondergli e attese che le si avvicinasse di più, sicura che lo avrebbe fatto.

Quando le sue aspettative vennero deluse e il silenzio divenne sospetto, Galena allungò il collo per curiosare cosa stesse combinando dietro la piccola serra. Rimase sorpresa quando lo vide infilarsi un paio di pantaloni strappati sulle ginocchia e una maglietta scolorita a maniche corte.

«Ti sei attrezzato questa volta, eh?» scherzò, vedendo Sebastian alzare il mento nella sua direzione.

«Li ho sempre quando esco, solo che l'ultima volta non era previsto che... be', insomma, hai capito» mormorò, mentre si infilava una catenina al collo, emergendo dalle ombre.

«Non hai freddo, *svestito* così?».

Sebastian ridacchiò piano, scrollando le spalle mentre camminava in mezzo alle erbacce.

«Non li conosci proprio i licantropi, vedo» ribatté con tono di scherno.

Arrivato al portico si appoggiò con il braccio sollevato su uno dei due pali che reggevano la ringhiera.

Galena passò i successivi due o tre secondi a contemplare con enorme soddisfazione la muscolatura ben sviluppata dei suoi bicipiti. Sebastian aveva un fisico davvero eccezionale, impossibile dire il contrario.

«No, sei l'unico che abbia mai visto» ammise e il licantropo, con un enorme ghigno di compiacimento, si sedette per terra davanti ai suoi piedi, incrociando le gambe.

La ragazza stava quasi per proporgli di entrare ma lui si era accomodato, appoggiandosi alla balaustra con l'aspetto di chi si sentiva a proprio agio.

«Dovrò farti un po' di scuola, allora!» ridacchiò tutto allegro e pimpante, quasi fosse a uno spettacolo comico.

«Mi basta aprire il mio libro... c'è un intero capitolo sui comuni licantropi» lo stuzzicò un po' per vedere se stava allo scherzo, chiudendosi per bene lo scialle attorno alle spalle per non prendere freddo in quella frizzante notte di inizio ottobre.

«Io non sono un licantropo qualunque» mentre le rispondeva, lo vide gonfiare il petto con orgoglio; l'istinto di fare il macho a beneficio della ragazza le diede la visuale completa dei suoi addominali. «Io sono stato morso da un

La magia di Galena

alfa...» concluse, sfoggiando il sorriso di chi sa di aver detto una cosa importante.

Galena, però, non aveva proprio idea di cosa volesse dire e l'espressione dubbiosa che palesò al licantropo non fu ben accolta.

«Qual è la differenza?» gli chiese alla fine, vedendolo arricciare le labbra.

«Oh, be'... vedi, i licantropi si dividono in tre grandi categorie, proprio come i lupi: gli alfa, i beta e gli omega, i meno puri» le spiegò, mentre si stirava i muscoli, allungando le braccia sopra la testa.

La ragazza immaginava che si stesse agitando perché era scomodo, così si alzò dalla sedia, prese uno dei cuscini che aveva sulla seduta e glielo porse.

«Molto meglio, grazie».

Galena continuava a essere curiosa di quella particolarità di Sebastian, così si azzardò a proseguire la chiacchierata: «Cosa cambia da un alfa a un beta?» domandò mentre lui si riappoggiava con un cigolio alla la ringhiera di legno.

«Oh be', gli alfa sono i più fighi!» enunciò con enfasi, mentre si soffiava via un ciuffo di capelli che gli era caduto sugli occhi, strappando una risata a Galena.

«No, dai! Spiegamelo davvero...» ripeté, cercando di mantenere un tono serio, in modo che Sebastian capisse che lei era davvero interessata a farsi raccontare quel particolare.

«Be', vedi... l'alfa è la prima lettera dell'alfabeto greco...»

A Galena parve quasi di essere tornata a casa, nelle sere d'inverno, quando la nonna si sedeva davanti al camino a raccontare le leggende delle loro terre e a insegnarle i trucchi di piante, fiori e intrugli vari.

«Sì, questo lo sapevo. Quindi la cosa ha un nesso?» mormorò concentrata e annuendo verso Sebastian, che sogghignò. Con molta probabilità il suo interesse gli faceva piacere.

di Federica Martina

«Sì. Come l'alfa nell'alfabeto, i lupi più forti con geni migliori diventano i capi di un branco. Per questo prendono il nome da quella lettera. I beta sono i loro figli, i maschi dello stesso branco che però non sono abbastanza grandi da sfidare il capo. Gli alfa sono quelli che scelgono le femmine» alla fine di quella semplice spiegazione le fece l'occhiolino e la schernì sornione. «Gli omega sono quei lupi che scelgono di restare soli. Di solito sono vecchi capi caduti in disgrazia, per così dire».

Galena aveva ascoltato tutto con crescente attenzione, memorizzando quei concetti elementari. Tutto era molto comprensibile da capire, ma Sebastian doveva averlo semplificato per lei.

«Quindi tu, qui sull'isola, hai un branco?» considerò a voce alta, vedendo il lupo annuire con la testa e fare spallucce. A quella risposta muta, Galena non trattenne la sorpresa: «Credevo fossi solo...» rivelò.

Sebastian sfoderò un sorriso seducente e sogghignò giocoso. Galena, prontissima a riprendere la lista di domande che in quel momento le ronzavano nella testa, si bloccò nel vedere Sebastian allungarsi verso di lei, con una luce nuova negli occhi.

I loro sguardi si incatenarono tra loro come richiamati da qualcosa di impalpabile, le labbra di Sebastian piegate all'insù mutarono in qualcosa di molto più intenso.

Un brivido caldo percorse la nuca di Galena che schiuse le labbra, restando immobile a contemplare Sebastian mettersi a gattoni davanti a lei, soffiare come un gatto nella sua direzione e allungare una mano verso una delle sue caviglie.

Allarmata, ritrasse il piede che aveva allungato verso l'uomo, raddrizzando la schiena. Sebastian emise un ringhio basso, che le procurò infiniti fremiti lungo le braccia.

Stava giocando con lei, in quel momento, e Galena lo trovò seducente in modo del tutto inspiegabile.

La magia di Galena

«Prometti di non dirlo a nessuno?» la ragazza annuì, restando immobile mentre lui le si avvicinava ancora un po' fino ad accarezzarle con delicatezza la caviglia scoperta.

Sebastian arrivò con il viso all'altezza del suo ginocchio, la guardò da sotto le lunghe ciglia, mettendo in mostra i denti bianchissimi.

Galena non trattenne una risata a cui si unì il lupo, quando, dal nulla, le porse una margherita dai petali sfumati di rosa. Era una di quelle selvatiche, che crescono nei prati, piccole e delicate. Lei la prese tra le dita per infilargliela in mezzo ai capelli.

«Anche questo fiore ha un significato?» Sebastian era a un respiro da lei, eppure Galena desiderava che si avvicinasse ancora di più.

«Tutti i fiori e le piante vogliono trasmettere qualcosa» gli confermò e lo vide sollevare solo un angolo della bocca.

«Qual è?»

«La promessa di pensarci, di non dare subito una risposta. Di concedere una seconda possibilità, se preferisci...» Sebastian parve compiaciuto delle sue parole e tornò a sedersi. Galena sentì freddo, come se le mancasse già la sua vicinanza.

«Me lo dirai... allora?» mormorò, dopo un secondo o due di silenzio.

Sebastian sorrise con gli occhi.

«Siamo noi a gestire il porto. I vampiri hanno paura dell'acqua, invece noi siamo nuotatori provetti» le spiegò, lasciandola per l'ennesima volta di stucco.

«Mi prendi in giro. Tutti quanti al porto solo licantropi?» si lasciò sfuggire, sorpresa da quelle sue parole.

«Hai mai sentito parlare dei lupi di mare?» disse, sornione, facendola ridere.

«Certo che sì! Ma credevo fosse in senso diverso...» asserì, vedendo Sebastian beffarsi di nuovo di lei in modo scherzoso. «Mi stai prendendo in giro!».

67

di Federica Martina

«Sì, mi piace sentirti ridere» le confermò.
Dopo qualche secondo di risate tra loro, Sebastian tornò serio.
«Però è vero che il mio branco gestisce il porto…».
«Sei una creatura davvero molto misteriosa e seducente, Sebastian» gli mormorò, cogliendolo di sorpresa.
Galena approfittò di quella distrazione per alzarsi e avvicinarsi alla porta; quei momenti con il lupo avevano scacciato la sua malinconia, ma adesso si era fatto davvero molto tardi. Si sentiva esausta e tutte quelle informazioni dovevano essere assimilate dalla sua mente.
Rimase di stucco nel vederlo alzarsi per aprirle la porta con un gesto fluido e rapidissimo.
«Ti piace tenermi sulle spine, eh?» le bisbigliò quasi all'orecchio a bassa voce, provocandole la pelle d'oca. Galena non gli rispose.
Prima che entrasse, Sebastian si chinò e le tolse la pratolina dai capelli con una carezza leggerissima e delicata, guardandola con intensità negli occhi.
«Non abbastanza a quanto pare» le sussurrò alla fine, lasciandola entrare.
Galena prese di nuovo il fiorellino che lui reggeva tra due dita, ricambiando il gesto.
Il significato di quel piccolo fiore danzò tra di loro per un lunghissimo secondo, poi Galena chiuse la porta e abbassò le sbarre per bloccarla.
Dalla porta e attraverso il vetro trasparente vedeva ancora il licantropo di fronte a lei.
«Buona notte Sebastian».

La magia di Galena

Capitolo Dodici
"La festa privata"

Fin dalla notte il vento del nord soffiava gelido nella piazzetta di fronte al negozio.
Galena, all'alba, aveva già finito di fare colazione, così si era infilata un pesante giaccone per uscire.

Aprendo la porta del giardino sul retro, la ragazza aveva scrutato, con serietà, i confini che si perdevano dall'appezzamento vicino al suo e si estendevano fino al porto. La strada alla sua sinistra era già affollata ma, grazie all'alto muro di mattoni, la caotica vitalità del vicinato non le dava fastidio.

Quella mattina avrebbe fatto un po' di giardinaggio: era da troppo tempo che nessuno estirpava le erbacce, che ormai erano diventate fin troppo alte e si arrampicavano su qualsiasi cosa trovassero.

Nei giorni precedenti Galena aveva liberato la piccola serra che stava sul fondo, così da poterla sfruttare ma, adesso, doveva proprio sistemare il giardino per ampliarne lo spazio fruibile.

Dopo essersi legata al collo una sciarpa di lana, raccolse i capelli in una crocchia alta e si infilò i guanti da lavoro.

Scrutando con attenzione il muro perimetrale e valutando quanto denudarlo, la ragazza camminò fino al centro del guardino, facendo un giro su se stessa.

Aveva davvero molto da fare, ma già immaginava quali modifiche apportare senza deturparne la bellezza.

Trovò, in un gazebo di ferro bianco mezzo crollato, una carriola straripante di terra e delle panche di cemento molto

di Federica Martina

belle. Voleva estrarre tutto e, poco alla volta riportarlo, all'antico splendore.

«C'è nessuno!? Fioraia?» si sentì chiamare da una voce femminile che non le parve di riconoscere.

Sfilò i guanti, lasciandoli sul bordo della balaustra di legno, e rientrò, passando dalla cucinetta per accogliere la nuova cliente.

Nell'avvicinarsi al negozio si era sciolta i capelli e legata il grembiule, nella cui tasca davanti teneva nascosto, da giorni, il sacchettino di verbena.

«Sì, eccomi!» esclamò, entrando nel locale riscaldato.

Rimase molto sorpresa nel vedere chi la aspettasse nel negozio: il trio di donne, che nonostante il loro aspetto elegante e altezzoso, la stavano guardando con ribrezzo.

Trovarsele davanti le riportò alla mente l'ultima visita di Jeremya e, d'istinto, si assicurò che il sacchettino fosse al suo posto. Quelle erbe le davano sicurezza e, nell'avvicinarsi, sorrise loro molto più tranquilla.

Galena si pulì le mani sul grande grembiule, giungendo al bancone.

«Sono Juliet Addams» la mora dagli occhi azzurri, penetranti come stiletti di ghiaccio, allungò una mano verso Galena, che gliela strinse cercando di apparire calma. «Forse si ricorda di me, dalla sua visita a mio marito...».

La ragazza annuì, notando che, insieme alla donna, c'era anche Miss Rosembova e l'ultima rappresentante del trio, una bionda dai modi altrettanto sicuri di sé.

«Sì, certo Signora Addams».

Le donne si guardavano intorno, valutando sia lei che il piccolo ambiente, ma Galena non si preoccupò: se erano lì solo per giudicarla, a lei non interessava affatto cosa pensassero.

Per liberarsi del trio il più in fretta possibile stava per chiedere cosa volessero, quando Katherina puntò i suoi occhi su di lei, provocandole un brivido lungo la nuca.

La magia di Galena

«Si è sistemata bene qui, vedo» dal loro atteggiamento capì che quel giudizio quello non era affatto un complimento, ma lei lo valutò come tale. «Questa bettola non ha mai avuto un aspetto meno sciatto».

Galena tirò le labbra in un sorriso poco convinto, certa che non avrebbero apprezzato il suo modo di fare così disponibile. La voglia di risponderle per le rime le aveva pizzicato la punta della lingua, ma si era trattenuta, accorgendosi che la terza donna aveva adocchiato il suo libro.

Quell'interesse, così poco velato, la mise in allarme e, non facendosi cogliere alla sprovvista, lo chiuse con uno scatto e lo sommerse di carte perché la donna non potesse sbirciare altro. Sapeva che quel suo gesto non era passato inosservato e che, anzi, il colpo secco, aveva attirato le loro occhiate indagatrici.

«Come posso esservi d'aiuto, signore?» chiese alla fine. «Cercate una composizione in particolare o solo dei fiori?» si era rivolta a Miss Addams, convinta che fosse lei ad aver bisogno di qualcosa, ma vide la sua espressione mutare in modo poco rassicurante, così capì di aver fatto un errore di valutazione.

All'apparenza le tre donne sembravano innocue, ma se si era a conoscenza che tra di loro si celava una succuba, nessuno poteva abbassare la guardia. Quella creatura la spaventava in modo particolare, rispetto a streghe, lupi o altro.

La bionda, dopo essersi specchiata nella finestra sistemandosi l'acconciatura e la camicetta, alla fine le rispose: «Sì! Voglio delle composizioni e tutta Skye dice che hai un'abilità nel crearne di belle e particolari» il tono era supponente e di evidente sfida. «Domani sera organizzo una grande festa e voglio dei centrotavola» concluse sfoderando un ghigno.

La provocazione adesso era più che chiara. Galena osservò la donna che, mentre le parlava, continuava a rimirarsi nel vetro della finestra.

di Federica Martina

«Un compleanno? Una ricorrenza particolare, forse?» chiese perplessa, dopo le scarse informazioni che le avevano fornito.
La donna rise nel voltarsi verso le due amiche, scrollando le spalle.
«No» la soddisfazione che traboccò dal tono con cui fu negata la sua ipotesi era pregna di godimento. «Ogni anno, qui a Skye, si tiene la festa per il raccolto. Le tradizioni sono molto importanti per la nostra piccola isola e tocca a Ginny organizzarla» replicò Juliet, mentre la scrutava con sempre più astio non celato.
Quelle parole le diedero una sensazione strana: non si aspettava che simili creature avessero il minimo interesse verso la conservazione del folclore, perché più il loro potere era sconosciuto, maggiore sarebbe stata la loro possibilità di emergere e primeggiare.
Si trattenne dal palesare un simile dubbio e osservò ancora una volta, con più attenzione, prima la cliente e poi il trio nel suo complesso, studiandone la freddezza che emanavano e l'accuratezza con cui sceglievano gesti, espressioni e aspetto esteriore.
Esaminandole con più attenzione si vedeva trasparire la loro finzione che, solo a una prima occhiata superficiale dava di loro l'aspetto di tre giovani amiche molto ricche e ben curate; eppure nemmeno la ragazza, che conosceva svariate creature, riusciva a darsi una risposta sul quale delle tre fosse la succuba.
Quell'incertezza la metteva in agitazione.
«Ma certo. Guardate pure se trovate qualcosa che possa fare al caso vostro...» replicò alla fine, osservandole.
Le tre donne si voltarono, parlarono tra loro per un paio di minuti, quando Galena ebbe l'idea.
Schiarendosi la voce, con tre colpetti di tosse, richiamò la loro attenzione prendendo da un vaso un fiore rosso di ibisco.
«Se posso proporvi qualcosa, signore, stavo pensando a dei centrotavola ovali» nell'esternare l'idea estrasse dal bancone

La magia di Galena

un cesto di una dimensione adatta e lo riempì di spugna per fiorai, accompagnando alle parole i gesti. «Userei foglie verde scuro per salutare l'estate e fiori delicati tipici dell'autunno per onorarne l'arrivo».

Le tre donne la osservavano, interessate. Ginevra, vicino al bancone, non perdeva un suo singolo gesto, mentre Katherina la ignorava.

«Il fiore dell'ibisco ad esempio» il trio annuì e lei si lasciò sfuggire un ghigno di trionfo. «Il rosso sarebbe il migliore, ma ne ho di diversi colori sul retro se volete scegliere voi stessa, signora...»

«Petrescu, Ginevra Petrescu» la rimboccò con supponenza.

Juliet e Katherina rimasero in silenzio, preoccupandola, ma la giovane che doveva organizzare la festa sembrava approvare l'idea.

Solo quando Ginevra si voltò per cercare il loro consenso, le altre due si avvicinarono di più all'esempio di centrotavola che aveva composto, chinandosi a guardarlo con estrema serietà, annuendo.

Ginevra si aggiustò, per l'ennesima volta, la giacca che indossava e la gonna, mentre tornava a specchiarsi sul bancone lucido.

«Sì, direi che mi piace...» mormorò con un tono degno di un bambino che si lagnava. «Però... non so. Certo, il rosso e l'arancione sono adatti, ma così banali...» Juliet e Katherina annuirono con un sorriso di approvazione. «Sì, troppo banale. Direi che il bianco mi dona molto di più, ho la carnagione troppo chiara per dei colori così accesi» a ogni parola accompagnò gesti con cui si pavoneggiò. Ridacchiò verso le amiche quando concluse, togliendo gli ibisco dalla composizione prendendone uno di quelli bianchi per appoggiarselo vicino al viso come se fosse un orecchino.

di Federica Martina

«Certo, anche bianco non è un problema» le assicurò Galena, che lo prese dalla sua mano per metterlo nella composizione.

«Bene. Ora che hai la tua composizione, vorrei che me ne facessi duecento per domani sera».

Per poco, Galena, non si strozzò con la sua stessa saliva. Quella ragazza doveva essere pazza se pensava che chiunque sarebbe riuscito a fare una commessa simile e in così poco tempo, da solo. Sbatté gli occhi incredula, vedendole ridere di gusto alla sua reazione, facendo un respiro profondo per non farle notare nessuna emozione.

«Perfetto» le rispose, scrivendo su un foglietto i dettagli.

Ginevra le dettò anche il suo indirizzo e le diede un piccolo acconto.

Infine, con un tripudio di tacchi, le tre arpie uscirono dal negozio, lasciandola sconcertata e sommersa di lavoro.

La magia di Galena

Capitolo Tredici
"Giardiniere a domicilio"

Quel pomeriggio, dopo la consegna dell'immenso ordine per la festa del raccolto, Galena si sentiva esausta.
Aveva lavorato per due giorni interi, senza nemmeno dormire la notte, arrivando alla sera dell'evento con ancora alcuni centrotavola da finire: non le erano bastati i fiori in magazzino e aveva dovuto ordinarli e farli giungere con un corriere espresso dal continente.

Per un soffio non aveva dovuto dire alla donna di essere impossibilitata a effettuare l'ordine richiesto, c'era mancato davvero pochissimo, ma alla fine ce l'aveva fatta.

Quel giorno sognava di prendere una sedia e mettersi a sonnecchiare all'aperto, sotto il pallido sole che l'aveva svegliata al mattino.

Una giornata così tiepida e serena era così insolita per quella terra, soprattutto in quella stagione. Molti abitanti di Skye si ritrovarono nella piccola piazza e lungo le viuzze che portavano al porto, ispirati dall'aria frizzante che soffiava dal mare.

Galena stessa avrebbe voluto passeggiare in spiaggia e godersi quel sole inaspettato, se non avesse dovuto rimanere al negozio.

Decise di rilassarsi un po' nel selvaggio giardino, sorprendendosi dei colori che brillavano a quella luce, tanto quanto l'arrivo di Sebastian.

di Federica Martina

La giovane, pronta a un'altra mattinata di lavoro sonnolento, vide il giovane moro comparire sulla soglia del retro, illuminato dal sole mattutino e con un sorriso radioso sul viso.

Abituata a vederlo soprattutto dopo il tramonto rimase, per un lungo momento, imbambolata a fissare la bellezza di quel fisico asciutto mentre il licantropo restava immobile sulla porta in perfetta posa da contemplazione: un braccio alzato sopra la testa, appoggiato allo stipite, l'altro messo dietro la schiena, come a voler far notare soprattutto il torace.

Indossava una semplice maglietta scolorita a maniche lunghe e un paio di scarponcini.

Galena gli sorrise quando Sebastian si schiarì la gola.

«Ho il permesso di entrare, mia signora?» il tono era canzonatorio e allegro.

«Certo, entra!» lo accolse sistemandosi la gonna, notando che teneva le braccia dietro la schiena, come se nascondesse qualcosa.

La ragazza chiuse il grimorio dal quale stava leggendo la ricetta per un dolce adatto alla stagione.

Solo adesso che lo rivedeva, capì che quel ricciuluto mutaforma possessivo e geloso, gli era mancato.

«Non aspetto consegne, per oggi. Cosa ti porta qui?» gli domandò perplessa, vedendolo camminare verso il bancone senza fretta.

Il lupo non le rispose, finché non fu davanti a lei dietro al grande tavolo.

«Non sono qui per una consegna...» il tono si era abbassato in modo notevole e repentino: Sebastian era diventato serio, mentre le puntava addosso due enormi occhi neri.

Galena aprì la bocca per rispondergli, richiudendola senza dire una parola, spalancando gli occhi sorpresa quando il licantropo appoggiò, sotto ai suoi occhi, un grosso mazzo di rose arancioni.

La magia di Galena

Erano almeno una trentina, tutte bellissime e fiorite al punto giusto.

Sebastian, enigmatico, rimase zitto, limitandosi a scrutarla con intensità. Le difese di Galena caddero come piccoli mattoncini, mentre il suo stomaco si animava da milioni di farfalle.

«Mi sono documentato alla biblioteca del municipio per non fare una figuraccia come l'altra mattina» mormorò, alla fine, Sebastian.

Le guance di Galena divennero di porpora, mentre lui richiamava alla mente di entrambi il risveglio del loro primo incontro notturno, quando le aveva preparato la colazione, dopo la notte passata insieme.

«Desiderio...» il sentimento che quei boccioli simboleggiavano, le sfuggì dalle labbra in un misto di domanda e confessione.

Il giovane annuì, sollevando un solo angolo delle labbra, sedendosi sullo sgabello davanti a lei.

«Con che fiore risponderai a questo?» Sebastian dimostrò di aver preparato nei minimi dettagli quella sua visita, mentre lei boccheggiava presa alla sprovvista. «O pensi di scappare come l'altra sera?».

Galena, presa in contropiede dal suo modo di proporsi diretto e deciso, d'istinto fece un passo indietro.

Qualche centimetro di distanza da lui le diede la possibilità di respirare in modo normale e cercare di darsi un contegno; la vicinanza di Sebastian era come una forza attrattiva a cui non riusciva a sottrarsi.

«Oh Sebastian» non riusciva a pensare a niente di sensato da dirgli. «Tu sei meraviglioso, davvero, ma io non posso».

Sul viso del licantropo si formò un'espressione indagatrice.

«Ancora un rifiuto... bene!» dichiarò, balzando giù dallo sgabello. «Allora c'è un'unica cosa che posso fare» sentenziò, mettendo entrambe le mani sui fianchi girando attorno al bancone con un'espressione preoccupante.

«Ho paura a chiederti cosa intendi...» mormorò Galena facendo, a sua volta, il giro del tavolo per seguirlo incuriosita.

«Mi renderò indispensabile!» proclamò. «Alla fine cederai! Non mi do per vinto così facilmente» disse risoluto mentre si arrotolava le maniche fino agli avambracci.

Galena era quasi pronta ad arrendersi e dirgli di fare come voleva che lei se ne andava a dormire, ma si trattenne lasciandosi sfuggire un sospiro rassegnato.

Sebastian le si avvicinò tanto da potersi specchiare nei suoi occhi. Emanava un profumo caldo, maschile ed eccitante, tanto che la ragazza sentì le gambe cederle del tutto.

Dal canto suo, Sebastian si limitò a metterle una ciocca di capelli dietro un orecchio e scomparire, scappando senza dire una parola.

Galena lo ritrovò in mezzo al giardino, con le mani sui fianchi, che si guardava intorno borbottando sta sé.

«Ma cosa vuoi fare?» gli chiese, raggiungendo la porta della cucina.

Lui si girò con un enorme sorriso in volto, con l'espressione di chi ha appena trovato un nuovo divertimento.

«Inizierò da qui. Toglierò tutte le erbacce e poi sistemerò il resto» lo disse come se fosse la cosa più ovvia del mondo e, nel farlo, si tolse la maglietta, lanciandogliela in faccia.

Galena boccheggiò, sconcertata.

«Tranquilla, ti lascerò ogni fiore e pianta che trovo. Sarai tu a dirmi man mano quale vorrai tenere e quale posso estirpare» ghignò, trionfante.

«Ma non hai un lavoro al porto...?» cercò di protestare Galena, ma Sebastian, in risposta, sollevò un sopracciglio, ridacchiando.

«Al porto se la sbrigheranno anche senza di me. Sanno, comunque, dove trovarmi. Mi dispiace dirtelo, Galena, qui è un disastro. Impiegherò giorni interi prima di finire e tu dovrai proprio prenderti cura di questo tuo giardiniere a domicilio, miss!» nell'enunciarle i suoi intenti il licantropo spalancò le braccia e si divertì a guardarla diventare rossa.

Era distrutta dai giorni precedenti e non sapeva proprio come convincerlo a lasciarla tranquilla, ammutolita da quel suo modo di fare.

Si portò una mano sulla fronte, credendo di avere la febbre, ma era solo accaldata dalla presenza di Sebastian.

Il giovane, invece, sembrava a suo agio, iniziando a tagliare e strappare erbacce con la massima tranquillità.

«Sebastian ti prego, non devi!» cercò di convincerlo, ma l'altro si girò senza fermarsi, facendole l'occhiolino.

«Lo so, ma tu non hai tempo per occuparti di questo disastro, mentre io sì!» disse, come se fosse la cosa più ovvia «E poi voglio restare in un posto dove posso guardarti».

«Sei un maniaco!» sbottò Galena, mentre crollava sulla sediolina rimasta sul portico dalla sera precedente.

«No! Almeno non finché non c'è la luna piena, poi chissà... potrei diventare una bestia famelica e assetata di sangue».

Galena rabbrividì, ma Sebastian stava ridendo divertito da quell'affermazione. Quando la ragazza capì che la stava prendendo in giro, si tranquillizzò unendosi, a sua volta, alla risata.

di Federica Martina

Capitolo Quattordici
"Una nuova amica"

Sebastian impiegò tre interi pomeriggi a pulire il giardino, perché spesso si attardava a contemplarla di nascosto, soprattutto mentre cucinava.
La ragazza si era accorta di avere i suoi occhi addosso, cogliendolo svariate volte intendo a guardarla, lusingandola; anche lei, quando lui non vedeva, sbirciava nella sua direzione o gli portava cibo e tè caldo ogni volta che poteva, usandoli come scusa per parlare un po'.

Alla fine, come aveva accennato il ragazzo, tra i due si era creata una complicità molto forte e genuina.

Il pomeriggio in cui Sebastian fece il suo ingresso nel negozio e, con fare teatrale, le annunciò d'aver concluso, Galena, incuriosita uscì per controllare, trovandosi davanti a delle bellissime piante ornamentali che avrebbero colorato il patio.

Scoprì, così, di possedere un alto albero di oleandro in fondo al giardino e begonie e gigli selvatici che fiorivano lungo il muro.

Il giovane aveva lavorato alla perfezione, rendendola entusiasta.

All'imbrunire, dopo aver cenato, avvolta in una pesante coperta era uscita sul portico. Non aveva resistito alla tentazione di approfittare di quella sera non troppo fredda per godersi il suo nuovo giardino e il cielo stellato.

Seduta, nel silenzio del retro, si lasciò cullare dalla pace che regnava in quel luogo, quando sentì il frusciare di passi in mezzo all'erba.

La magia di Galena

Immaginando il ritorno di Sebastian si alzò afferrando una scopa con l'intenzione di dargliela sulla testa, nascondendosi nell'ombra del porticato. Gli avrebbe fatto capire cosa significava spaventarla con i suoi passi silenziosi ma, osservando con attenzione nel buio, non vide il licantropo avvicinarsi.

Passò un tempo lunghissimo. Galena, ancora appostata, stava crollando dal sonno, stanca da quei giorni così tumultuosi, quando sentì ancora quel rumore.

Indispettita nel non vedere nessuno, tornò dentro e sbarrò la porta, andando a dormire.

Si infilò sotto le coperte cercando di scaldarsi, ma non fece in tempo ad addormentarsi che una mano delicata la scosse.

«Galena svegliati per favore!» l'intrusa aveva una voce gentile che somigliava a quella di Morvarid, ma con una musica più allegra.

La supplica si ripeté più volte finché Galena non fu del tutto vigile.

Le palpebre sbatterono parecchie volte prima che mettesse a fuoco la stanza e vedesse chi la stava chiamando.

Una voce calda e morbida, come il velluto, accompagnava quelle mani sconosciute. La ragazza, però, sentiva di non doverne avere paura.

«Sono sveglia» mormorò, sollevandosi sui gomiti, mettendosi a sedere mentre cercava di distinguere l'intruso, ma le tende tirate e il buio della casa non l'aiutavano. «Chi sei?» chiese, pronta ad afferrare un oggetto e scacciare la presenza se questa continuava a celarsi nelle ombre.

Uno schiocco di dita, però, le venne in aiuto facendo accendere tutte le candele della stanza, rivelando la donna che stava dritta in piedi di fronte al letto.

Galena la osservò incuriosita, mentre l'altra le si sedeva accanto con gesti lenti e molto eleganti.

di Federica Martina

«Il mio nome è Hopaline. È un piacere conoscerti Galena…» ora che poteva vederla le rivolse uno sguardo incuriosito. Da come la creatura le parlava capì che la conosceva ma Galena non ricordava di averla mai vista. «Ho sentito tanto parlare di te e di quanto sei bella» dal modo in cui si atteggiava e dall'atteggiamento che usava, intuì si trattava di una creatura molto potente; il fatto che si fosse presentata a casa sua e in piena notte, le suggerì non trattarsi di una donna qualunque e molto sicura di sé.

«Mi dispiace Hopaline, credo di non capire perché siete qui…» mormorò, vedendola sfoggiare un viso buono e brillante come una stella, allungando una mano nella sua direzione.

Un gesto semplice e umano che Galena comprese all'istante, ricambiandolo a sua volta, stringendogliela.

La stanza si riempì di un profumo di fiori, buonissimo e delicato che la ragazza intuì provenire dalla donna.

«Sei un'amica di Morvarid? Ti manda lei per caso?» Galena ricordò d'aver inviato qualcuno a rassicurarla che stava bene.

«No» la donna inclinò la testa «anche se conosco Morvarid e sono contenta della vostra amicizia».

Galena si mise più comoda, poggiandosi alla testiera del letto osservando, con più attenzione, quella nuova conoscenza così misteriosa.

A differenza della sirena, Hopaline aveva lunghissimi capelli biondi, lucenti, ben acconciati e ordinati in riccioli dalle ciocche morbide, gli occhi erano azzurri come il cielo estivo; una cosa che accomunava le due, invece, era la pelle bianchissima e le linee del viso sottili ed eleganti.

Nella mente le vorticavano altre domande, il desiderio di scoprire che creatura fosse e come era arrivata fino a lei quando, sulla soglia della camera da letto, si stagliò una figura corpulenta immersa nel buio.

La magia di Galena

La porta venne spalancata con un colpo deciso e un ringhio basso fece vibrare l'aria.

Sebastian divenne più nitido quando fece un altro passo verso il letto, spaventando Galena che lanciò un urlo, nascondendosi sotto le coperte.

Il licantropo, scuro in volto, turbato per quella presenza estranea, si spaventò a sua volta quando la ragazza emise quel grido, sbuffando innervosito.

«Sebastian! Ti sembra questo il modo di entrare nella camera da letto di una signora?» la sconosciuta rise dietro una mano, mentre Galena protestava.

«Lei è la regina delle fate» fu il suo unico commento, svelando l'identità della visita, che si girò, come se niente fosse.

«Sebastian...» questa volta fu Hopaline a pronunciare il nome del lupo in tono di rimprovero. Galena si tirò il lenzuolo fin sopra il mento per la vergogna.

«Perché sei qui, Hopaline?» il lupo ignorò le proteste di entrambe e si avvicinò al letto, passando per il lato opposto in cui era seduta la fata.

Nell'avvicinarsi con sguardo truce lanciò un'occhiata, seria e dura, verso la donna che però si limitò a girare il capo di lato con un'espressione pacifica, senza scomporsi.

La bandrui osservò le reazioni dei due ospiti, prima di parlare, venendo subito interrotta.

«Perché la tua amica è in pericolo. Le forze del male si agitano a Skye da quando lei è qui».

Quell'avvertimento la lasciò senza parole, dopo quel pomeriggio con la sirena non aveva percepito nessun pericolo, anche se la presenza del licantropo l'aveva distratta parecchio. Sentirlo dire da Hopaline, una creatura riconosciuta tra le più potenti della sua razza, l'allarmò ancora di più.

Galena si portò le mani alla gola, spaventata, cercando lo sguardo di Sebastian.

di Federica Martina

«Ma io...» provò a obiettare, sentendosi a disagio nonostante fosse a casa propria e Hopaline le stesse stringendo una mano per trasmetterle sicurezza.

Il grimorio ne parlava come di una donna volubile e dal potere illimitato sulla natura, ma in quel momento le parve più una fata buona e amorevole.

«Oh, tesoro non devi preoccuparti, non è certo colpa tua. Sono loro che sono invidiose» tentò di rincuorarla Hopaline mentre lei venne investita dall'aroma fresco delle begonie diffuso dalla sua pelle diafana. Nei capelli, sulle orecchie e in un cerchietto al polso aveva incastonati svariati fiorellini dalle foglioline delicate. «E poi, ero curiosa di conoscerti» la sia espressione radiosa affascinava Galena, mentre Sebastian sbuffò.

«Sei fortunato, Sebastian, ad avere un'innamorata così bella e gentile... prenditene cura mi raccomando» concluse poi voltandosi verso il giovane che fece una smorfia, annuendo infastidito.

«Non c'è bisogno di dirlo» borbottò, mentre Galena sollevò gli occhi al soffitto, esasperata

«Grazie, Hopaline» si rivolse alla fata, ricambiando la stretta di mano con un ghigno.

Era davvero lieta che la regina si fosse preoccupata per lei.

Hopaline, però, non attese oltre: la fata, com'era arrivata, si alzò con grazia e uscì, svanendo in una polvere brillante.
Le gote di Galena divennero purpuree mentre la consapevolezza di essere rimasta sola con Sebastian si faceva largo tra le mille emozioni di quella notte.

Capitolo Quindici
"Guardia del corpo non richiesta"

Galena era imbarazzata e arrabbiata.

Rimasta sola con Sebastian, oramai del tutto sveglia, si alzò e si infilò una pesante vestaglia.

«Che diavolo ci fai qui?» affrontò il licantropo, fino a fermarglisi di fronte con le mani serrate.

Il modo così sgarbato con cui aveva trattato la regina delle fate l'aveva fatta innervosire più del fatto d'essere piombato in casa sua come se gli appartenesse di diritto.

Ogni volta che lo guardava, con quell'espressione imperscrutabile, sentiva lo stomaco attorcigliarsi.

«Ho visto un'ombra, mi sono preoccupato» la scusa che le propinò Sebastian non la convinse del tutto. Soprattutto perché sembrava troppo sicuro, così immobile, impassibile.

«Cosa sei un guardone? Perché eri qui fuori, non raccontarmi frottole, le riconosco le bugie!» gridò, sempre più decisa a fargli una ramanzina.

Il lupo, invece di prestarle attenzione, fissava il vuoto assorto con il mento rivolto all'insù. Galena lo trovò ancora più irritante e lo affrontò di petto, fermandosi davanti a lui, in assetto da guerra.

«Non ti sto dicendo una bugia. Io passo sempre qui fuori la sera da dopo la luna piena».

Galena aprì la bocca per urlargli contro tutta la sua rabbia per quell'atteggiamento possessivo, ma Sebastian era una statua.

Nel guardarlo vide chiaro che continuava a sfuggire al suo sguardo, quasi ascoltasse i rumori esterni. Sebbene,

di Federica Martina

all'apparenza, le rispondesse e le parlasse il lupo non sembrava essere nella stanza con lei.

Arrabbiata per quel comportamento incurante, strinse i pugni e tentò di colpirlo dritto allo stomaco con un diretto.

Sebastian bloccò quell'attacco con un fulmineo gesto del braccio, afferrandolo con la mano e racchiudendolo come un guantone da pugile; poi abbassò gli occhi verso di lei e la fissò.

«Io non sono di tua proprietà, lo vuoi capire? Io non sono di nessuno! Devi lasciarmi stare!» Galena esplose imbufalita per il fallimento di quello sfogo.

Sebastian le lasciò il pugno e l'afferrò, con delicatezza, per le spalle. I loro occhi si incatenarono l'uno all'altra, come le maglie di una stessa catena.

«Calmati, non è successo niente e non permetterò che avvenga. Le fate non sono le uniche che sentono il pericolo aleggiare... e io sono l'alfa» il tono del licantropo si era fatto ammaliante e calmo come una nenia. Galena strinse ancora i pugni, mentre lui la teneva stretta, sbuffando. «E poi ho il diritto e il dovere di proteggere il mio branco».

Galena quasi ringhiò come fosse lei un lupo, sentiva il calore delle emozioni infiammarle le orecchie e le gote mentre i suoi occhi furenti si riflettevano in quelli impassibili di Sebastian.

Quando usò, per l'ennesima volta, quella frase e l'attimo dopo sul suo viso mascolino comparve la stessa espressione assente, Galena non ci vide più per la rabbia.

Si divincolò fino a liberarsi: voleva colpirlo e fargli male per la testardaggine con cui si ostinava a ritenerla una sua proprietà ma, nel momento in cui lui spostò lo sguardo, la ragazza colse un'ombra di vera preoccupazione che però non riuscì comunque a placarla.

«Ti sfugge che io *non sono* un membro del tuo branco!» sostenne con veemenza, incrociando le braccia. Per una volta in vita sua Galena non dovette sforzarsi di restare arrabbiata, lo

La magia di Galena

era davvero. Non era nella sua natura essere così irosa, ma Sebastian le tirava fuori emozioni così forti da stordirla.

«Hai ragione, sei la mia donna!» quelle parole, dette con tanta sicurezza, le fecero mancare la terra sotto i piedi, mentre lui le puntava gli occhi addosso per la seconda volta.

«Oh no, non se ne parla!» la gola le si chiuse per l'irritazione. Le parve quasi di vedere il volto sfocato di Deavon sovrapporsi a quello Sebastian e la sensazione le fece venire il panico. «No! È fuori discussione. Non dopo una sola notte. No, mi senti!?» questa volta fu lei ad afferrarlo per un braccio e artigliargli un polso per scuoterlo. «Non ho lasciato la Bretagna per andare a infilarmi nella stessa situazione».

Lo sgomento la colse con così tanto ardore da farla vacillare. Incapace di sopportarlo e di restare lì a guardare Sebastian, si allontanò da lui, ma fu del tutto inutile.

«Chi era?».

Questa volta fu Sebastian a tradire nervosismo nella voce. Galena si voltò e il lupo la inchiodò con lo sguardo, avvicinandosi a lei con fare minaccioso.

«Chi?» si ritrovò a boccheggiare con le spalle al muro, la gola in fiamme e il respiro corto.

«Quello per cui hai lasciato la Bretagna. L'hai appena detto che sei scappata per colpa sua, parla!» Galena vide riaffiorare lo spirito del lupo possessivo e territoriale nelle fiamme che divamparono negli occhi neri del ragazzo. «È quello dei fiordaliso, vero?».

Ne ebbe paura all'istante e, per sua fortuna, fu rapido a capire mentre lei pregava che non desse i numeri, poiché la possibilità si arrabbiasse sul serio la terrorizzava.

Cercando una via di fuga per allontanarsi da lui vide solo il letto sfatto e il grimorio sul comodino.

La ragazza sapeva che l'antico manoscritto, in quel frangente, non poteva aiutarla. Il tomo l'aveva già avvertita che

di Federica Martina

un licantropo geloso è pericoloso e che era saggio mantenere le distanze, ma nulla di più.

«Sì» alla fine gli rispose con poca enfasi, cercando il più possibile di non guardarlo negli occhi.

«Questo tizio ha dei diritti su di te?» Galena tornò a prestargli attenzione, incredula che quella fosse la cosa che premesse di più al lupo; mentre lui, con le braccia incrociate, le puntava gli occhi addosso con espressione grave. «O sono solo delle pretese infondate?».

Galena cercò di mentirgli ma, notando l'attenzione con cui la studiava, gli concesse un pezzo di verità.

«No! Tra noi è finita poco prima che partissi in tutta fretta e in gran segreto».

«Ma lui sa che abiti qui, tutta sola e indifesa».

A questa domanda dovette arrendersi e annuì abbassando il capo. Nemmeno lei comprendeva come fosse possibile, ma Deavon l'aveva trovata.

Da quella visuale ristretta vide le mani del ragazzo, con gli artigli neri, che premevano nei palmi umani, stringersi con nervosismo, come se quell'affermazione lo sollevasse e lo turbasse allo stesso tempo.

«Non sono indifesa» Galena provò a protestare, ma il tono le uscì con troppa poca convinzione per essere verosimile. Per assicurarsi le credesse alzò il mento ma quando Sebastian inclinò la testa di lato squadrandola lei non riuscì a star zitta. «Va bene, sì! Non so come ma lo sa!» non capiva perché era incapace di mentirgli.

«Bene!» Sebastian sfoderò un sorriso spaventoso, che le diede un brivido. «Così se si azzarda a mettere piede sull'isola posso sbranarlo».

Galena spalancò la bocca sbigottita da tale affermazione. Voleva dirgli che non si trattava di un suo problema, che non doveva impicciarsi, ma Sebastian si voltò per uscire dalla stanza.

La magia di Galena

Lo seguì, quasi correndogli dietro, tale fu la velocità con cui il lupo si mosse; dopo la sua risposta Sebastian sembrava così serio che Galena non dubitava avrebbe potuto ucciderlo. Aveva persino paura che invece d'attenderlo sull'isola prendesse una nave e andasse a cercarlo di persona, tanto era serio il tono di voce.

«Sebastian» lo chiamò allarmata.

«Cosa?» si fermò sul primo scalino e le rivolse un mezzo sorriso da sopra la spalla.

«Niente!» Galena scosse la testa e sbuffò per lasciare andare la tensione.

Sì, era molto meglio che lui andasse via. Il licantropo a quella sua affermazione emise un ringhio basso e seducente, senza smettere di fissarla e lei, alla fine, cedette.

Sebastian iniziò a scendere la scala nel buio pesto e senza fare il minimo rumore, si trovava già a metà quando la sua voce la raggiunse.

«Ah, dimenticavo! Ti ho preso un mazzo di fiori... sono in cucina».

Galena a piedi nudi girò l'angolo ed entrò nella stanza illuminata solo da un lampione della strada. Accese la luce e ascoltò i rumori. Sebastian non poteva sparire nel nulla, doveva pur aprire e chiudere una delle due porte. Il secondo dopo percepì un *click* bassissimo. Aveva scelto di passare dal retro.

In cucina, adagiato sul ripiano d'acciaio del lavello ingombro di piatti da lavare, la ragazza vide un mazzo di camelie rosa chiaro.

Il loro profumo leggero e gradevole la raggiunse fino alla porta aperta e la accompagnò alla composizione, che infilò in un bicchiere.

La fragranza la cullò delicata e leggiadra, facendola sentire in colpa.

di Federica Martina

Capitolo Sedici
"Il sole e la luna"

La forza del lupo, racchiusa nei suoi muscoli umani, alla luce pallida dell'astro esplose come un colpo di cannone.
Uscito dalla porta sul retro, sicuro che la notte avrebbe coperto la sua figura, aveva annusato l'aria percependo, di nuovo, quella presenza.

Con due balzi felini piombò nella piazzetta centrale di fronte al negozio.

Un ringhio di ammonimento vibrò nell'aria e i suoi artigli tornarono a brillare nella notte rischiarata dai lampioni.

Non appena Hopaline era svanita, aveva sentito un'altra presenza nelle vicinanze e solo quando si trovò all'esterno capì di chi si trattasse.

I sensi sviluppati erano già tutti in allerta dal suo arrivo lì e il branco non sapeva dove si trovasse, quindi non si aspettava che qualcuno fosse nei paraggi. Uscendo, infatti, li aveva lasciati tutti intorno al tavolo della loro casa intenti a cenare.

La curiosità iniziale divenne nervosismo e rabbia repressa man mano che si avvicinava a quella persona. Non poteva credere che gli disubbidisse a quel modo e che stesse addirittura tentando di contrastare il suo ringhio.

«Che cosa ci fai qui?» abbaiò verso l'intruso.

«Sei stato svelto a farti cacciare dal letto della tua donna questa volta!» la risata di scherzo che accompagnò la battuta lo innervosì, ma dopo tutto lei non era un licantropo qualsiasi. Il tono ruvido, come carta vetrata, tradì la posizione della lupa che, sul lato opposto della piazza, si accese una sigaretta, facendo scattare l'accendino.

Sebastian sapeva con assoluta certezza che lei si era nascosta nelle ombre, ma quel rumore improvviso e la fiammella lo fecero sobbalzare e voltarsi rapido in quella direzione.

Allargò le narici e sbuffò per allontanare la tensione, mentre puntava gli occhi da alfa sulla ragazza.

Mariah sembrava non considerarlo: i lunghi capelli neri, sciolti sulle spalle, la giacca di pelle scura e logora e i jeans strappati erano il marchio di fabbrica dell'abbigliamento da tempo libero della lupa e Sebastian non capiva perché, quella sera, emanasse un'aura diversa dal solito.

Osservandola meglio notò piccoli particolari curiosi: un braccialetto di pelle, una collanina e gli parve anche di vedere del trucco sugli occhi. Dava quasi l'impressine che si fosse fatta bella per qualcuno.

Mentre le andava incontro esaminandola con più attenzione, sentì qualcosa agitarsi dentro. Come se la bestia che teneva imprigionata sotto pelle avesse riconosciuto la femmina e fosse gelosa di qualsiasi altro maschio lei potesse desiderare.

Che sciocchezza!

Quando arrivò sul suo stesso marciapiede e la ragazza lo accolse con una risata divertita, Sebastian la fulminò con un'occhiataccia. D'istinto, nel vederla ridere, non si trattenne al paragonare Mariah a Galena.

La mora era un diamante grezzo: ruvida, forte e impossibile da spezzare.

Sebastian l'aveva conosciuta quando era arrivato a Skye: l'aveva salvato lei, trascinandolo sulla barca e poi fino alla casa vicino allo scalo. Mariah era la femmina del branco, l'unica donna con l'accesso illimitato al porto, l'unico lupo a cui nessun altro osava posare gli occhi addosso quando si trasformava; forse perché si trattava della più anziana, ma

di Federica Martina

Sebastian non si era mai azzardato a chiederglielo. Di sicuro la ragazza aveva molta più esperienza di lui e doveva ringraziare solo lei se la sua mente non era collassata nel suo primo mese da lupo.

Vestita in quel modo carino, dimostrava circa trenta anni e sembrava anche una bella ragazza latina.

Certo, aveva dalla sua parte l'immortalità del lupo, ma Sebastian sapeva che c'era molto di più; dopo tutto anche lui e gli altri ragazzi avevano quella fortuna.

Fino all'arrivo di Galena sull'isola a lui, quella lupa, bastava: energica, decisa e poco incline al piagnisteo, Mariah era stata la femmina ideale.

In mezzo alla cacofonia di pensieri presenti e passati, si ricordò, per sua fortuna, di rispondere:

«Non è la mia donna!» sbuffò infastidito, mentre la lupa gli porgeva una sigaretta e l'accendeva per lui. La pelle scura e segnata delle mani di lei sfiorò la sua e un lungo palpito gli corse lungo il bracco. Ancora una volta il lupo rispondeva al richiamo della femmina, senza il suo esplicito consenso.

«Dev'essere per questo che fai la posta sotto la sua finestra ogni notte, Bobby» Mariah era l'unica che osava prenderlo in giro, ma quella sera non si sentiva in vena di stare allo scherzo e glielo fece intendere con un ordine mentale.

Uno dei vantaggi posseduti dal capo era la possibilità di poter comunicare con tutti i membri del branco anche se in forma umana. Comodo se si era distanti o in una bufera in mezzo al mare.

Mariah però quella sera era intenzionata a non ubbidire, ignorando i suoi ordini.

Sebastian assottigliò lo sguardo nel notare che portava perle alle orecchie, evento eccezionale per la ragazza. Ogni volta che lei lo sfidava con lo sguardo, non poteva evitare di soffermarsi sull'idea che c'era un'unica cosa che accomunava lei e Galena: il colore verde degli occhi.

La magia di Galena

Galena infatti si trattava di un fiore raro paragonata alla lupa: fragile e delicata.

Tutto, della licantropa, ispirava forza e determinazione, l'esatto opposto della raffinata compostezza e fragilità della bandrui.

Sebastian ponderò, nel suo silenzio imbronciato, che si trattavano di due opposti della bellezza femminile: Galena era il sole, Mariah la luna.

Immerso in quei pensieri, iniziò a dirigersi verso casa. Mentre camminavano la ragazza lo squadrò diverse volte in un modo che lo innervosì, finché Sebastian non sbottò:

«Cos'hai da guardarmi a quel modo?».

Soffiando il fumo attraverso dalle labbra sottili, lo guardò di traverso, sollevando un sopracciglio nero e ben arcuato.

«Io non ti guardo in nessun modo» sentenziò, ma la sua voce tradiva il fastidio che provava.

Sebastian, poco incline alle chiacchiere, l'afferrò per un braccio facendola girare verso di sé; sebbene il giaccone odorasse di pesce e di acqua salmastra, il licantropo sentì il chiaro aroma di fiore d'arancio del sapone usato da Mariah.

Dunque, non si era solo vestita per qualcuno, ma aveva deciso anche di profumare. Una punta di gelosia gli fece pizzicare il naso.

«Non fare la furba con me, non è la serata giusta per farmi innervosire» disse alla fine lasciandola andare, prima che lei gli rifilasse uno dei suoi famosi calci negli stinchi. «Non ho voglia di giocare stasera, Mariah, sputa il rospo e falla finita».

Le si allontanò di un paio di passi, sicuro che lei avrebbe reagito male al suo tono. Era leggendario, infatti, l'episodio in cui, dopo una battuta sgarbata, il precedente alfa pianse dal dolore per un suo calcio. Sebastian preferiva non sperimentarlo, anche se si era soffermato spesso a guardare quella bellezza così insolita e pura e a chiedersi perché fosse così poco incline alla femminilità.

di Federica Martina

«Non cerco rogne, sei tu quello nervoso».

Sebastian non negò e lei continuò a lanciargli occhiate sfuggenti. Le stava nascondendo qualcosa ma lui non aveva nessuna voglia di indagare.

Sapeva che Mariah avrebbe parlato quando lo avesse ritenuto necessario.

A quel punto Sebastian voleva solo tornarsene a casa, così per liberarsene, optò per un ordine telepatico: la osservò negli occhi e le inviò il messaggio:

"Torna al porto, Mariah! Adesso!"

La lupa sfoderò i denti quando lui abbassò le sue difese e sbuffò buttando a terra il mozzicone, spegnendola con un gesto infastidito.

«Guarda che se sei incavolato con quella, non devi per forza comportarti da stronzo con me» protestò, a Sebastian bastò guardarla negli occhi. «Va bene, ho capito. Prima però dammi i soldi per il latte, se domani mattina vuoi la colazione!».

Detto quello scosse i capelli e incrociò le braccia al petto. Sebastian le diede il ricavato della giornata che aveva in tasca e alzò un sopracciglio.

«Che altro?» domandò.

«Niente. Buona notte» mormorò a mezza voce la ragazza, sparendo nelle ombre come una pantera.

La magia di Galena

Capitolo Diciassette
"La festa di Halloween"

O ttobre stava finendo. L'autunno era nel pieno del suo corso e Galena si sentiva esausta. La giornata le parve interminabile ma, per sua fortuna, quella sera poteva svagarsi un po'.

Durante la mattina aveva ricevuto un invito che le proponeva di partecipare alla grande festa di Halloween che si sarebbe tenuta nella villa del sindaco; Sebastian le aveva detto avrebbero partecipato tutti e che lui ci sarebbe stato con tutto il branco, convincendola, in quel modo, ad andarci.

Il biglietino, vergato con una grafia elegante, mostrava il sigillo degli Addams. Galena aveva immaginato fosse stato Jeremya stesso a inviarglielo.

Calata la sera, con l'invito in mano e una sensazione di ansia che si le agitava nello stomaco, si era avviata. Quella notte avrebbe di certo visto Sebastian e Morvarid, ma anche le tre arpie e quell'idea non la faceva sentire a suo agio.

Arrivata al grande portone, pensò di tornare indietro rigirandosi tra le mani la convocazione un paio di volte per poi consegnarla al buttafuori in smoking, prima di cambiare idea.

La maestosa residenza era addobbata in modo spettrale: zucche intagliate brillavano della luce delle candele, ragnatele pendevano ovunque insieme a teste mozzate, tendaggi bianchi bucati, polvere finta, manichini orribili e luci basse dai colori cupi. Tutto rendeva l'atmosfera da brivido e molto suggestiva.

Inoltre l'invito sollecitava le creature magiche a indossare ciò che rappresentava al meglio la loro natura, dando così la possibilità di presentarsi nella veste immortale.

di Federica Martina

Galena aveva deciso di indossare la tunica celtica della nonna per onorare la sua discendenza, mettendo un cerchietto di foglie d'alloro intorno alla testa.

Appena varcò la soglia, riconobbe Jeremya. Il mago indossava una veste marrone scura e un cappello a punta nero; girava tra i presenti parlando con tutti e, nello scorgerla, la salutò da lontano.

L'attenzione di Galena fu subito catturata da un movimento rapido che le rivelò i suoi sospetti: il gruppo di donne vicino al sindaco era composto dalla moglie Juliet e le due amiche.

La succuba era lì davanti a lei, mentre un sussulto gelato la mise in allarme e le fece desiderare di potersene andare.

Juliet però si voltò e le andò incontro: un vestito con lo strascico, aderente sul busto e drappeggiato ad arte sulle gambe e una scollatura tanto profonda da dare l'impressione di poterne vedere l'ombelico la metteva ancor più in risalto. L'aura di arroganza e forza dipinta sulle labbra rosse come il sangue. La pelle bianchissima risultava quasi brillante alla luce delle candele.

Ginevra e Katherina non avanzarono verso di lei, limitandosi a osservarla con espressioni supponenti e di disprezzo, entrambe in un abito nero.

Ginevra, vestiva un alto corsetto con maniche a sbuffo e un collare di pizzo, i capelli biondi raccolti in un'intricata acconciatura e svariati gioielli a mani e polsi; Katherina invece portava un vestito aderente come una seconda pelle che si allargava all'altezza del ginocchio.

Galena le osservò con attenzione, ma nessuna di loro portava una targhetta con scritto: sono io la succuba.

Juliet la raggiunse con un sorriso enigmatico l'attimo in cui lei stava per darsela a gambe, bloccandola.

«Che bello vederti, Galena! Sono contenta che tu abbia accettato il mio invito. Tutti sono curiosissimi di conoscerti» la falsità del suo tono la colpì facendola fremere, mentre la donna la prendeva per un braccio, scortandola nella stanza accanto.

Galena venne accolta da uno sciame di persone e da un'atmosfera surreale, data la quantità di specchi e di candele accese, unita ai colori cupi e alle creature più disparate che le fecero mancare il fiato.

La bandrui cercò subito il gruppo di Sebastian e solo trovandolo si sentì sollevata. Il lupo stava parlando con una donna dai capelli scuri e altri maschi grossi e muscolosi, tutti avevano orecchie a punta e barba incolta: il branco al completo.

«Come vedi, cara, ci sono tutti. Anche i tuoi amichetti ululatori...» Juliet la teneva ben stretta al fianco, quasi le faceva male con le unghie appuntite.

«Già...» Galena cercò di liberarsi, ma la donna la fissò con cattiveria, trascinandola quasi di peso fino al buffet dove le offrì un elegante flûte di champagne.

«Festeggia con noi la notte più magica dell'anno. Stasera c'è l'intera Skye e tutti nella forma immortale» il tono era graffiante come carta vetrata, la crudeltà danzava di pari passo con le sue parole.

Sfoderando un sorriso inquietante Juliet le indicò una donna alta e longilinea, con lunghe braccia magrissime, capelli scompigliati e mani artigliate, gli abiti lisi e neri, la pelle così bianca da sembrare trasparente.

«Quella è Ivette, la nostra ultima banshee» le sussurrò all'orecchio bevendo dal calice.

Galena non si fece attirare dalla curiosità e non cercò con lo sguardo la creatura, sperando che la padrona di casa la lasciasse libera. La donna, però, non aveva finito e le indicò delle ragazze vestite con abiti semplici e variopinti, lunghi capelli sciolti con fiori incastonati e dalle risate cristalline. A una prima occhiata sembravano adolescenti ma le loro ali impalpabili aiutarono Galena a capire chi fossero.

di Federica Martina

«Ninfe?» chiese.
La mora annuì.
«Anthousai».
Galena sentì la pelle d'oca e distolse lo sguardo, quelle non erano certo il tipo di ninfa che desideravi incontrare in riva a un fiume o in un bosco.

La risata di Juliet le fece notare che l'espressione del viso rivelava il suo disagio e che ne traeva grande soddisfazione.

Deglutendo sorseggiò un po' di champagne e lasciò vagare lo sguardo alle spalle della donna.

Proprio in quel momento, dal fondo della sala, apparve una donna molto alta, vestita con una corazza che le copriva solo il seno e un gonnellino di pelle e placche di ferro.

Quella era un'amazzone. Non doveva chiederlo alla perfida compagna del sindaco: ebbe la conferma quando, muovendosi, fece intravedere la mancanza del seno destro.

Juliet però la prese per mano, conficcandole le unghie nel palmo, mentre, con l'altra dietro la schiena la costrinse a dirigersi verso i grandi finestroni che davano sul giardino.

«Vieni!» le bisbigliò all'orecchio. «Qui fuori c'è il meglio. C'è anche la tua amica…» disse con un sibilo degno di un cobra, indicando un angolo dove, davanti al laghetto artificiale, sostava un gruppo di creature.

Il buio era rischiarato da alti candelabri e da fili di lanterne di carta colorate, rendendo l'atmosfera esterna meno lugubre, ma solo perché meno popolata.

Galena vide Morvarid seduta sul bordo della riva: aveva un corpetto di squame, una lunga corda argentata che scendeva dentro l'acqua e le branchie ben visibili anche da lontano.

Stava conversando con un gruppo di persone, tra cui due mezzi uomini: uno aveva una coda verde scuro mentre l'altro il corpo di cavallo.

A primo impatto fu quest'ultimo che la spaventò, ma poi le cadde l'occhio sugli altri presenti, poco distanti.

La magia di Galena

Uno di loro era un equino dal manto nero e brillante e dalla dentatura enorme, come quella di uno squalo, che brillava nel buio, eppure parlava come un uomo.

«Quello è un selkie» la soddisfazione nel sentirla tremare di paura che trasparì dal tono di Juliet fu palese. «Quella nell'acqua è una *donna serpente*, mentre quelli sono barguest e buggar. Vuoi conoscerli?».

La bionda scosse la testa, anche se la piccola spinta ricevuta la fece avanzare di tre passi verso il lago, attirando l'attenzione di tutti i presenti che le puntarono occhi spaventosi addosso.

Morvarid la salutò con la mano e lei ricambiò il gesto, cercando di darsi un contegno. L'eventualità che ci fosse una succuba a quella festa non era poi così preoccupante se c'erano anche creature simili, mentre il cavallo le andava incontro.

Juliet ridacchiò divertita da quei timori ma, voltandosi, Galena notò che si era girata a parlare con una donna vestita di rosso, con un viso pallido e le gote rosse. Sembrava la versione femminile di Babbo Natale.

Approfittò di quella distrazione della padrona di casa per tornare all'interno. Cercò Sebastian con gli occhi e appena lo vide gli andò incontro trafelata.

«Tutto bene?» Sebastian era preoccupato ma lei annuì avvicinandosi, guardando imbarazzata le persone con cui stava parlando.

«Ora sì...» mormorò osservando incuriosita l'unica ragazza del gruppo.

«Scusa!» Sebastian le passò un braccio su una spalla e le sorrise per rincuorarla. «Ti presento il branco. Loro sono Victor, Mariah e Little Boyd».

Galena li salutò, riconoscendo il fattorino e sentendosi molto più sicura.

«Quella megera ti ha presentato i loro compari? C'era anche ciclope?» a sorpresa fu Mariah a parlarle.

Galena la guardò curiosa.

di Federica Martina

«Sì, ma non mi pare di averlo visto...».

Quel tono un po' indeciso strappò ai lupi una risata divertita.

«Galena, tesoro, se ci fosse stato non avresti potuto non notarlo. Ciclope è altro tre metri e mezzo!».

«Quanto?» gli sfuggì per la sorpresa e Sebastian le fece l'occhiolino.

Un rumore di campanelli fece calare il silenzio, interrompendo lo scambio di battute tra la folla. Solo Victor parlò mentre tutti si giravano per vedere chi fosse arrivato.

«Ecco che arrivano i buoni» annuncio a voce alta.

Nell'offuscata luce delle candele Galena cercò Juliet che colse incupirsi e mostrare, per un secondo, una dentatura da squalo identica al selkie, mentre la stanza venne invasa dalla musica dei flauti e Hopaline fece il suo ingresso.

La regina delle fate splendeva di luce propria in un brillante abito bianco e, come lei, portava una corona di alloro, accompagnata da altre fate dalle ampie ali multicolore.

Dietro di loro la ragazza vide un gruppo di barbuti uomini, piccoli come bambini, ma dal viso anziano: i nani.

Hopaline le sorrise da lontano, voltandosi poi a parlare con un essere androgino dai fluenti capelli biondi, il viso di porcellana e una ricca tunica azzurra.

«Quello è il re degli elfi?» domandò incredula, quando lo riconobbe.

Anche lui era descritto nel grimorio, ma dal vivo era ancora più abbagliante di quanto immaginasse.

«Adesso che sono arrivati, avranno pane per i loro denti» sentì sussurrare da Mariah rivolta a Victor, mentre Sebastian scuoteva la testa.

«Non ascoltarli, si divertono a spettegolare» Galena lasciò che Sebastian le passasse il braccio dietro la schiena con fare protettivo. «Mi concedi questo ballo? Dopo tutto, che festa sarebbe se non danzi almeno una volta...».

La magia di Galena

Galena non ebbe il coraggio di negarglielo e Sebastian la portò in mezzo alla pista, pavoneggiandosi.

I due volteggiarono leggiadri sulle note di un valzer per tutta la durata della musica, persi l'una negli occhi dell'altro. Nessuno dei due notò le occhiate maligne di Katherina e Ginevra, né le smorfie nervose di Juliet alla vista della ragazza sorridente e protetta dal clan dei lupi.

Nemmeno la giovane se ne accorse, finché non vide Jeremya avvicinarsi alla moglie per parlarle, mentre lei gli posava una mano sul petto con dita fatte di artigli e un sorriso da predatore di nuovo sulle labbra.

di Federica Martina

Capitolo Diciotto
"Mai fare arrabbiare una succuba"

Novembre era iniziato con il brutto tempo: il vento soffiava, sferzando gli alberi e facendo sbattere le imposte. Galena non aveva voluto farsi abbattere dalle giornate più corte e dai nuvoloni grigi che pesavano sulle tegole dei tetti.

Zappava il terreno duro della serra sul retro, si prendeva cura degli ultimi fiori nati e preparava la terra per i prossimi, dividendo in piccoli rettangoli la superficie.

Tulipani, margherite, girasoli e rose crescevano al riparo dalle intemperie, mentre i crisantemi germogliavano all'aperto o sotto i teli leggeri.

Dalla festa alla villa erano passati diversi giorni in cui lei e Sebastian non si erano più parlati, non aveva avuto il tempo nemmeno di uscire di casa, a causa dell'afflusso dei clienti.

La ragazza, soddisfatta di quella novità, si sentiva prontissima ad affrontare la mole di lavoro che stava per arrivare con le festività invernali.

Quando il cellulare, che teneva nel grembiule, squillò, subito non associò il suono all'oggetto. L'attimo in cui comprese la provenienza dell'insistente trillo fece per pulirsi le mani prima di rispondere quando, attraverso la porta aperta del retro, intravide all'interno del negozio il trio di arpie: Katherina, Juliet e Ginevra.

Sapeva di dover pagare l'affitto mensile ma non si aspettava che l'altezzosa donna tornasse per una tale mansione.

Decisa a non dar loro la soddisfazione di farle vedere che la spaventavano, tornò all'interno a passo di carica ma, appena

La magia di Galena

arrivò sulla soglia, la porta si spalancò con forza quasi volesse staccarsi dai cardini e lei, con immenso orrore, vide i sorrisi maligni sui volti delle donne farsi soddisfatti.

Loro sapevano già prima di lei dove si trovava e la stavano attirando con quei mezzi subdoli.

La paura le ghiacciò le mani. Desiderò con forza che Sebastian fosse lì con lei e, toccando il cellulare, pensò di chiamarlo.

Solo allora ricordò di non avere il numero del giovane e che, quindi, era sola.

Il pensiero successivo fu per il suo libro: non appena ricordò di averlo lasciato sul bancone, corse dentro per prenderlo e metterlo al sicuro dalle mani crudeli delle tre donne, ma non arrivò in tempo.

Nell'attimo che impiegò ad arrivare nel negozio e prendere il grimorio Ginevra, con uno scatto fulmineo e le zanne da vampiro scoperte, le tolse il tomo di mano, ridendo, mentre Katherina alzava le mani verso il cielo.

L'aria tutto intorno a loro si elettrizzò come percorsa da un fulmine, nuvoloni neri ricoprirono il cielo dell'isola e, nella stanza, tutto divenne freddo mentre un vento furioso iniziò a vorticare in circolo.

Dalle labbra della strega uscirono parole in un'antica lingua, gli occhi le divennero del tutto neri e la sua pelle si animò di vene nere e viola.

Lampi e tuoni cominciarono a far vibrare l'aria fuori dal negozio, mentre il trio veniva sferzato da raffiche di vento che nascevano dal pavimento.

Galena, impaurita, si rannicchiò dietro il bancone, vedendo oggetti sollevarsi e seguire il flusso dell'aria; qualcosa si infranse addosso ai muri, le imposte sbatterono contro le finestre mandando in frantumi un paio di vetri.

di Federica Martina

Scariche azzurre si raccolsero nelle mani di Katherina, provocando le risate delle altre due che le stavano ai lati con ghigni malevoli sui volti contorti dalla cattiveria.

Galena si aggrappò al bancone sempre più spaventata, osservando sgomenta il grimorio tra le mani di Ginevra.

La strega le sorrise gelida, puntandole gli occhi addosso. Con immenso orrore Galena notò che attorno alla donna ogni fiore iniziava a morire e diventare nero.

Il panico la colse, le mani le tremavano.

Dov'è Sebastian? Perché non vede il pericolo in cui mi trovo e viene ad aiutarmi?

Tutto durò solo un paio di minuti, finendo con una nebbia velenosa e nera come la pece che si allargò sul pavimento del negozio, sopra ogni oggetto e superficie, uscendo addirittura dalla porta e facendo morire l'erba del prato.

Katherina inclinò la testa scambiando uno sguardo con Juliet che le parlò quasi fosse la portavoce del gruppo. Il suo viso bianco e i suoi occhi contorti e spettrali più di quelli dell'amica vampira si dilatarono e la sua bocca divenne ampia come quella di uno squalo.

Era lei la succuba: ne vide le caratteristiche, man mano che la donna la guardava.

«Vattene dalla nostra isola» la voce cavernosa e inquietante di Juliet la spaventò più della magia di Katherina. Galena sentì l'orrore correrle lungo la schiena quando le mostrò la sua natura demoniaca. «Questo è solo un avvertimento...».

A quel punto sapeva cosa poteva fare, pronta a difendersi da un attacco fisico le avrebbe gettato addosso la verbena, ma non fece in tempo.

Quando si alzò da dietro il bancone vide ogni singolo fiore e pianta prima perdere colore e poi morire carbonizzata dalla magia potente e malefica.

La magia di Galena

Ginevra scoppiò a ridere quando lacrime di rabbia annebbiarono gli occhi di Galena mentre Juliet si leccò le labbra, percependo le emozioni della bandrui.
«Oh sì, era proprio questo che volevo sentire. Piccola stupida ragazzina!».
Galena strinse i pugni e si asciugò le lacrime con il dorso della mano.
«Non mi fate paura» le parole le graffiarono la gola chiusa dalla menzogna.
Invece che risponderle, Ginevra lasciò andare il tomo con sommo disprezzo. Nella potenza del vento che soffiava attorno a loro, il grimorio venne sollevato e fatto volteggiare fino a cadere nella vaschetta degli uccellini, inzuppandosi d'acqua mentre qualche pagina di strappò per il colpo subìto. Galena sentì un conato scuoterla da dentro.
Solo a quel punto, soddisfatte di vederla cedere alle loro minacce, continuando a ridere con malvagità, le tre donne sollevarono le braccia all'unisono e svanirono in una nuvola di nebbia grigia e soffocante.
L'attimo successivo il cielo tornò poco a poco del suo colore naturale e il silenzio a pesare sulla piazza del piccolo borgo.
Galena corse fuori e restò ammutolita nell'osservare lo spettacolo di devastazione che ne era rimasto: la scia di morte che avevano disseminato con la loro venuta aveva mutato l'aspetto della sua piccola casa. Nel negozio e nelle serre sul retro era tutto morto carbonizzato, niente si era salvato nemmeno sul praticello.
La ragazza cadde in ginocchio scossa dai singhiozzi quando, da dentro la serra con il telone strappato, cadde un vasetto che rotolò fino a lei: un piccolo cilindro di plastica nera con una manciata di terra che non aveva piantato il giorno prima.
La cipolla del fiore di Kockia aveva solo una minuscola punta di verde e delle foglioline che stavano per nascere. Ironia

di Federica Martina

della sorte quel bulbo che doveva ancora nascere era l'emblema di chi voleva dichiarare guerra: il fiore dei conflitti. Il rosso del sangue che sarebbe fuoriuscito a fiumi.

Capitolo Diciannove
"Coraggio, bambina!"

Galena si sollevò per raccogliere il piccolo vaso, tornando all'interno in preda a forti tremori provocati dal freddo.
La rabbia le rigava il viso con stille calde e amare che ormai si stavano seccando.

La porta era uscita dai cardini e non dovette nemmeno aprirla, si limitò a ignorarla entrando nell'ambiente principale. Dalla finestra rotta fischiava un venticello freddo che la costrinse ad accendere la stufa e a prendere qualcosa per rattopparla.

Più osservava la morte velenosa sparsa su ogni forma di vita che la circondava, più la nausea le mordeva le viscere.

Alla fine vomitò nel lavabo, si sciacquò il viso e, sgomenta, fissò di nuovo la desolazione del giardino sul retro.

I brividi aumentarono e la stordirono, tanto da perdere del tutto la cognizione del tempo. Quando tornò al presente, con la testa che le girava per l'odore acre che le pungeva le narici, sull'uscio si stagliò la figura ingobbita dell'anziano sindaco.

Appena l'uomo posò lo sguardo su di lei eruppe in un sonoro sospiro di sollievo, andandole incontro picchiettando con il bastone il pavimento ancora annerito.

«Oh mia piccola cara!» esordì avvicinandosi a lei. «Non sai quanto mi fossi preoccupato quando ho capito cosa avevano combinato quelle tre» disse, fermandosi al bancone, appoggiando i palmi sulla superficie e allungando il collo per guardarla più da vicino. «Galena, stai bene?» mentre le

di Federica Martina

rivolgeva quell'ultima domanda Jeremya fece il giro del tavolo per metterle le mani sulle spalle.

Galena ricacciò indietro le lacrime, annuendo e asciugandosi il viso con il dorso della mano, cercando di ricomporsi un po' davanti all'uomo così in ansia per lei.

«Sì, non si preoccupi sindaco Addams non è successo niente» mormorò, distogliendo lo sguardo da quello indagatore dell'uomo.

L'uomo le rivolse l'espressione di chi la sa lunga senza, però, lasciare la presa alle sue spalle.

«Galena, il tuo stoicismo è ammirevole, ma purtroppo conosco i soggetti in questione. Sono forti del fatto che sono in tre, mentre tu sei sola...» le parlava con voce turbata, come un vecchio nonno alla sua nipotina, prendendola per mano guidandola fin nel cucinino vicino alla stufa accesa, dove si era premurato di posarvici sopra il bricco dell'acqua per il tè e cercare due tazze.

La ragazza si sentì rincuorata nell'osservare il mago muoversi con tale dimestichezza nel piccolo spazio privato da indurla a pensare non fosse la prima volta che visitava il locale. Si soffermò a guardarne i gesti, curiosa: in un abito scuro dal taglio classico, l'anziano faceva bella figura; dava quasi l'impressione che avesse trent'anni in meno, tale era l'accuratezza con cui si presentava.

Quel giorno portava i capelli pettinati all'indietro e la barba fatta di fresco.

Muoveva le mani con studiata lentezza, quasi studiasse i gesti da compiere, senza far trasparire difficoltà o pesantezza, solo accuratezza. Al bavero portava un fazzoletto rosso scuro e una spilla con una meravigliosa stella alpina essiccata ad arte. I piccoli petali bianchi, ricoperti da una leggera peluria, incorniciavano un giallissimo centro compatto che, insieme a una coppia di foglioline verde muschio, faceva bella mostra sul tessuto del colletto.

La magia di Galena

«Io non sono sola» gli rispose dopo un lungo momento di silenzio. Nel rivolgerglisi tentò di abbozzare un sorriso che, però, le morì sulle labbra quando comprese l'enormità dei danni che le avevano arrecato.

Entrambe le porte erano rotte e nessuno dei suoi fiori si era salvato dalla maledizione.

Il pensiero di Sebastian tornò a bussarle nel petto. Sentiva che il giovane le sarebbe stato vicino se fosse stata in pericolo, come Hopaline e il branco, ma con il negozio distrutto che senso aveva, per lei, restare sull'isola? Il dubbio le si insinuò come un tarlo, spegnendo in lei ogni buon sentimento.

«Sono sicura che Sebastian e il branco non mi lascerebbero sola se fossi in pericolo» dirlo ad alta voce lo rese più reale, dandole un briciolo di speranza. «E anche Hopaline si era preoccupata molto per il futuro dell'isola. Non sono sola, come vedete. Ho molti amici…» più lo ripeteva più sembrava vero.

Solo ora che il dolore per l'attacco stava scemando, si chiese, per la seconda volta, dove fosse Sebastian e se le fate l'avrebbero davvero aiutata in caso di vero pericolo; poi guardò il viso tormentato del sindaco e vi lesse la risposta: Skye non l'avrebbe mai lasciata sola in balia della succuba e delle sue due amiche.

Jeremya, nell'udire la sua risposta, allungò una mano per farle una carezza sulla guancia, arricciandole una ciocca di capelli dietro l'orecchio. Un sorriso imbarazzato riuscì a superare la barriera dello sgomento e della paura mentre Galena stringeva la mano di Jeremya: sembrava così liscia e fredda, a confronto della sua, che pareva fatta di seta.

«Piccola e innocente Galena…» mormorò in un sussurrò dolce «Il tuo coraggio è ammirevole. Sono molto fiero di te, non ti arrendere alle minacce crudeli di mia moglie e le sue amiche. Skye non permetterà che la magia nera soffochi la nostra terra pura e pacifica».

Il tono era pacato, amorevole e rincuorante.

di Federica Martina

Galena studiò le rughe intorno agli occhi dell'uomo e la meticolosità con cui era vestito. Non riuscì a reprimere il pensiero e la preoccupazione che le agitò un turbine nel petto.

Quell'uomo così buono, dall'animo così benevolo e dal viso così dolce, come poteva essere il compagno di Juliet?

Lo trovava incomprensibile, soprattutto dopo aver scoperto chi fosse sua moglie: continuava a chiedersi come potesse, quell'uomo, averla sposata. Non poteva credere che lui non lo sapesse.

«Perché?» la domanda le sfuggì mentre era immersa in quell'elucubrazione.

In quel momento il pensiero d'incredulità si sommasse al bisogno di comprendere perché proprio quello strano uomo le era venuto in soccorso.

«Mi piace avere gente sincera tra i miei amici e ricambiare l'amicizia con eguale affetto» le rispose mentre si sistemava il fazzoletto al collo e toglieva il bollitore dal fuoco per versare l'acqua bollente nella teiera.

«No, io... mi dispiace io intendevo chiederle perché siete sposato con lei?» asserì con una punta di vergogna.

Sapeva di non avere nessun diritto di chiederglielo e si pentì di averlo fatto, soprattutto quando Jeremya quasi le scoppiò a ridere in faccia, avendo l'accortezza di mettere una mano davanti al viso per nascondere la bocca.

«Tesoro caro, la tua ingenuità è davvero genuina e ammirevole. Non conosci il detto: tieniti stretto gli amici ma ancora di più i nemici?».

Galena annuì, credendo di capire cosa intendesse l'uomo, sentendo una forte ammirazione verso quel vecchio mago capace di tenere in casa una donna così abominevole.

La ragazza, rassicurata da quella risposta, decise che se il sindaco viveva con quel mostro, lei poteva sopportarne la presenza. Facendosi coraggio porse a Jeremya una tazza di tè,

La magia di Galena

una delle poche rimaste integre nella stanza, riempiendone una a sua volta. Lui però la rifiutò con un gesto cortese.

«No, grazie» le disse «Ora che mi sono sincerato della tua salute, credo proprio che la mia visita debba terminare. Questo vecchio impiccione deve lasciare spazio a qualcun altro che è molto preoccupato per te» l'attimo esatto in cui lo disse l'aria del giardino vibrò dell'ululato del branco di lupi, procurando dei tremolii alla ragazza. «Come puoi udire tu stessa i tuoi amici sono già qui fuori, pronti a venire ad accertarsi che tu stia bene. Mi raccomando tieniti pronta, questa è solo la prima battaglia, non hanno vinto la guerra».

Galena, sebbene perplessa, annuì guardando Jeremya tornare nel negozio con passo malfermo, recuperare il giaccone, il bastone e dirigersi verso l'uscita.

«Grazie Jeremya».

Il vecchio mago le sorrise e si toccò il cappello, poi uscì appoggiandosi pesante al bastone.

di Federica Martina

Capitolo Venti
"Te lo prometto"

Appena Jeremya varcò il cancello Galena vide, attraverso la porta scardinata del retro, la figura di Sebastian. Il licantropo non era del tutto in forma umana: le orecchie e gli artigli avevano ancora le sembianze del lupo.

«Galena!» disse con voce profonda, come se provenisse da una caverna buia e cava.

La giovane, nella piccola cucina, lo colse a fissarla con le pupille dilatate e il fiatone.

Appena la vide entrò come un uragano nella piccola stanzetta, volandole addosso, stringendola tra le braccia come un boa constrictor.

«Per favore, mi strangoli così» ansimò in cerca d'aria, tentando di divincolarsi. «Calmati Sebastian non è successo nulla» lo rassicurò accarezzandogli la barba pungente delle guance. Cercò di sorridergli senza riuscire a ingannarlo, mentre il giovane la osservò dall'alto, con attenzione, afferrandola per i fianchi.

«Come puoi dire una cosa simile? Fuori è tutto distrutto…» le parole uscivano dalla sua bocca come schegge di vetro. «Tu stai piangendo e poco fa sembrava stesse iniziando l'apocalisse» nel parlare indicò con un gesto della testa l'esterno.

«É tutto finito, adesso…» ribadì, cercando di placare l'irruenza del giovane Alfa.

«Al porto erano tutti terrorizzati…» continuò Sebastian, indicando, per la seconda volta, il fondo del giardino dove, questa volta, la ragazza li vide: cinque paia di occhi giallo oro, nascosti tra il fogliame delle siepi di sempreverde e i resti della serra.

Il cuore le salì in gola e le ginocchia le cedettero: erano davvero corsi lì per lei, preoccupati. Le lacrime le bagnarono la punta delle lunghe ciglia.

«Sto bene, Sebastian... dico davvero» tirò su con il naso, cercando di non riprendere a piangere e rovinare tutte le sue proteste, posandogli una mano sul braccio, sentendo la pelle del ragazzo scottare come la piastra ardente della stufa.

Sebastian la strinse di nuovo contro il torace solido, accarezzandole i capelli, lasciando che per un paio di secondi Galena si perdesse tra le sue braccia e fosse coccolata dal tepore del suo profumo.

Alzando il mento verso l'esterno, borbottò qualcosa che lei non comprese.

Sebbene non stesse guardando, sentì in modo distinto i passi sui coppi e sulla plastica della serra. Curiosa sbirciò attraverso l'abbraccio del lupo e vide quello che il suo cuore già sapeva: il branco si trovava lì, nel suo giardino, le zanne sfoderate in cinque ringhi feroci e gli occhi fiammeggianti di rabbia.

Questa volta la commozione di sentirsi parte di quella famiglia si trasformò in un fiume di lacrime che strabordarono copiose. Affondò il viso nella maglia di Sebastian incapace di fermarle, singhiozzando.

Il lupo la cullò per un tempo infinito, poi fischiò verso i lupi che, nel comprenderlo, si stavano allontanando.

Sebastian le fece scivolare una mano lungo il viso, sollevandole il mento con delicatezza. I loro occhi si incontrarono per la prima volta da quando lui si trovava lì.

Galena sbirciò di nuovo il retro e ciò che vide le lasciò la morte nel cuore: una landa desolata e distrutta in modo irreparabile; non vi era più traccia di nessuno, con molta

di Federica Martina

probabilità aveva parlato loro con la forza della mente sfruttando il suo potere di Alfa.

«Ti senti meglio adesso?» ogni parola venne accompagnata da una carezza delicata e amorevole.

Galena annuì con il capo, asciugandosi le lacrime con il grembiule.

Il lupo gongolò nel vederla più rilassata.

«Vieni qui, piccola pasticciona...» mormorò e con un lembo di tessuto inumidito le pulì le guance.

Galena lo lasciò fare, restando aggrappata a lui: in quei momenti di debolezza, la sua forza e quell'aura di sicurezza e virilità la stavano aiutando più di ogni altra cosa.

Sebastian le prese per mano, portandola al riparo da occhi indiscreti, stringendola in un abbraccio.

«Non ti lascio più sola» le disse con sicurezza, mentre la studiava con attenzione. «Mi dispiace. C'era un carico importante al porto e ho creduto di poterti lasciare qui senza di me un paio d'ore al massimo. Non immaginavo che loro si sarebbero approfittate di questo» il senso di colpa stava diventando una presenza molto scomoda tra loro due.

Galena, in imbarazzo, gli si allontanò di un passo.

«Non è colpa tua. Nessuno poteva pensare accadesse una cosa simile» Galena parlava, ma il lupo non la stava ascoltando.

Approfittando della sua distrazione, la riafferrò per la vita e la costrinse a tornare nel cerchio sicuro del suo abbraccio, per poi chinare il viso verso il suo. La ragazza però era decisa a rassicurarlo perché aveva il sentore che non l'avrebbe mai più lasciata allontanarsi da lui.

«Guardami, sto bene. Non è successo niente» disse, restando stretta tra le sue forti braccia, dovendo ammettere di sentirsi protetta nonostante lei agognasse la libertà.

«Forse adesso... forse questa volta, ma la prossima?» il tono ansioso spinse Galena ad accarezzargli il torace. Lo trovava tenero nel suo bisogno di proteggerla e accudirla. «Ti avevo appena promesso che avrei ucciso chiunque ti avesse minacciato. Ho f...» Galena sollevò il viso verso il suo, prima che lui continuasse, poggiandogli le dita sulle labbra.

«Sssh, guardami!» si rese conto che gli era mancato da morire. «Sto bene» Sebastian annuì e le prese la mano baciandone le dita tremanti e ghiacciate.

Non la lasciò, anzi proseguì quella carezza sensuale lungo il palmo, fino al polso. Galena lasciò che i brividi caldi le corressero lungo il braccio, giù fino allo stomaco e la facessero vacillare; questa volta non per paura o dolore, ma per qualcosa di molto più forte e potente: l'attrazione.

Sebastian proseguì, sfruttando l'altra mano libera per accarezzarle il viso, facendo accelerare il cuore nel petto di Galena.

«Ti amo, Galena».

A quella dichiarazione arrossì imbarazzata, cercando una risposta, ma il suo corpo non ubbidì al cervello, sporgendosi verso di lui. Il bacio che si scambiarono fu tremante e dolce, pregno del bisogno di rassicurazione e l'attrazione focosa che li attirava l'uno all'altra.

Alla fine Galena si allontanò ubriaca di sensazioni contrastanti.

«So che lo credi e mentirei se ti dicesse che non ne sono lusingata».

Adesso sapeva cosa doveva fare per essere al sicuro e non mettere nessuno di loro in pericolo. Aveva impiegato troppo tempo a capirlo, ma le era bastato quel bacio leggero come un'ala di farfalla per comprenderlo.

Si staccò da lui per andare in negozio dove giaceva il grimorio zuppo d'acqua. Aprì il tomo danneggiato in modo irreparabile e staccò uno dei fiorellini rinsecchiti che vi erano all'interno e, reggendolo tra le dita tornò dal licantropo, donandoglielo.

di Federica Martina

Il viso del lupo si dipinse di perplessità a quel suo gesto, ma Galena sapeva quello che faceva con assoluta certezza.
«Che fiore è? Cosa significa?» le domandò mentre reggeva all'interno del palmo il delicato fiore dalle sfumature blu scuro, con il centro nero e dal gambo finissimo.
«È un anemone. Si crede sia un fiore molto delicato e fragile. In primavera fa un'unica meravigliosa fioritura in cui esprime tutta la sua bellezza e, come per la bella di notte, i suoi fiori durano poco: un singolo giorno» Sebastian la stava ascoltando immobile e con le labbra strette in una smorfia di insoddisfazione, la ragazza intuì che il licantropo aveva colto dove sarebbe andata a parere, ma non la interruppe. «Il tuo amore è come l'anemone, Sebastian e io non voglio farti soffrire» le si chiuse lo stomaco a quella menzogna, ma si trattava di una bugia necessaria.
Il licantropo non gradì quelle parole, Galena lo capì dai suoi occhi che si socchiusero, anche se il lupo non disse nulla infilando il fiore in tasca e baciandole la mano.
Solo dopo quel gesto di così alta galanteria, le fece un sorriso più disarmante che le avesse mai offerto, andandosene verso la porta.
Gli bastò un unico deciso e calibrato colpo per far tornare le cerniere al loro posto, dentro i cardini. A quel punto l'aprì e si voltò a osservarla da sopra la spalla.
«Fragile o no, io ti amo, Galena e presto capirai anche tu che non scherzo» poi uscì, lasciandola sola.

Capitolo Ventuno
"La magia della natura"

Stremata per la giornata trascorsa, ormai a poche ore dall'alba di un nuovo giorno, Galena era crollata sul letto.

Gli incubi la tormentarono svegliandola quasi subito, impedendole di riposare così, dopo aver passato quasi tutta la notte a piangere e stufa di rigirarsi senza riuscire a chiudere occhio, Galena si era armata di coraggio e determinazione per uscire, appena la luce aveva inondato la piccola piazza.

L'aria di novembre era pungente, ma non demoralizzava la ragazza: munita di zappa, rastrello e carriola e si era diretta alla serra.

Avrebbe iniziato da lì a sradicare tutti i fiori e le erbe morte, con la sola compagnia del thermos ricolmo di tè alla menta.

Non si sarebbe mai arresa solo per quel brutto dispetto del trio di arpie. Lei era la discendente di una potente dinastia di druidi. Doveva tutto a sua nonna, l'ultima grande sacerdotessa del culto che fin dalla più tenera età le aveva sempre insegnato il rispetto e l'amore per la natura.

Il grimorio era solo la forma scritta più moderna di un'antica saggezza che venerava la terra, il cielo e le forze della natura in primo luogo. La natura, più forte di ogni altra cosa al mondo, non l'avrebbe abbandonata. Doveva solo credere e continuare a fidarsi del suo istinto.

Qualche ora dopo, quando il pallido sole aveva fatto capolino da dietro le cime delle montagne e attraverso le

di Federica Martina

nuvole, Galena stava ancora strappando i fiori attorno alla serra malconcia, quando un'ombra alle sue spalle la fece girare.

Il cuore le salì in gola per la sorpresa ma, appena ebbe messo a fuoco l'intruso, la paura si placò.

Davanti a lei c'era la regina delle fate, attorniata da un piccolo gruppo di ragazzine variopinte e rumorose come campanelle al vento.

Hopaline, abbigliata con un abito aderente e trasparente di un azzurro ceruleo, i capelli sciolti e mossi dalla brezza che soffiava dal mare, sandali di cuoio ai piedi. Il tutto era impreziosito da gioielli d'oro dalla forma di gigli, la rendevano regale e bellissima.

Galena si sollevò dal terreno, pulendosi le mani per andarle incontro notando che la fata la stava aspettando con un'espressione serafica che tradiva un po' di preoccupazione. Gli occhi chiari, infatti, correvano ovunque come due palline da ping-pong.

«Galena...» la voce della regina era piena d'urgenza, ma restò comunque immobile, finché la ragazza non le fu di fronte.

«Mia signora, mi dispiace non averla accolta in modo appropriato, ma...» Galena accennò un inchino rispettoso, ma la fata le sorrise e con la mano le fece gesto di zittirsi, invitandola ad avvicinarsi.

«Non c'è bisogno che ti scusi» le disse sorridendo, mentre scendeva il piccolo gradino del portico e si portava al suo livello. «Sono venuta appena i miei sudditi mi hanno avvertito. Mi dispiace per non essere arrivata prima, la corte è distante dal centro e qualche volta le notizie arrivano con un ritardo esasperante».

Galena non comprese appieno il motivo di quelle parole di scuse e si limitò ad annuire, prendendo il thermos.

«Non dovete preoccuparvi, Hopaline. Sto bene, come potete vedere» poi, aprendo il contenitore lo allungò verso il gruppetto di fatine cinguettanti. «Se volete seguirmi all'interno,

La magia di Galena

posso offrire a tutte voi del tè alla menta. L'ho preparato fresco questa mattina» si premurò di precisare, per non offendere la regina e le sue accompagnatrici, sicura che fossero abituate a ben diversa accoglienza.

«No, ti ringrazio. Sono troppo adirata per quello che ti hanno fatto» sentenziò cogliendo di sorpresa Galena che si sentì molto fortunata ad avere la regina delle fate come amica.

A quel punto la bandrui non comprendeva il motivo di quella visita e, con molta probabilità, la fata glielo lesse sul viso perché la prese sotto braccio, attirandola in una brevissima passeggiata.

«Seguimi, voglio aiutarti» le annunciò.

«Non c'è bisogno mia signora, posso sistemare tutto in un paio di giorni, mi basta togliere questi e piantarne di nuovi» disse Galena indicando la serra e le aiuole ora spoglie.

La fata però scrollò una seconda volta la testa per sottolineare il suo diniego, agitando le mani verso le fate che l'avevano accompagnata.

«No!» Galena spalancò la bocca per protestare, ma Hopaline non le permise di farlo. «Le ninfe dell'acqua e le mie fate amano il tuo giardino. Io stessa ho sempre adorato venire qui quando la proprietaria precedente si trovava lontano e dopo, quando era disabitato. Avevo anche qualche remora quando ho saputo che sarebbe arrivato un nuovo inquilino. Poi ti ho incontrato e ho capito di aver sbagliato» la bandrui fece un passo indietro, osservando meravigliata la regina ammettere di averla malvista. «Adesso devo fare ammenda, te lo meriti: hai messo così tanto amore e impegno in questo angolo di giardino, valorizzandolo con i tuoi fiori, che nessuno può negare che sia più bello di prima. Tutti noi vogliamo che resti così e speriamo che col tempo migliori, diventando più rigoglioso».

Nel sentire quelle parole a Galena vennero gli occhi lucidi per l'emozione. Hopaline lo percepì e, per rincuorarla, allungò

di Federica Martina

una mano delicata ad afferrare una di quelle della bandrui. Con un gesto affettuoso la tirò fino al piccolo gazebo e le indicò la desolazione del giardino.

«La prossima luna piena esci e guarda il tuo giardino nella serra e sulle foglie degli alberi. Le creature della notte amano rincorresti tra i rami delle piante e gli steli dei fiori che tu hai piantato. Vieni anche tu a danzare con noi, vedrai che luci e felicità. E sappi che è tutto merito tuo e dell'amore che hai messo in questo angolino di isola» la regina la teneva accanto a sé con delicata determinazione, ma Galena ormai non tratteneva le lacrime di commozione per quelle parole.

Attorno al piccolo rialzo in legno dalle volute e dalla cupola in ferro le piccole creature le osservavano con occhi traboccanti d'ammirazione e devozione; la ragazza lo vide, mentre le osservava una dopo l'altra, annuendo.

«Amo la natura» confessò e scorse Hopaline sorridere di soddisfazione, mentre con la mano diede un ordine muto al suo seguito.

«Madre natura conosce il tuo sentimento e oggi ha mandato me, sua ancella, a ripagarti di questo amore».

Le piccole fate si erano dileguate e posizionate ai quattro angoli del perimetro: ognuna con le braccia spalancate e i palmi all'insù. Galena le osservò con un po' di preoccupazione e molta curiosità.

Dopo quell'affermazione la regina discese dal gazebo dirigendosi al centro dell'appezzamento.

Nell'immobile silenzio che si venne a creare Galena assistette incredula: Hopaline agitò prima la mano destra a disegnare un grande cerchio nell'aria di fronte a sé, poi compì il medesimo gesto con la sinistra. Dal nulla apparve un anello di luce bianca e luminescente che si adagiò sul terreno devastato e divenne magica. Ai quattro angoli del giardino ogni fata fece lo stesso, creando però piccole bolle di luce che salirono verso il cielo.

La magia di Galena

L'incantesimo di magia bianca si espanse sull'erba morta, come un tappeto di brillante polvere, accarezzando ogni filo d'erba, bulbo interrato e stelo piegato, lì, in quel momento ogni forma di vita maledetta dal trio iniziò a splendere di luce e a rianimarsi di nuova vita.

Galena sentì il cuore riempirsi di sensazioni contrastanti. Le lacrime smisero di rigarle le guance, sostituite dalla meraviglia e dallo stupore per quello spettacolo incredibile e unico, non ancora concluso.

Le bolle di luce magica galleggiarono nell'etere finché tutto il prato non fu coperto dalla polvere della regina, poi esplosero spargendo sul terreno una pioggerellina evanescente: davanti agli occhi della ragazza ogni fiore tornò vivo, crebbe e divenne pieno di colore e profumo, come prima della maledizione e, se possibile, anche di più.

Galena, sbalordita per qualche secondo, credette di essere nel bel mezzo di un sogno e che quello fosse l'Aldilà tale era lo splendore che ardeva di vita davanti ai suoi occhi.

«È meraviglioso» le sfuggì.

Hopaline si voltò nella sua direzione con un sorriso soddisfatto dipinto sul viso etereo.

«Non dubitare mai del potere della grande madre, Galena e lei ti ripagherà con la sua magia».

Galena sentì di dover ringraziare la regina in modo adeguato così corse giù dal gazebo, dirigendosi nella serra dove, però, non trovò nulla di adatto. Lo vide quando uscì: l'aiuola di gigli bianchi e gialli che aveva piantato in fondo al giardino. Gli steli si agitavano nella brezza ed erano così rigogliosi e puri da essere strabilianti. Si avvicinò e ne raccolse un mazzo tra i più profumati. Una volta legati con una cordicella che aveva nel grembiule li consegnò a Hopaline.

«Il fiore delle regine per voi, come ringraziamento» le spiegò porgendoglieli.

di Federica Martina

Hopaline annuì infilandosi uno dei fiori nei capelli e consegnando il resto della composizione alla fata più vicina.

«Questi li terrò nelle mie stanze personali, hai davvero un cuore puro e sincero, Galena» le rispose, sparendo in una scia di profumo di gigli, lasciandola sola.

Capitolo Ventidue
"Grazie, Galena!"

La settimana seguente, in un meraviglioso giorno di sole, Galena ricevette di nuovo la visita inaspettata di Morvarid.

La bandrui si trovava, come spesso accadeva, nella serra sul retro col grosso grembiule ricolmo di attrezzi, sacchettini di fiori sparsi ovunque e il viso sporco di terra.

La sirena arrivò nel giardino attraversando i cespugli del confine, attirando l'attenzione della ragazza con un paio di colpi di tosse. In quella mattina soleggiata indossava un meraviglioso abito vintage, con il collo quadrato, di un bel verde smeraldo; portava i capelli sciolti al vento e, come le volte precedenti, era scalza.

La novità che Galena colse all'istante fu che l'amica, a differenza delle altre volte, sorrideva.

Nel riconoscerla uscì dalla serra togliendosi la cintura di attrezzi e pulendosi le mani, chiudendosi meglio la sciarpa intorno al collo.

«Sorella mia» la salutò la sirena, nell'andarle più vicino.

«Morvarid!» ricambiò l'affetto allungando le mani e stringendo quelle fredde di lei. «Sono felice di vederti. Oggi sei radiosa in modo particolare!» Galena la salutò, osservandola incuriosita notando, per la prima volta, quanto fosse sincero il sorriso della sirena e quanto le brillassero gli occhi.

Quella novità la rese molto curiosa di sapere la motivazione di quel meraviglioso cambiamento.

L'affetto che provava per lei la convinse a lasciare alla ragazza il tempo necessario di parlare e così, per metterla a suo

di Federica Martina

agio, si sedette dentro il piccolo gazebo su una delle due panchette che Sebastian le aveva sistemato.

Morvarid la seguì, accomodandosi a sua volta, intrecciando le dita in grembo e dondolando i piedi ma ben presto, incapace a star ferma, cominciò a giocherellare con le ciocche dei capelli e, solo quando cercò lo sguardo della bandrui, Galena intuì qualcosa, limitandosi a porgerle una semplicissima domanda:

«C'è un fiore che posso donarti per questa novità?».

Morvarid scosse la testa, in una nuvola di capelli scompigliati che le danzarono sul viso come alghe fluttuanti nella corrente. Galena allungò una mano per darle conforto e sostegno, trovando quella di lei a metà strada.

«Non questa volta, amica mia...» le mormorò.

«Dunque, cosa ti porta qui?» le chiese. «Hai ancora con te la verbena, vero?».

Morvarid annuì estraendo, da sotto il colletto, la cordicella a cui era attaccato il sacchettino gemello al suo. Lasciando la collana in bella vista, alla fine, le diede la risposta che la ragazza attendeva.

«Oh sorella mia, sono felice come non lo sono stata mai in tutta la vita» Morvarid le si avvicinò, condividendo con lei la panca sporgendosi verso Galena con fare cospiratorio. Era quasi euforica mentre le rivolgeva tali parole. «È solo grazie a te se adesso sono in pace e posso dire senza timore di essere felice» la sirena non riusciva a restare immobile mentre lo confessava.

La bandrui volò con il pensiero al passato, all'ultima volta che aveva avuto un'amica con cui confidarsi e un po' di tristezza la distrasse, era passato così tanto tempo da allora, ma adesso Morvarid era lì, in carne e ossa.

Galena continuò ad ascoltarla con una punta di commozione. Sentire che, con il suo aiuto, aveva reso tutto quello possibile la fece credere che Skye non era popolato solo da malvage succube e amiche malefiche.

La magia di Galena

«Sono davvero contenta di questo...» le confessò. «Ma ti prego, non tenermi sulle spine. Dimmi di più! Cos'è successo da quando sei andata via in cerca della verbena?».

Morvarid estrasse dal pesante giaccone un pacco di carta marrone chiuso con del cordino, appoggiandolo sulla panca tra loro.

«Lo so, sarei dovuta venire prima a portartene di fresca» le disse.

La bandrui nello sciogliere il cordino trovò, all'interno del pacchetto, della verbena essiccata con maestria e raggruppata in tanti piccoli mazzetti.

«Grazie...».

«Da quel giorno, ogni notte vagavo lungo le scogliere a nord dell'isola a cercarla. È stato lì che, fin dalla prima sera, ho ritrovato Thorn» la pausa, abbassando lo sguardo sulla gonna, fece comprendere a Galena quello che non le spiegò a parole e, nell'esternare la sua soddisfazione con un sorriso, l'abbraccio.

Anche la sirena ricambiò la stretta, un po' incerta, ma altrettanto sincera.

Durò qualche secondo, poi lasciò che la giovane creatura del mare si allontanasse e proseguisse il racconto di quel nuovo amore appena sbocciato.

«Allora ti sei innamorata!» mormorò.

Morvarid annuì, alzandosi in piedi.

«Sì, ed è tutto merito tuo, Galena» la ragazza la vide scendere dal gazebo e tornare dietro i cespugli poco distanti per prendere qualcosa che aveva lasciato nascosto tra i bassi arbusti. Solo quando tornò dentro il piccolo rialzo circolare, la ragazza vide cosa nascondeva. «Ho pensato davvero tanto a cosa portarti per ringraziarti. Ho girato tutta l'isola, sono andata anche dalle fate e dagli elfi per farmi consigliare, ma alla fine è stato il mio amato a darmi il consiglio migliore e così ti ho preso questi...» dalla carta marrone, le consegnò un

di Federica Martina

involucro conico da cui spuntava un mazzo di tonde e brillanti dalie multicolore.

Ne vide almeno due per colore e non riuscì a trattenere le lacrime.

Tutto si sarebbe aspettata dalla sirena tranne quel gesto così gentile. Dopo i lunghi giorni di solitudine e le minacce del trio di arpie, quello era il primo gesto amichevole che riceveva, se si escludeva la corte del licantropo e l'aiuto di Hopaline.

Galena prese il mazzo di fiori, avvicinando il viso ai pelati profumati per annusarne la delicata fragranza.

«Ti ringrazio» ripeté, dopo essersi alzata e aver preso l'amica sotto braccio. «Dai, vieni dentro. Li mettiamo in un bel vaso con l'acqua fresca e ci beviamo una buona tazza di tè...» le propose.

Quando furono all'interno della piccola cucina, la giovane posò i fiori sul lavello di ceramica e mise un coccio di legno dentro la stufa per non far spegnere il fuoco mentre Morvarid si accomodava.

Presero un vaso dal negozio, lei lo riempì d'acqua e la sirena spacchettò le dalie dalla carta umida.

«Mi ha chiesto di sposarlo» Morvarid le diede quella notizia dopo un lungo silenzio, mentre versava il liquido bollente nelle tazze. «La cerimonia si svolgerà il primo giorno di primavera e tu mi devi per forza preparare i fiori» era in imbarazzo, Galena lo notò da come si contorceva le dita.

Pensava forse che potessi negarle il mio aiuto?

«Ma certo!» la rassicurò porgendole il tè «sarà il matrimonio più bello che Skye abbia mai visto» asserì, con già in mente decine di possibilità per rendere fantastico quel lieto evento. La sua amica meritava che il giorno più bello della sua vita fosse perfetto.

Il pensiero di Galena corse al grimorio, che si affrettò a prendere dal suo nascondiglio sicuro, cercando subito la parte dedicata alle cerimonie.

La magia di Galena

    Entrambe, a quel punto, sorseggiarono tè chiacchierando per ore sui preparativi da fare. Mancava ancora molto tempo ma, ora che aveva una nuova compagna di sogni, la ragazza non si trattenne e passò un pomeriggio emozionante e spensierato.

di Federica Martina

Capitolo Ventitré
"Una passione proibita"

Le giornate si stavano accorciando sempre di più. Quel pomeriggio il sole era sparito presto dietro l'orizzonte, coperto dai tetti delle case e dalle cime delle montagne, cogliendo Galena nella serra.

In quei freddi giorni autunnali passava molto tempo nel suo nuovo angolo di natura e, ogni momento libero in cui non piantava dei bulbi, lo passava a comporre mazzi per il negozio e programmare il ciclo per i mesi a venire.

In fondo al giardino aveva ancora delle piante perenni da annaffiare e alcune piante ormai alla fine della fioritura, tra cui gli iris. I fiori dai lunghi steli erano ormai prossimi al deperimento, ma la ragazza sapeva che avevano ancora bisogno di acqua per rimanere alti e agitarsi come piccole canne al vento.

I suoi preferiti erano quelli dal colore viola carico con le venature, all'interno del petalo, nero-marroni e la barbetta giallo scuro. Possedevano il contrasto più bello che vantava nell'aiuola, dopo la variante viola e bianca.

In giro per il mondo la richiesta di questi fiori era altissima e le varianti così numerose da averne un libro in continuo aggiornamento.

«Sono davvero dei fiori magnifici, miss» la voce profonda e maschile che irruppe nella calma del suo giardino privato la spaventò. Era certa di essere sola e quella visita inaspettata le fece salire in cuore in gola.

La magia di Galena

Spaventata afferrò la zappa, cercando nelle tasche il sacchettino di verbena, mormorando tra sé una frase magica di protezione, prima di girarsi per scoprire chi fosse l'intruso.

Sempre con maggior curiosità scrutò il retro della casa e il confine senza vedere nessuno né sulla porta, né intorno alla serra.

«Chiunque tu sia, per favore fatti vedere» disse a voce alta, reggendo l'utensile dietro la schiena per non destare sospetti.

L'ospite misterioso, cogliendo il suo turbamento, attirò l'attenzione con un colpo di tosse che le rivelò la sua presenza all'angolo della casa.

La bandrui nascose la sorpresa appoggiando l'attrezzo contro il rivestimento della serra quando, aguzzando la vista e fissando l'ombra scura della casa, riconobbe la sagoma del suo nuovo visitatore. Era la prima volta che vedeva un rappresentante del piccolo popolo delle montagne. Incuriosita gli si avvicinò e lo salutò con un inchino del capo.

Il grimorio spiegava che i nani erano creature poco inclini alla socialità, imprevedibili, facili all'ira e alla vendetta. Di conseguenza si fermò a debita distanza, attendendo che fosse il piccolo uomo a farsi avanti.

Le gambette arcuate e fasciate da ampi stivali ricoperti di polvere di miniera, come il lungo cappotto che indossava, furono le prime caratteristiche che notò.

«Mi piacciono i tuoi fiori, bandrui!» disse con la medesima intonazione rauca di chi non è avvezzo a parlare molto.

Le si avvicinò fino ad arrivare a toccarla, allungando una mano tozza e pelosa verso l'alto. Le dita tondeggianti e corte sfiorarono le sue in un gesto impercettibile, subito dopo si tolse il cappello di lana rossa e lo appoggiò al petto, ricambiando l'inchino.

«Grazie mille».

Galena trovò molto curiosa la presenza dell'uomo: conoscendo quella razza non avrebbe mai creduto di poterne vedere uno nel suo negozio e tanto meno di potergli rivolgere la parola così in confidenza.

«Sei una giovane molto bella. Le voci che sono arrivate fino alle montagne non mentivano, per una volta…».

La risata che accompagnò quel commento le sembrò il rumore che fa un bricco quando bolle sulla stufa.

In imbarazzo per un simile complimento Galena si guardò intorno, cercando un posto dove sedersi per poter parlare con il nuovo cliente pensando che, con quel freddo, forse voleva andare all'interno. Stava per invitarlo a entrare, ma il nano inclinò il capo di lato e la fissò con interesse.

«È curioso però il modo in cui non sembri così sorpresa di vedere un nano nel tuo giardino, miss. Posso domandarti se sono il primo della mia razza che incontri?».

La bandrui gli sorrise scuotendo il capo.

«Mi è stato insegnato che è maleducazione fissare qualcuno solo perché lo troviamo curioso. E per rispondere alla tua domanda: sì, sei il primo nano che incontro, ma da bambina ho studiato tutte le creature magiche» gli spiegò con gentilezza, facendo un passo verso il porticato, indicandoglielo con garbo. «Ti prego, chiamami Galena…» gli si rivolse per poi attendere che rispondesse al suo invito.

«Con piacere, Galena. Il mio nome è Peppermint» rispose con un sorriso giallognolo e annerito dal carbone.

«Piacere di conoscerti, Peppermint. Qui fuori fa un po' freddo, perché non mi segui all'interno?» Galena lo trovò molto simpatico e voleva metterlo a suo agio ma il piccolo uomo scosse la testa nera per negare la proposta.

«No, ti ringrazio» grugnì con un'espressione dubbiosa sul volto. «Preferisco di gran lunga questa arietta fresca e il profumo di erba e fiori, soprattutto dopo una settimana di miniera» le spiegò mentre, senza attenderla, si era diretto sotto il portico, arrampicandosi sulla balaustra di legno per sedersi con i piedi penzolanti.

La magia di Galena

Galena lo seguì accomodandosi sull'unica seggiola presente e, tornando a prestare attenzione al suo nuovo ospite, notò che aveva una bizzarra espressione complice che gli brillava negli occhi scuri.

«Tu, mia dolce ragazza, non hai idea di quanto possano puzzare i nani dopo un giorno di miniera» sollevò gli occhi al cielo con un sospiro teatrale, strappandole una risata divertita. «Oh, se potessi li soffocherei nel sonno se non puzzassi anch'io quanto loro!».

«Immagino» gli mormorò, molto più rilassata nel percepire l'atteggiamento pacifico del nano. «Sentiti libero di venire qui nel mio giardino ogni volta che vuoi, Peppermint, sarò più che felice di ricevere le tue visite... anche se puzzi di miniera» bisbigliò, vedendolo ridere di gusto al suo commento finale.

Il piccolo uomo era rilassato, seduto sulla balaustra di legno, con le mani attorno al palo di sostegno. Galena credette fosse solo una visita di cortesia, ma d'improvviso il nano divenne serio e la guardò in viso.

«Tornando al motivo della mia venuta...Tu sei quella che parla usando i fiori, non è vero?» le domandò, diretto.

«Sono l'ultima figlia di Lirhon di Caen, la mia stirpe deriva dagli antichi druidi. Noi crediamo che la natura, con la sua magia, vegli su di noi; ci prendiamo cura di lei in ogni modo possibile e conosciamo ogni suo linguaggio...» gli spiegò con tono gentile, osservando con quanta attenzione rispettosa l'ometto l'ascoltava.

«Lo prenderò per un sì!» tagliò corto alla fine, saltando giù dalla ringhiera e andandole vicino. «Quindi la mia prossima domanda è: che fiore mi consiglieresti?».

Galena lo scrutò con vivido interesse, attendendo maggiori dettagli, che però non arrivarono.

«Dipende, Peppermint. Per chi sono questi fiori di cui hai bisogno?».

di Federica Martina

Il nano si fece pensieroso, camminò traballante fino al suo fianco, voltandosi verso la serra.

«Per il mio amore. Il nostro sentimento è appena nato, ma io non posso smettere di pensare ai suoi occhi violacei, alla sua pelle bianchissima e alle labbra morbide e delicate» Galena rimase a bocca aperta per l'emozione con cui il nano descriveva il suo sentimento. «Devi sapere che il mio amore è alto e forte; gli ho donato tutto il mio cuore e la mia anima non appena l'ho visto» Galena annuì con il cuore che si riempiva di commozione tanto erano sincere e vere le parole di Peppermint. Lei lo intuiva da come parlava veloce e basso, quasi dovesse nascondere quel sentimento così dirompente. «Sai, il mio amore non è un piccolo nano imbruttito come me, è magico come te, bello come la regina delle fate e unico come il fiore più raro del mondo».

«Sei molto innamorato. Le tue parole parlano di passione e amore vero, si sente» lo rassicurò, spingendosi ad accarezzargli il piccolo braccio tozzo che il nano aveva allungato per reggersi alla sedia su cui lei era seduta.

«Sì. Lo amo con tutta la mia anima. La nostra passione brucia quanto il sole, se solo tu potessi vederlo capiresti perché. È la mia ragione di vita, ma...» all'improvviso il volto raggiante del nano, si rabbuiò. «Non posso mai vederlo. Quindi vorrei tu mi aiutassi a donargli dei fiori speciali, che parlino per me e che gli ricordino di noi».

Non appena Peppermint finì di porgerle quella richiesta, Galena si alzò per dirigersi, decisa, verso l'aiuola in cui crescevano rigogliosi gli ultimi iris. Li indicò al nano, che annuì dal portico in approvazione e quindi ne raccolse di viola e bianchi, di bianchi e gialli con le sfumature arancione e rosse. Quando ne ebbe un numero adeguato per un mazzo rigoglioso, tornò da Peppermint, li incartò con della velina brillante e li chiuse con un nastro rosso e oro.

La magia di Galena

«Questi saranno perfetti per il tuo amato, vedrai! Gli iris hanno una fioritura che dura poco, ma si possono piantare in qualsiasi terreno per farli prolificare ogni primavera. Nascono dalla terra come te e sono alti, come mi hai detto essere il tuo amore».

Appena lo disse il nano annuì, ridacchiando, poi prese il mazzo e annusò il profumo.

«Sì! Sono perfetti, hai ragione» ma nel dirlo non si allontanò, restando sul portico.

«Cosa dicono questi fiori a chi li riceve?».

«Gli racconteranno di un amore forte e passionale che, sfidando le intemperie, cresce e fiorisce variopinto».

Il nano si passò una mano annerita sul viso, commosso.

«Sai Galena, sei davvero il cuore puro di cui tutti parlano con ammirazione. Nessuno aiuterebbe mai un nano che ama un elfo a dichiarare il suo amore».

Galena rimase di stucco a quelle parole ma, sedendosi, nascose la sorpresa dietro a un'espressione neutrale.

«Il tuo è un atto di coraggio oltre che amore, Peppermint. Non potrei mai negarti il mio aiuto a un amore così forte e puro. Qui troverai sempre un'amica se vorrai, i sentimenti sinceri sono molto più importanti delle etichette; vedrai che, se il tuo amore è davvero grande e sincero come mi hai detto, tu e il tuo elfo supererete i pregiudizi e le differenze, vivendo una lunga vita insieme».

Questa volta Peppermint si commosse sul serio e l'abbracciò di slancio. Galena ricambiò con una pacca gentile sulla schiena corta e tozza lasciando, poco dopo, che il piccolo uomo si allontanasse nelle ombre sulle sue gambe malferme.

di Federica Martina

Capitolo Ventiquattro
"Un giorno di mercato"

Per tutte le settimane rimanenti di quel freddo autunno, Galena aveva affittato un posto al mercato dell'isola. Durante la piccola asta in comune, la cui gara non era stata molto accesa, si era aggiudicata la licenza con una cifra ragionevole per tutti i mercoledì a venire.

Quella mattina, per lei, era il primo giorno di una nuova avventura al porto turistico, assieme a decine di artigiani; alcuni provenivano dalla Scozia, altri erano creature di Skye che esponevano oggetti della loro razza. Tutti, lei compresa, offrivano, a prezzi modici, manufatti artigianali e unici.

La ragazza era emozionata: dopo una lunga attesa alla fine avrebbe incontrato i turisti che visitavano l'isola e nuovi clienti da indirizzare al suo negozietto, in più, per fare una cosa carina, aveva scritto a mano un centinaio di cartoncini con i dati per raggiungerla.

Inoltre, dopo la minaccia del trio di arpie, Sebastian le aveva imposto, con testardaggine e gentilezza, la presenza di Mariah. La lupa lavorava con lei da giorni, aiutandola a caricare e scaricare il furgone anche se, da quando veniva al negozio, non aveva parlato molto.

Quando puntale, all'alba, Mariah bussò alla porta sul retro, Galena era già sveglia, vestita e intenta a preparare il thermos con il tè. Con un sorriso offrì una focaccina dolce alla giovane aiutante per poi, insieme, partire alla volta del mercato.

Galena individuò subito il suo posto dove, aiutata da una Mariah silenziosa, scaricarono i vasi dei fiori recisi, sistemarono le composizioni e i fiori secchi sul ripiano di legno

La magia di Galena

fatto da Sebastian, attendendo che l'addetto passasse a controllare e ritirare la quota per quel giorno.

La mattinata iniziò presto, non appena la prima nave lanciò il suo sbuffò di fumo per annunciare che aveva attraccato.

Galena si sentiva ottimista: il mercato rappresentava, da sempre, uno dei suoi posti pubblici preferiti. Fin da piccola aveva sempre frequentato simili luoghi con sua nonna e, adesso che per la prima volta era sola, sperava di poter continuare quell'avventura incontrando decine di persone nuove, stupende e cordiali.

La bandrui, infatti, non ignorava il fatto che farsi nuovi clienti fidati fosse basilare per ampliare un po' lo smercio di fiori e il suo futuro commerciale. Sebastian le aveva anche proposto di farsi fare un sito e comprare qualche spazio nei giornali del continente.

«Tutto fa brodo» le aveva detto, ridacchiando.

La bancarella, al sole e in bella vista, le permetteva di vedere lo scalo merci, dove sapeva esserci il lupo, e anche la viuzza che portava a casa.

L'aveva scelto proprio per quella particolarità.

Mariah stava borbottando che il loro banco traballava troppo per tutti quei mazzi di fiori e le molte composizioni in vista del Natale, ma si tranquillizzò quando Galena infilò un piccolo cuneo di legno sotto una gamba. Doveva mettere in programma l'acquisto di un tavolo pieghevole più solido, con i primi guadagni, soprattutto se l'esperienza si fosse dimostrata favorevole.

Per festeggiare e darsi coraggio, si versò una piccola tazza di tè bollente, usando il tappo del thermos e tentando di nuovo di corrompere Mariah ad assaggiarlo, ma la lupa era integerrima.

Era pronta a tutto: aveva trascorso un'intera settimana per organizzare quel giorno e niente l'avrebbe colta impreparata quando vide Katherina e Ginevra in lontananza.

di Federica Martina

Le due donne passarono di banco in banco, scrutando con severità ogni oggetto e persona. Accanto a lei Galena notò la vecchia banshee, di cui non ricordava il nome, mettere in vendita vecchie stampe e oggetti legati alla magia, come amuleti e incantesimi. La ragazza la udì subito mormorare tra sé e, con la coda dell'occhio, la vide sobbalzare quando anche quest'ultima vide il duo.

Tutti sull'isola sapevano cos'era successo giorni prima ma si comportavano come se l'evento fosse di scarsa importanza, ignorando sia lei che le tre amiche. Fatta eccezione per il branco, nessuno ne aveva più fatto parola da quando era passata la regina delle fate a riparare il danno al negozio.

Molti dei presenti, in modo del tutto incomprensibile per la ragazza, invece che scansare le due creature malvage, le chiamavano, parlavano con loro, offrendo regali e oggetti di ipotetico interesse a prezzi ridicoli.

Katherina, in special modo, stava passando da ogni mercante a riscuotere la tassa d'affitto, senza curarsi di mascherare il perché si trovasse lì, parlando a voce alta.

Mariah, già all'erta, le fece notare quel comportamento con un segno del capo, mentre metteva dei vasi preparati per l'occasione in prima fila davanti alla loro postazione.

Tra le varie composizioni si potevano ammirare quelle che recavano i fragili fiorellini rosa del cisto, seccati per mantenersi nel rigido clima invernale.

Galena rabbrividì, sfoderando il sorriso più finto che possedeva, giusto in tempo per vedere la strega con gli occhiali da sole e i capelli neri sciolti lungo le spalle che, con passo regale, si avvicina a loro due.

Katherina la squadrò dall'alto dei suoi tacchi obbligando Mariah, con un ghigno malefico, a spostarsi per avvicinarsi di più a Galena.

Solo quando le fu di fronte attirò l'altra chiamandola con un gesto della mano.

La magia di Galena

«Guarda Ginny! A quanto pare non siamo state abbastanza convincenti l'altra sera: la feccia non ha lasciato l'isola» l'espressione di ribrezzo le illumina il viso e la sua presenza emanava così tanta freddezza da far tremare la bandrui.

Ginevra arrivò accompagnata dal suono dei suoi tacchi sull'asfalto, scoppiando a ridere. L'esplosione di ilarità evidenziò i bianchi canini della vampira mentre la luce del sole fece risplendere la sua pelle come porcellana.

«Forse, non ha inteso bene, Kat» la provocò, mentre Mariah ringhiava accanto a lei, già pronta all'attacco.

Galena si parò loro davanti a protezione dei suoi fiori e della lupa, ma Katherina, invece di dare peso alle sue azioni, puntò gli occhi sulla licantropa.

Mariah iniziò a guaire portandosi le mani al collo: qualcosa di invisibile la stava soffocando e quella crudeltà rese inutile ogni possibile aiuto alla bandrui.

Galena strinse i pugni, pronta a reagire come Sebastian le aveva insegnato:

«Se ti mettono di nuovo alle corde vagli incontro e tiragli un calcio negli stinchi e un pugno dritto in faccia» le aveva detto, serio.

La ragazza non era mai stata violenta ma se la strega avesse proseguito in quella minaccia avrebbe reagito, dopo avergli lanciato il sacchettino di verbena.

La vampira però capì le sue intenzioni e, con un movimento fulmineo, afferrò un vecchio elfo che passava dietro di loro, sollevandolo per la gola finché non penzolò inerme e, solo allora, con i denti gli squarciò il collo da parte a parte.

«Adesso saremo state chiare? Tu che dici, Kat?» disse, mentre lo schizzo di sangue macchiava tutte le composizioni in prima fila del banco. Ginevra si rivolse a Katherina sogghignando soddisfatta della sua malefatta.

di Federica Martina

La strega però non le rispose, intenta a tenere Mariah per la gola. Katherina, invece, puntò gli occhi gelidi in quelli di Galena, leccandosi le labbra.

«Li uccideremo tutti: lupi, elfi, nani e fate dei miei stivali. Chiunque ti aiuterà verserà il suo sangue» solo dopo quella minaccia lasciò la lupa libera dal cappio che crollò contro il ripiano, rompendo a metà il tavolo e facendo cadere tutto quanto in terra. «Skye è nostra, piccola stupida. Non hai speranze. Vattene o moriranno in tanti è sarà solo colpa tua» rettificò la vampira, pavoneggiandosi.

Galena corse in aiuto di Mariah premurandosi di aiutarla ad alzarsi e controllando che non fosse ferita. L'elfo innocente ormai era morto, soccorrerlo non aveva nessuna utilità, se non dare ulteriore soddisfazione alla coppia di arpie.

La bandrui fece sedere Mariah in terra, afferrò la verbena e la polvere di protezione, pronta a lanciarla contro le due, ma quando tornò in piedi Katherina e Ginevra erano svanite nel nulla, lasciandola a bocca aperta e nello sgomento generale.

Ivette, la banshee, accorse al capezzale dell'elfo e Galena si preparò a sentirne per la prima volta l'urlo di dolore, ma non accadde.

Una piccola folla si raggruppò intorno al corpo inerme, accerchiandolo e vociferando ansiosa. La bandrui si sentì in colpa e, insieme a Mariah, si fece largo tra i curiosi.

Fu allora che, già con gli occhi velati di lacrime, vide arrivare altri elfi con delle strane pietre in mano. Erano in quattro e si misero attorno al corpo esamine intonando una melodia monocorde, mentre la banshee chinava il capo, imitata da tutti.

L'attimo successivo l'anziano elfo si sollevò da terra, come se nulla fosse successo, lisciandosi le vesti e porgendo i suoi ringraziamenti ai fratelli.

Galena nell'assistere a quella scena non trattenne il pianto. Il vecchio elfo con la veste macchiata di sangue e i capelli azzurri come il cielo, le si avvicinò e le appoggiò una mano sulla spalla.

«Oh, piccola cara, le tue stille di afflizione sono troppo per me. Non piangere. Noi elfi siamo eterni, è stato solo un'incresciosa burla crudele. Volevano solo farti un dispetto».

Galena alzò gli occhi sul viso liscio della creatura e annuì. Il grimorio non parlava di quella caratteristica, ma ci credeva, lo aveva visto con i suoi occhi.

di Federica Martina

Capitolo Venticinque
"L'altra metà della mela"

Alla fine della giornata Galena era esausta ma, per sua fortuna e con l'aiuto della lupa, tornò al negozio prima del calare della notte.
Quando ebbe finito di scaricare le composizioni vide Mariah appartarsi, con una sigaretta tra le dita, andando a sedersi nel retro poggiando le scarpe da ginnastica sulla balaustra. Alla bandrui bastò entrare nella piccola stanza sul retro per udirne la telefonata.

Sapeva che la licantropa stava solo adempiendo all'ennesimo ordine dell'Alfa, avvisandolo del loro ritorno a casa, ma quel gesto celato la infastidì un po'. Le sembrava quasi di sentire la voce ansiosa del maschio al telefono che ordinava a Mariah di riferirgli ogni singolo dettaglio della giornata, in modo particolare dell'incontro con Katherina e Ginevra.

Nell'origliare ebbe la forte sensazione che, al calar del sole e alla fine del turno allo scalo, Sebastian si sarebbe presentato alla sua porta arrabbiatissimo e con un'altra lunga lista di cose che lei non poteva più fare da sola. Quella testardaggine la snervava; la innervosiva sempre quando lui cercava di imporsi.

Era nel pieno di quei pensieri quando il suono della campanella attaccata sopra la porta la riportò alla realtà.

Sorpresa sporse la testa nel negozio, basita che potesse esserci un cliente dopo l'intera giornata di mercato. Venne seguita da Mariah che fece altrettanto, sporgendosi dalla porta e mettendo una mano sul microfono del cellulare per vedere a

La magia di Galena

sua volta chi fosse entrato e se Galena avesse bisogno del suo aiuto.

«Aspetta Sebastian...» mormorò la lupa già all'erta e pronta a rimettersi in moto, ma Galena agitò una mano per dirle di stare tranquilla.

Dalla sua posizione, infatti, la bandrui aveva scorto la figura di una creatura alta e dai colori chiari, tipici di un elfo della corte di Adamante, quindi non era preoccupata.

«Arrivo subito!» disse a voce alta, togliendosi il giaccone e infilandosi il grembiule legandolo in vita.

«Vi prego, non affrettatevi per me...» udì in risposta, incuriosendosi ancora di più per il tono timido che pronunciò quelle poche parole.

Quando arrivò al bancone ebbe la visuale completa del suo bizzarro cliente, rimanendone affascinata.

Davanti a lei, in un'immobilità statuaria, si trovava un elfo. La creatura magica era molto alta, magra, longilinea e spigolosa. Portava lunghi capelli biondo chiaro e aveva occhi azzurri immobili e allungati.

Era un essere davvero particolare: somigliava molto agli elfi che aveva incontrato, ma il suo aspetto le sembrò unico, anche se non riusciva a decidere il perché. Osservandolo da vicino, ad esempio, Galena non seppe decidersi sul sesso né sulla sua età.

«A cosa devo l'onore? Ditemi pure, sono a vostra completa disposizione» mormorò gentile.

Solo dopo che lei gli ebbe parlato, la creatura androgina si avvicinò al bancone e piegò la testa in avanti in segno di saluto.

«Vi ringrazio» fu la flebile risposta.

Ma, sebbene al di fuori l'elfo desse un'apparenza di calma e contegno, i suoi occhi si posarono su di lei e le trasmisero un uragano di emozioni in tumulto. Le pupille si spalancarono grandi ed espressive, quasi scandagliasse le sue emozioni, accompagnando il tutto con movimenti lenti e misurati. Quando saettarono verso il retro, Galena comprese che la creatura era nervosa per la presenza di Mariah, come se sapesse che un gesto brusco avrebbe attirato l'ira della lupa.

«Mariah, per favore, mentre io servo questo cliente, potresti andare nella serra a bagnare le piantine nei vasi?» alzò la voce perché la potesse udire anche dal portico senza doversi affacciare, restando al bancone rivolgendo un sorriso d'intesa all'elfo.

Mariah le rispose con un borbottio ma entrambi l'udirono scendere dal portico e allontanarsi.

Solo a quel punto Galena notò il viso della creatura rilassarsi un po'. Accolse quel cambiamento con soddisfazione, ma restò comunque incuriosita dalla motivazione di quella visita.

«Posso azzardarmi a chiedervi se siete qui per l'increscioso evento di questa mattina? Vi manda forse il vostro re?» domandò, notando che l'elfo gli rispose con un gesto di diniego.

Gli occhi di ghiaccio vagarono per il negozio fermandosi infine su di lei, dopo aver accarezzato il dorso del grimorio.

«No, non mi sarebbe mai stato permesso di recarmi qui dal mio re» le sussurrò, intrecciando le mani davanti al busto e abbassandosi verso di lei per poter parlare a voce ancora più bassa. «Dovete perdonarmi, miss, forse avrei dovuto dirvi subito il motivo per cui sono qui».

Galena annuì, prendendo il suo libro, aprendolo a una pagina senza nemmeno guardare: il tomo le avrebbe dato un indizio, come fece. L'elfo abbassò gli occhi per seguire i suoi gesti, aggrottando la fronte di porcellana:

«Camelia rossa, cosa vi dice?».

«La camelia, come la rosa, di un rosso carico è il simbolo dell'amore passionale» gli spiegò, indicandogli man mano le righe e le figure vergate dai suoi avi.

«Il vostro libro non mente mai» non era una domanda, ma un'affermazione che la bandrui confermò annuendo. «È proprio questo il motivo della mia visita furtiva: sono qui per ringraziarvi, Galena» esordì l'elfo raddrizzandosi. La sua voce, molto più rilassata, era come una brezza estiva che l'accarezzava e la sfiorava con delicatezza e rispetto.

«Ringraziarmi?» domandò sperando di non indisporlo ma non capiva a cosa si riferisse.

«Il mio nome è Hypswich della corte di Adamante. Vi devo la mia stessa felicità, perché senza di voi il mio amore non avrebbe mai avuto il coraggio di confessarsi» negli occhi dell'elfo brillò un'emozione sincera.

Solo allora Galena capì.

«Tu devi essere l'elfo di cui mi ha parlato Peppermint. Mi ha detto cose molto belle di te. Il suo cuore era colmo di gioia e amore mentre mi raccontava. E ti prego, dammi del tu» alle sue parole Galena vide il volto impassibile del giovane amante colorarsi di emozione e distendersi in un sorriso dolce e gentile.

Parve illuminarsi di una luce nuova e calda, quando la bandrui nominò il piccolo nano delle miniere e il suo sentimento.

«I tuoi fiori, quei meravigliosi iris, ci hanno aiutato molto per confessarci l'un l'altro i nostri sentimenti. I nostri popoli sono amici ma non così tanto da comprendere un amore come il nostro e poterlo accettare».

Quelle parole erano come pietre sul petto della bandrui. Il timore precedente le si dispiegava davanti: nemmeno se l'elfo amasse qualcuno di diverso da un suo simile sarebbe accettato senza proteste ma l'amare un nano, per la corte, doveva essere qualcosa di incomprensibile.

«Dobbiamo festeggiare, allora, mio caro Hypswich. Ti farò un altro mazzo, come regalo di buon auspicio per il futuro e, usando le camelie rosse, coloreremo la corte e la inonderemo di un nuovo profumo» disse sorridendo e accarezzando la mano dell'elfo, adagiata sul bancone, che non si mosse, lasciando che lei lo confortasse.

di Federica Martina

«Sarebbe un sogno che si avvera. Io e Pepper siamo felici solo quando siamo insieme e lo siamo solo grazie a te» mormorò ricambiando la carezza sulla mano.

Un colpo di tosse li distrasse dopo quel lunghissimo gesto di amicizia silenzioso; Mariah era tornata con le braccia cariche di fiori vermigli.

«Sbaglio o mi è parso di sentire che ti servono delle camelie?» disse, avvicinandosi al bancone per adagiarle con lentezza davanti all'elfo che, per la sorpresa, trattenne il respiro.

Sia Galena che Mariah videro il busto irrigidirsi e ritrarsi, Hypswich aveva timore di mostrarsi alla lupa, che però finse di non vedere e tornò vicino alla stufa.

«Non devi avere paura di Mariah, Hypswich, lei è mia amica e mi aiuta qui in negozio. Sa mantenere un segreto tanto quanto me» lo rassicurò, incartando i fiori in un grande mazzo con un enorme fiocco e tanta velina traforata.

Quella notizia felice, in una giornata iniziata nel peggiore dei modi, la rallegrò, tanto che non si accorse di canticchiare finché Mariah non si sporse dal retro e Hypswich le sorrise prima di uscire.

La magia di Galena

Capitolo Ventisei
"Il bacio del vampiro"

Novembre, con il suo clima instabile, giungeva al termine.
Dal giorno precedente il cielo si era fatto grigio e la notte, appena Galena si era infilata sotto la pesante coperta del suo letto, la pioggia aveva iniziato a scendere. Il tetto sopra di lei veniva picchiettato dalla magica musica dell'acqua, impregnando l'aria dell'odore della tempesta autunnale.

La bandrui non ne aveva paura ma rimase comunque parecchi minuti ad ascoltare i rumori che rimbombavano nella casa vuota. Poteva quasi immaginarsi il dormire dei fiori al piano di sotto, fantasticando di udire persino qualche fiorellino un po' più anziano russare.

Quel pensiero sciocco la fece sorridere nel buio e, pronta a concedersi una notte di riposo, chiuse gli occhi, quando dei colpi alla porta principale la destarono di soprassalto.

In un primo momento non colse la provenienza di quel rumore assordante ma, quando comprese, si spaventò credendo si trattasse di Sebastian.

L'insistenza dei colpi la convinse a scendere dal letto e andare al piano di sotto poiché, se colpivano l'uscio con tale violenza, doveva essere per qualcosa di urgente che richiedeva la sua attenzione e che non poteva attendere il sorgere del sole.

Nell'oscurità scese le scale in vestaglia e a piedi nudi, accese una candela e procedette a passo spedito fino alla porta, coprendosi con lo scialle fino al mento per non prendere freddo.

di Federica Martina

L'aria gelida si insinuò con prepotenza nello spiraglio che la ragazza aprì per sbirciare fuori gelandosi il naso e le guance.

Il buio era pesto, un calo di corrente aveva fatto spegnere il lampione della piazzetta e, per vedere, dovette assottigliare gli occhi e aguzzare la vista.

Davanti a lei, fagocitato dalle ombre della notte e sotto il piccolo riparo delle tegole, c'era un uomo piegato su se stesso che ansimava. Ingobbito sotto l'acqua che scrosciava imperterrita, pallido, coi capelli scuri incollati al volto, lividi sul viso e sul collo, graffi un po' ovunque, con gli abiti sgualciti e strappati, aveva senza dubbio bisognoso di un riparo.

Era così malconcio che sembrava fosse stato aggredito da un intero branco di bestie feroci. Eppure Sebastian le aveva giurato che i licantropi non aggredivano gli isolani.

A quella vista, quindi, Galena si spaventò, spalancando la porta per soccorrerlo con il cuore che le schizzava nel petto per l'ansia.

«Aiutami… ti prego…» l'uomo si teneva la gola dalla quale usciva un rivolo di sangue.

La bandrui lo fece entrare senza pensarci un secondo in più, incurante del pericolo e della stranezza delle circostanze.

«Oh sì, certo entra!» disse affrettata.

Galena lo soccorse appena varcò l'uscio, sorreggendolo per un braccio non appena lo vide barcollare malfermo sulle gambe. Il rivolo di sangue che gli fuoriusciva dal collo non era la sola ferita che il giovane presentava e così lo fece sedere su una sedia, prima che crollasse sul pavimento, aiutandolo ad adagiarmi con il capo reclinato all'indietro.

In quella posizione, però, la ferita parve aprirsi in modo irreparabile, macchiando la vestaglia con uno schizzo di sangue.

La magia di Galena

Colta dal panico si tolse l'indumento gettandolo sul bancone per cercare di tamponare quel taglio senza venir limitata nei movimenti.

Presa dalla concitazione del momento, non pensò di chiudere la porta a chiave, ma corse in cucina a prendere bende e disinfettante quando vide che lo sconosciuto iniziava a rantolare in modo preoccupante.

«Cos'è successo? Come ti chiami?» indagò mentre gli tamponava il collo, facendolo sedere dritto sulla sedia.

«Luna piena… lupi…» il bisbiglio si perse tra i rantoli e il respiro del giovane, che puzzava di alcool e sangue.

Galena non si fermò a domandare oltre, cercando, il più in fretta possibile, di arrestare l'emorragia del collo per poi tamponare il resto delle ferite. Provò a muoverlo con fatica, per metterlo più comodo, ma gli abiti zuppi lo irrigidivano e appesantivano, così armeggiò finché non riuscì a togliergli la giacca e qualche bottone della camicia.

«Calma, non è grave, sono solo graffi» lo rassicurò dopo aver ispezionato sotto la camicia strappata. Il giovane aprì gli occhi azzurri come il mare e li puntò su di lei. «Io sono Galena» gli disse alla fine, sentendo un brivido al contatto con quello sguardo posato su di lei.

«Artorius…» biascicò a fatica, allungandole una mano debole per prendere una delle sue. Fu una lieve pressione, ma la bandrui si ritrovò troppo vicino al suo petto bianco, incatenata a quegli occhi magici.

Distogliendosi da quel contatto gli sfilò anche quell'abito lacero che lasciò cadere in terra. Pur non conoscendolo e percependo un pizzico di diffidenza si prodigò a disinfettare le unghiate che aveva su spalle e torace.

Trafelata com'era, non si accorse del normalizzarsi del respiro dell'uomo, né di una mano che passò dal pendere lungo il corpo al posarsi sulla gamba e poi, con un movimento lentissimo, salire fino al fianco.

di Federica Martina

«Perché ti hanno attaccato?» gli chiese.

Non credeva possibile una cosa di questo tipo dal branco di lupi e poi quei graffi erano tutti abbastanza superficiali da non essere così gravi da uccidere.

Lo sentì agitarsi sotto le sue mani e, solo allora, alzando gli occhi sullo sconosciuto, vide che si era messo seduto con molta più sicurezza ed eleganza: le gambe allargate a lasciarle spazio, il busto dritto contro lo schienale, la testa piegata verso il basso con i capelli che gli nascondevano il viso. Sembrava diverso dall'attimo prima.

Sorrideva.

Galena socchiuse le labbra notando quel repentino cambiamento. Il respiro caldo di Artorius le sfiorò le guance, facendola tremare nel percepire l'odore di sambuco che emanava.

Quell'aroma dolce era impossibile da spiegare per lei: un momento prima il giovane stava quasi soffocando e ora la guardava leccandosi le labbra rosse, inchiodandola con quegli occhi.

«Avvicinati» mormorò Artorius mentre, nel darle quel semplice comando, la tirò verso di sé. «Te lo mostrerò…» proseguì suadente.

Galena sentì la presenza di quel corpo duro e freddo contro la stoffa della leggera camicia da notte mentre, in un secondo, le mani del giovane erano sui suoi fianchi che la tenevano stretta. Gli occhi azzurri erano fissi su di lei e le sue labbra, ora di un viola pieno e livido, si scoprirono su un paio di affilati canini.

«Tu sei un…» non finì quella frase che la bocca le divenne secca, rendendola incapace di pronunciare altro.

La bandrui percepì il freddo della sua carezza sulla schiena e il panico le avvampò in viso.

La magia di Galena

Artorius sorrise divertito da quella reazione. Con la punta delle dita le sfiorò il profilo del collo salendo verso la mascella per toccarle, con seducente abilità, il labbro inferiore.

Galena tremava, senza riuscire a controllare nessuna parte del suo corpo, inerme.

Il giovane rise piano mentre lei boccheggiava in preda al terrore più cieco, conscia del pericolo in cui si era cacciata con la sua volontà di aiutare chiunque.

Galena non era più in grado di reagire; con le ultime forze che la sua volontà ritrovarono, appoggiò le mani sul torace del vampiro spingendolo più che poté, ma la sua forza era troppo debole se confrontata a quella di lui.

Galena vide la vita passarle davanti agli occhi, specchiandosi in quella pozza salmastra senza emozioni.

Quando Artorius quasi al rallentatore aprì la bocca la paura di Galena crebbe allo stesso ritmo, soffocandola. Mentre il vampiro le si avvicinò al viso, la sua espressione cambiò, svelando la maschera del mostro che teneva celato sotto la superficie.

Nessun disegno del grimorio avrebbe mai potuto rappresentare l'orrore che la ragazza provò quando lo vide a pochi centimetri dal suo collo, pronto a morderla.

I denti brillarono nel buio l'attimo prima di trafiggerla, le punte si allungarono verso di lei e Galena urlò mentre veniva stretta in quell'abbraccio letale.

Il tradimento che il sambuco le aveva annunciato solo qualche momento prima l'avvolse come una coperta che le schiudeva l'uscio della morte imminente.

di Federica Martina

Capitolo Ventisette
"Sei una bugiarda!"

I denti affilati come lame perforarono la pelle candida del collo di Galena. Il dolore si diffuse come un veleno e le forze la abbandonarono con rapidità.
Tutto durò il tempo di un battito delle ali di una farfalla, attimo in cui la bandrui vide il nero avvolgerla come un mantello e sentire il corpo diventare pesante.

Il silenzio attorno a lei divenne così assordante che l'unica cosa da lei percepita era il risucchio di quel bacio mortale; la ragazza, in quel turbinio tra vita e morte vide i volti di sua madre piangere disperata e della nonna, le cui rughe proiettavano ombre scure sul viso serio.

Si arrese, pronta a oltrepassare il velo nero, quando il rumore prepotente della porta che veniva diverta dai cardini la riportò alla realtà.

Il viso del licantropo che piombò nella stanza era contorto dalla rabbia; il ringhio potente di Sebastian fece tremare la casa, salvandola: il vampiro, infatti, la lasciò cadere sul pavimento come una bambola senza vita.

Il lupo furente e pronto all'attacco balzò al centro della stanza, le zanne scoperte e gli artigli sfoderati per colpire mentre, dietro di lui, il branco accerchiava la casa.

«Tu!» Sebastian sputò quella sillaba con voce traboccante d'odio.

Artorius, al contrario, sembrava una statua sorridente, in piedi sopra di lei, senza l'ombra di un graffio sul viso, senza camicia e con i canini sfoderati. All'apparenza era pronto alla lotta, anche se non aveva mosso un muscolo in tale verso.

La magia di Galena

La bandrui doveva alzarsi per riprendere il controllo del proprio corpo, così fece forza sulle braccia per rimettersi in piedi con le lacrime a rigarle il viso e la gola che le bruciava per i singhiozzi.

Sebastian le riservò un'occhiataccia e un ringhio rabbioso: era fuori di sé. In quel momento era il lupo ad avere il controllo e questo il branco lo sentiva, ululando in risposta, facendo vibrare l'aria.

Dalla porta sul retro la prima che entrò nel negozio fu Mariah, o meglio la bestia in cui la giovane si mutava con la luna piena. Galena la riconobbe dai fianchi snelli e la lunga coda. Quel pensiero l'aiutò a superare l'attimo di panico mentre, dal retro, anche altri tre lupi entrarono pronti a difenderla da ogni pericolo, anche se era Sebastian a preoccuparla.

Alla fine la bandrui riuscì, con molta fatica, a mettersi in ginocchio, con il petto scosso dai singhiozzi e gli occhi accecati dalle lacrime. In cerca di un sostegno si aggrappò alla prima cosa solida che trovò, non comprendendo subito che si trattava delle gambe del vampiro.

«Traditrice!».

Sebastian, a differenza sua, aveva assistito alla scena e, con quello sfogo, la colpì come uno schiaffo. La sua voce la scosse più di ogni altra cosa, dandole la lucidità necessaria per allontanarsi dal vampiro che la guardava ridendo.

Il lupo non attese un secondo di più, approfittando del suo gesto per gettarsi contro Artorius, pronto a strappargli la gola a morsi.

Il vampiro si aspettava l'attacco e, quando si ritrovò circondato dai lupi, riuscì a difendersi muovendosi con agilità. Graffiò e colpì in modo rapido e controllato, Sebastian incassò un paio di colpi ma quando perse l'equilibrio dopo uno spintone, si ritrovò al fianco di Galena a quattro zampe. Il muta forma, concentrato sulla lotta, non le prestò attenzione

di Federica Martina

passandosi il dorso di una mano artigliata sulla bocca, scattando in avanti.

Fu inutile perché Artorius approfittò del suo momento di distrazione per agguantare la camicia e la giacca con un gesto da falena ridendo in modo raccapricciante.

Sul corpo del demone immortale non c'era più traccia di lividi, graffi e ferite, solo muscoli bianchi e durissimi.

«Povero cagnolino ti senti ferito nell'orgoglio, eh?» lo schernì, ghignando verso l'Alfa e i suoi scagnozzi ringhianti.

Sebastian non si fece distrarre di nuovo, saltando davanti alla porta per bloccare l'uscita al vampiro.

Mariah e gli altri, andati nel prato per essere più liberi, ringhiarono pronti all'attacco. Galena si strinse la vestaglia al petto, in cerca di calore, ma fu inutile.

«*Au revoir, madamoiselle!*» con un inchino Artorius la salutò come se la loro fosse stata una visita di piacere e, agitando la giacca come un mantello, svanì in una nuvola di polvere, nel modo più baldanzoso e teatrale che Galena ebbe mai visto.

La ragazza, ancora aggrappata con entrambe le mani al tavolo del negozio, cercava di tamponarsi il collo lacerato con la stoffa ormai rovinata.

Sebastian, l'attimo in cui si ritrovarono soli, l'afferrò per un braccio, guardandola rabbioso.

«Perché quello era qui dentro con la porta chiusa?» le urlò in faccia.

Galena lo guardò spaventata senza capire cosa stesse dicendo, aveva ancora la testa confusa e le parole le giungevano ovattate.

Non avevo chiuso l'uscio nel trambusto, com'è possibile che Sebastian l'abbia trovato serrato?

«Io...» balbettò.

Non riusciva a produrre una risposta sensata, non ricordava come fosse arrivata al piano di sotto, né come si era ritrovata

La magia di Galena

tra le braccia di quel mostro. Era nel panico e non razionalizzava ma il lupo, fuori controllo, non notava il suo stordimento.

D'un tratto, il branco ancora fuori al negozio, cercando l'odore del non-morto nell'aria, lo videro ricomparire. Artorius ritornò in forma umana dall'altro lato della piazza, a pochi metri dal negozio; le risa furono un'eco attraverso l'aria della notte quando Ginevra lo accolse con un bacio e la mano tesa. L'incontro dei due amanti fu lampante per i lupi che vi assistettero, tanto quando il loro piano malvagio.

Dal giardino, il branco assistette alla scena, preparandosi a seguirli: l'isola era piccola e i due non si sarebbero potuti nascondere a lungo.

All'interno però Galena, terrorizzata da Sebastian, lo guardava con occhi vitrei, mentre lui la scuoteva, interrogandola.

«Parla, maledizione! Quello è il tuo amante?» la gelosia incontrollabile del lupo lo rendeva sordo ai richiami degli altri e ai messaggi che gli mandarono per avvertirlo.

Sebastian proseguì nel tempestare di domande la bandrui: il suo orgoglio di maschio esigeva una risposta che non arrivava con la rabbia che cresceva a ogni singhiozzo di Galena.

Il branco, alla fine, decise di seguire i due vampiri mentre lui la faceva sedere su una sedia.

«Sebastian...» non riusciva a parlare con la gola in fiamme ma tentò di placarlo, mentre riprendeva fiato.

«No, taci!» le ringhiava contro ma, al contempo, non la lasciava sola e non si perdeva un suo singolo movimento. «Sono io lo scemo che credevo tu fossi diversa. Mi hai fatto fesso con la tua faccia da finta innocente. Ero disposto anche ad aspettarti» non la guardava più, le aveva voltato le spalle iniziando a camminare su e giù per lo spazio ristretto, come fosse in gabbia.

di Federica Martina

La bandrui si alzò dalla sedia, prima occupata dal vampiro, prendendolo per un braccio supplicandolo di guardarla.

«Sebastian per favore…».

Il taglio alla gola aveva smesso di sanguinare, ma adesso era il suo cuore ad avere lo strappo più doloroso. Il lupo si liberò con uno strattone e si diresse alla porta, sollevandola per rimettendola sui cardini.

Era la seconda volta che, sebbene fosse arrabbiato con lei, prima di lasciarla sola le sistemava la porta, infondendo un barlume di speranza in Galena che lo seguì, venendo immobilizzata a metà strana con un'ultima occhiata.

«Mi fai schifo, hai il suo odore addosso, sei una vera attrice» la voce era roca, dura.

Alla fine uscì lasciando la porta spalancata con gli ululati del branco che risuonavano nell'aria, in lontananza.

«Sebastian!» scoppiò in lacrime, nel chiamarlo un'ultima volta, ma l'Alfa non si girò nemmeno.

Il dolore la colpì come un pugno, strappandole le ultime forze che le rimanevano e poté dar sfogo ai singhiozzi, tenendosi il petto.

Guardandosi la mano la trovò coperta di sangue appena uscito dal morso del vampiro.

L'unico rimedio che conosceva si trovava nel grimorio, ma il tomo era troppo lontano per consultarlo. In realtà non doveva nemmeno aprirlo per sapere cosa le serviva: il mirto, con i suoi fiori secchi, pendeva sopra la finestra.

Quel fiore a ombrello bianco era il simbolo dell'amore che finiva con il tradimento. Sua nonna, fin da bambina, le aveva insegnato che per i tagli profondi era miracoloso schiacciato con un pestello e spalmato sulla ferita.

Lo avrebbe fatto, il morso doveva rimarginarsi, ma si sentiva troppo stanca per compiere quelle azioni: lo avrebbe fatto il giorno seguente, se sarebbe sopravvissuta al cuore che si stava infrangendo in milioni di piccoli pezzi.

La magia di Galena

Capitolo Ventotto
"Un dolore che non guarisce"

patica.

Per due lunghissime notti Galena era rimasta inerte con lo sguardo perso nel vuoto come una bambola muta, immobile e senza vita.

Due infiniti e opprimenti giorni, scanditi dal sorgere del freddo sole di dicembre, le erano scivolati tra le dita senza che se ne accorgesse.

Attendeva la fine del dolore che le si era insinuato nel petto: un buco profondo aveva inghiottito il suo cuore, mentre guardava, inerme, Sebastian abbandonarla sul pavimento.

Come un automa aveva fatto le scale fino al piano superiore coricandosi nel letto, sprofondando nelle coperte calde ma senza riuscire a riprendere il calore della vita.

Indolente, fissava la neve che aveva iniziato a scendere dal cielo.

Poco a poco i candidi fiocchi avevano avvolto ogni cosa in un gelido abbraccio senza emozioni, imbiancato tutto il paesaggio rendendolo surreale e indefinito, anche le orme lasciate dal branco e le piccole aiuole del giardino.

Soffocata.

Lenta, fitta e gelida, la neve cadendo aveva rivestito ogni cosa, come le dita delle mani di morto che si avvicinavano al suo corpo tremante, pronte a ghermirla e a stritolarla nella loro morsa.

di Federica Martina

Galena restava inerme con lo sguardo incollato nel bianco senza dimensione che aveva fagocitato tutto quanto vedesse dalla finestra della sua camera da letto.

Non dormiva più, spaventata dalle immagini del volto di un cadavere che le sorrideva senza labbra e con le orbite vuote. Gli incubi la scuotevano anche quando era sveglia, facendole rivivere il terribile bacio del mostro e risentire la risata malefica che le risuonava nelle orecchie come una marcia funebre.

Restava vigile a fissare le ombre opprimenti della stanza, distesa a letto, incapace di trovare la forza per comprendere il motivo di tutto quello e la causa per cui Juliet la detestava così tanto, chiedendosi come mai il trio si accanisse così su di lei e si fosse spinto fino a darla in pasto a un vampiro.

Più di tutto, però, non comprendeva come Sebastian, che le aveva giurato amore sincero, avesse potuto credere al mostro e non a lei.

Sola.
Dopo il litigio con l'Alfa, la giovane si era rintanata nella stanza con enorme sforzo, lasciandosi trascinare dalla corrente del male che l'aveva ferita e dissanguata.

Come catatonica, immobile a guardare fuori dalla finestra, si era avvolta nel piumone senza che il gelo l'abbandonasse, alternandosi al caldo insopportabile del senso di soffocamento che la neve le provocava.

Fuori la vita continuava senza di lei: alcuni abitanti dell'isola si erano fermati davanti al cancelletto; altri avevano guardavano in alto, verso la finestra, rivolgendo il viso al cielo, ma nessuno si era avvicinato o aveva osato bussare alla porta del negozio.

Peggio ancora: nessuno era entrato dal retro, né era salito venendo a soccorrerla.

La magia di Galena

Con quel loro ultimo piano malefico le tre donne avevano vinto, con il minimo sforzo.

Era bastato mettere un unico, minuscolo dubbio nel cuore di Sebastian per renderla innocua: spinto dalla luna, dalla bestia che custodiva nel cuore e dalla gelosia che nutriva per lei, le aveva voltato le spalle, accecato dalla rabbia che lo aveva sopraffatto.

Stanca.
All'alba si era svegliata in cerca di sollievo dal freddo.

Con le forze ridotte al minimo, aveva cercato aiuto nel tè preparato qualche giorno prima e che era rimasto a raffreddarsi sul ripiano della cucina.

Quando lo aveva portato alle labbra, in cerca di conforto, il sapore sentito sulla lingua era stato così strano e amaro che il corpo della bandrui lo aveva rifiutato. Tra le lacrime era corsa in bagno a espellere il decotto, vomitando non solo la scarsa bevanda ma tutto il magro contenuto delle viscere, misto alle lacrime.

Solo dopo un lungo lasso di quel tempo infinito,
inginocchiata sulle piastrelle ghiacciate del bagno, si era trascinata di nuovo nel letto, convinta che il suo fisico non fosse pronto al cibo.

Non avrebbe ripetuto più quel gesto insensato.

Il giorno successivo, al sorgere del sole, Galena si trovava ancora nella medesima posizione. Era restata lì, immobile, in attesa del calar del tramonto, per aspettare il buio e guardare fuori dalla finestra.

Pronta a ripetere di nuovo quella giornata, all'infinito.

Angosciata.
Per un'intera settimana la ragazza non scese dal letto. Non andò in negozio, né si recò nelle serre o in qualsiasi altra parte della casa che non fosse il giaciglio.

di Federica Martina

Il suo corpo rifiutava ogni nutrimento. Lo stimolo stesso della fame l'aveva abbandonata e solo il pensiero di cibo solido, o di qualsiasi bevanda, le dava la nausea.

Il terzo giorno aveva provato a bere, ma di nuovo il suo stomaco si era rifiutato di collaborare.

Le viscere le si erano contorte in un grumo di fremente angoscia, rifiutando di collaborare in favore di una lenta e totale privazione.

Il primo a capitolare l'estenuante battaglia era stato il suo sorriso gentile, seguito poco dopo dalla speranza che le animava gli occhi.

Vinta.

Con costante lentezza, come la goccia d'acqua che corrode la pietra, la coscienza del tempo si era persa nel nulla ovattato di fine autunno; nel petto, un forte vuoto, costante e prepotente, la spingeva a lunghi e incontrollati pianti.

Nemmeno il grimorio l'aiutava più. Le gialle pagine vergate dai suoi avi si erano fatte mute al suo bisogno, rifiutandosi di darle consiglio.

Un unico barlume di speranza le era sopraggiunto con il ricordo di un consiglio della nonna.

Un pomeriggio i sogni vigili le avevano fatto vedere l'immagine di una se stessa bambina, nella calda e amorevole cucina materna osservando l'anziana donna che scriveva sul tomo.

Lì aveva rivisto le dita dell'adorata ava scrivere la ricetta della tisana a base di calendula: il decotto utile per calmare le anime tormentate dal dolore, l'inflorescenza che cura il dispiacere del corpo. L'impacco contro i graffi e le irritazioni delle prime cadute dalla bicicletta di bambina. La polvere con cui placare il fuoco che bruciava nei tagli di ragazzina inesperta. Il tè con cui placare i dolori di donna.

La magia di Galena

Ma Galena non aveva la forza di alzarsi dal letto per preparare quell'elisir, né fare altro.
Il grimorio giaceva sul fondo del letto, chiuso e muto, poiché sapeva che la magia della natura era inefficace e inutile se colei che la possedeva non la meritava.
Proprio come Galena credeva di non meritare quella saggezza antica, di conseguenza non aveva nessuna ragione per praticarla.

Abbandonata...

di Federica Martina

Capitolo Ventinove
"La forza di un'amica"

La notizia della sparizione di Galena giunse molto tardi alla corte della regina delle fate.
Stava presenziando a un incontro con il popolo, prolungatosi per quattro giorni consecutivi, quando un abitante, che aveva un negozio nella piazzetta del centro abitato, le rivelò cos'era accaduto.

«Ripeti un po' quello che hai detto?» ordinò e, quando Hopaline ebbe udito per la seconda volta dell'attacco alla giovane bandrui, i presenti assistettero a un suo scoppio d'ira.

La fata interruppe subito la riunione, urlando ordini e mettendo a soqquadro il palazzo, finché non radunò le sue ancelle migliori e partì per una spedizione di salvataggio verso il porto.

Qualcuno tentò di avvallare l'ipotesi che la giovane fioraia fosse fuggita dall'isola, ma la fata sapeva non essere vero: la natura le stava gridando di andare a soccorrere Galena.

Fu così che, nella fredda mattina d'inverno, Hopaline volò di fronte al piccolo negozio.

Il popolo fatato non era avvezzo a quel clima e qualcuna delle fate aveva protestato ma, a una sua occhiata severa, le lamentele si erano placate e ora si trovava lì, con il gruppo di aiutanti più abili del suo castello.

All'esterno della casa di Galena, dove la neve non era stata calpestata nemmeno una volta, la massa ghiacciata raggiungeva il livello delle ginocchia; Hopaline appoggiò entrambe le mani ai fianchi osservando, con estrema attenzione, ogni traccia di attività umana, poi fece forza contro il piccolo cancello d'entrata.

Vedendo che nessuno si addentrava da troppi giorni in quel luogo, diede l'immediato ordine di procedere all'ispezione.

La desolazione che vide sotto i suoi occhi le stava chiedendo aiuto. La vita che cresceva lì la implorava di non andarsene.

Non appena le sue ancelle si misero al lavoro, Hopaline camminò a fatica fino al portone, trovandolo chiuso e bloccato da un cardine rotto.

Il cuore le schizzò in gola per l'ansia quando percepì l'odore di sangue che aleggiava all'interno, dopo aver spalancato l'uscio con una spallata.

Alcune delle sue accompagnatrici la seguirono nel negozio: una di loro, con la magia, aggiustò la porta rotta chiudendola per bene.

Per qualche minuto la regina ascoltò i rumori attorno a lei e il non sentirne la mise ancora di più in allarme.

Nel negozio, ora che la porta era serrata, l'aria puzzava di acqua stagnate e di fiori marci, oltre che del sangue seccato sul pavimento, obbligando Hopaline a passarsi un fazzoletto profumato sotto al naso, trattenendo un conato di disgusto.

La sua posizione di potere non le permetteva di mostrare sentimenti deboli ma quello scenario di desolazione spaventò molto la regina che sentì il cuore chiudersi in una morsa. Cercò in tutti i modi di non scomporsi finché sentì la presenza della giovane al piano di sopra.

Le fatine si adoperarono nel pulire il negozio: buttarono via i fiori, cambiarono l'acqua nei recipienti di quelli ancora recuperabili, spolverarono, aprirono le finestre e accesero le candele profumate, il tutto mentre la loro regina vagava per la stanza in cerca di indizi sull'accaduto.

Nel retro, sulla stufa, Hopaline trovò la teiera vuota con un residuo di tè al sambuco, arricciando il naso nel sentire che l'infuso era inacidito.

di Federica Martina

Decisa a non arrendersi, dunque, svuotò lei stessa l'intruglio nel lavello per preparare una tisana tonificante: usò salvia, menta e solo alla fine aggiunse qualche bocciolo di fritillaria.

La sua amica, nel berla, avrebbe senza dubbio gustato il sapore dolce del fiore. Sapeva quanto a Galena piacesse bere i tè più antichi e salutari e ne approfittò, sperando di averne un aiuto concreto.

Solo quando ebbe versato due generose tazze del liquido bollente salì la scala che portava al piano superiore.

Questa volta si accertò di essere sola, per non mettere in imbarazzo la giovane e, quando arrivò alla camera da letto, capì di aver preso la decisione giusta: Galena era lo spettro di se stessa, pallida, con lo sguardo perso nel vuoto e svuotata di ogni volontà.

La regina, per la seconda volta, non lasciò intravedere quanto dolore le provocò tale vista. Con passo deciso entrò nella stanza e, messa una delle due tazze tra le mani della bandrui, si sedette sul letto pazientando che la giovane reagisse.

«Bevi, forza!» impose alla ragazza, spingendo con delicatezza il fondo della tazza verso l'alto, in modo che l'avvicinasse alle labbra.

Il fumo della tisana bollente fece arrossire le gote della bandrui, ma quella fu l'unica sua reazione visibile.

Galena non rispose, né la guardò, limitandosi a spostare gli occhi assenti dalla finestra alla tazza.

«Perché ti sei ridotta così, Galena? Avresti dovuto chiamarmi subito. Avrei mandato qualcuno ad assisterti, se non fossi riuscita a venire io stessa» le disse, mentre tentava un nuovo approccio più fisico, per scuoterla da quel torpore.

In un ultimo tentativo per confortarla, le poggiò una mano su una gamba, sentendo, attraverso la coperta, il dolore avvolgere la ragazza come un'aura.

La magia di Galena

Il suo potere la metteva in guardia: la salvezza di quella giovane era di basilare importanza per il futuro dell'isola.

Hopaline attese per un tempo fin troppo lungo per lei, così decise di cambiare tattica. Con determinazione afferrò la tazza e la portò di nuovo alla bocca di Galena.

Questa volta, invece che chiederle di farlo, la obbligò a bere un paio di sorsi.

Solo allora la giovane puntò gli occhi su di lei.

«Devi reagire» sentenziò. «Madre natura mi sia testimone: o reagisci di tua volontà, o ti obbligherò con la forza!» mantenne un tono tenace, incalzante e duro. Sebbene il suo cuore piangesse di tristezza per il dolore che vedeva riflesso in quello sguardo angosciato, cercò di smuoverla ma Galena si avvolse nel piumone, tentando di isolarsi da lei.

Hopaline sorrise, c'era stata una reazione e si aggrappò a quella per proseguire e salvarla.

«Bevi questo tè, adesso. Basta rintanarsi in una stanza a piangersi addosso. Questa è solo l'ennesima prova di coraggio che ti permetterà di trovare la felicità di cui hai bisogno. Non puoi restare qui e fuggire dal mondo...».

«Perché?» un filo di voce le uscì come un pigolio, ma Hopaline sapeva trattarsi di un enorme risultato. Sebbene Galena fosse ancora chiusa in sé, la regina auspicava in un netto miglioramento entro il calar del sole. Strinse tra le braccia il corpicino tremante dell'amica e, prima di lasciarla andare, attese di percepirne il calore.

«Perché, mio piccolo tesoro innocente, gli amici non si abbandonano mai nel momento del bisogno» il verde degli occhi di Galena parve reagire illuminandosi a quelle parole, così proseguì per quel sentiero. «Tu sei importante per le fate, per me, per tutta Skye, a dire il vero, con la luce di amore sincero che vive nel tuo cuore. Quel trio di megere punta sulle tue paure per indebolirti e, anche se possono aver vinto questa battaglia, tu non puoi lasciargli conquistare la guerra!»

di Federica Martina

Hopaline non lasciò mai le mani di Galena, che man mano presero calore e continuò a infonderle sicurezza, affetto e l'idea di un futuro prospero e felice. Più la bandrui credeva a quello, più avrebbe ritrovato la forza di reagire. «Combatti!» le intimò in ultima battuta, prima di lasciarla andare contro i cuscini.

«Sebastian mi ha salvato, ma mi crede colpevole di averlo tradito. Mi ha lasciato... capisci?» Hopaline annuì
comprensiva. La giovane l'aveva davvero ascoltata fino a quel momento e lei capì, dalle sue parole, che quello da curare non era solo un animo spaventato, ma un cuore innamorato, calpestato e ferito.

Necessitava di più tè ma la fritillaria non sarebbe bastata per curare la persecuzione del trio sulla sua amica: a Galena serviva una spalla fraterna su cui piangere. Le offrì la sua, riavvicinandosi e cingendola per la seconda volta in un abbraccio.

«Hai me. Raccontami cos'è successo, se Sebastian ha torto andrò io di persona a prenderlo a calci e lo farò portare qui in catene per scusarsi con te» le mormorò con un tono cospiratorio.

La ragazza però, invece di mettersi a ridere da quella proposta, scoppiò in un pianto dirompente.

«Grazie» mormorò tra i singhiozzi. «Ma devo farlo io» concluse dopo essersi asciugata il naso con il dorso della mano.

Hopaline sorrise soddisfatta.

«Sì, dovresti... ma solo se senti di poterlo fare» la rassicurò.

Lasciandole il tempo necessario per metabolizzare la novità, Hopaline bevve un po' di tè a piccoli sorsi, imitata da Galena che man mano iniziava a riprendere colore.

Per la successiva ora lei e Galena restarono sedute su quel letto sfatto a parlare del passato. Di dov'era cresciuta, di sua madre, sua nonna e di com'erano arrivate sull'isola.

Nel frattempo le ancelle della regina salirono al piano superiore per rassettare, mettendo incenso profumato in ogni

La magia di Galena

stanza, fiori freschi nei vasi, lavando pavimenti e finestre per ridare lustro e profumo a tutto l'ambiente.

Quando Galena fu pronta ad alzarsi dal letto, Hopaline prese il grimorio da dove giaceva abbandonato, porgendoglielo. Le antiche pagine, non appena vennero in contatto con la sua magia ancestrale, si spalancarono con una polvere di scintille gialle, sfogliandosi da sole, mosse dalla magia bianca che univa entrambe.

«Guarda» inclinò il tomo verso Galena per mostrarglielo. «La sua anima magica non vedeva l'ora di parlare al posto tuo...» entrambe attesero che il libro si fermasse, contemplando il risultato.

Il grimorio si aprì nella facciata della fritillaria, facendo sorridere la regina: la piccola corolla di petali violacei e dal gambo esile, ricordava la forma di una fragola ma, a differenza del suo aspetto innocuo, era il bocciolo di chi si sentiva perseguitato e cercava conforto, del forte che spinge il debole a reagire: quello era il loro fiore.

di Federica Martina

Capitolo Trenta
"Perdonami"

Erano passati due giorni da quando la regina delle fate l'aveva tirata fuori dalla sua depressione.
Galena le sarebbe stata grata in eterno per la volontà con cui si era imposta su di lei in quel momento di crisi, dandole una nuova visione della vita.

Sospettava avesse usato qualche magia per aiutarla, ma sentiva comunque di non poter più deludere la fata. Adesso era una nuova Galena, più cosciente dei propri sentimenti.

Aveva impiegato qualche giorno a capire fino in fondo la verità, ma poi le era stato impossibile negare: aveva mentito a se stessa per troppo tempo: era innamorata dell'Alfa.

Tenere Sebastian lontano da sé si era rivelato inutile perché, lei per prima, non voleva che lui se ne andasse; il sentimento sincero nato tra loro due era stato così forte da spaventarla e solo adesso sapeva di poterlo affrontare.

Si rese conto di avere molta più forza quando arrivò al porto. Era più che mai decisa a parlargli, a spiegargli quello che lui aveva frainteso e far valere la sua posizione.

Anche il branco avrebbe fatto parte della sua vita in futuro, lo desiderava con tutta l'anima.

Scendendo attraverso la strada che la conduceva allo scalo si era immaginata svariati scenari e ipotesi, ma non di ricevere un'accoglienza così festosa.

Victor e Little Boyd annusarono l'aria e, quando capirono che lei si trovava nelle vicinanze, smisero di lavorare per correrle incontro quasi come dei cuccioloni di cane scodinzolanti, senza farsi scappare il piatto di biscotti allo zenzero che gli aveva portato.

L'abbracciarono, stritolandola in quell'affetto vulcanico.

«Oh, Galena! Sei qui!» Victor la sollevò dal suolo facendola volare in aria.

Mariah fischiò da lontano e, con un'occhiataccia dipinta sul volto severo, la liberò dai due uomini esultanti.

«Il capo è laggiù!» le mormorò a bassa voce Victor, mentre prendeva dalle sue mani i biscotti, sorridendole contento. «Questi sono per noi, vero?» gli occhi del russo erano supplicanti in un modo del tutto inspiegabile se paragonato alla figura robusta e burbera.

Galena già sapeva dove si trovasse l'Alfa: aveva visto Sebastian appena era entrata nella zona di scarico delle merci; chino su delle casse di pesce, intento a caricarle su un camion e a dirigere lo spostamento di quelle che andavano portate in città.

Lo vedeva concentrato e non si aspettava che volesse averla tra i piedi ma, appena il lupo colse il suo profumo, si girò senza nascondere la sorpresa. Da lontano Galena vide, nel suo sguardo, il luccichio di chi sorride con gli occhi.

A passo lento, ma deciso, gli si avvicinò colmando la distanza che li separava, seguita dal lupo che fece altrettanto e, quando furono a pochi passi di distanza, la bandrui credette di vedere un lampo fugace di colpa passargli nelle iridi.

«Credevo te ne fossi andata via…» la voce tradiva qualcosa che la sua facciata da capo branco cercava di nasconderle, ma lei, troppo agitata, non coglieva il cambiamento.

«Se lo avessi fatto non credi che sarei dovuta passare per il porto?» gli domandò con una punta d'ironia nervosa.

«Già!» ribatté tra i denti, sbuffando nervoso. «Conti di andartene via adesso?» tagliò corto, mordicchiandosi il labbro.

«No!» Galena si avvicinò, cercando il modo migliore per chiedergli scusa e non aumentare il disagio tra loro due.

di Federica Martina

«Bene» Sebastian rispose freddo, rimettendosi a lavorare: un garzone gli aveva passato una cartelletta su cui lui firmò con una sigla.

«Dunque d'ora in avanti sarà così? Mi odierai?» non era riuscita a stare zitta, vedere come la ignorava con quella sua freddezza l'aveva ferita. Il licantropo le rispose ancora una volta senza guardarla.

«Credevo mi avessi mentito, che mi avessi usato per i tuoi comodi e basta...» anche se non la stava guardando in viso la ragazza capì che, per lui, quelle erano delle scuse.

Si sentì in dovere di rincuorarlo, confessandogli che non lo colpevolizzava ma, allo stesso tempo, quelle parole incerte non le bastavano. Voleva delle scure vere da lui, come quelle che doveva porgergli per non aver capito quanto ci teneva.

«Adesso basta!» sentenziò risoluta. «Guardami!» pretese strattonandolo lontano dal molo.

Il lupo si lasciò tirare puntando, infine, gli occhi scuri nei suoi: era poco incline a farsi comandare e quella mezza scenata davanti a tutti lo aveva infastidito.

«Mi dispiace averti messo in imbarazzo, ok!» il tono era fin troppo alto ma non riusciva a fermare l'emozione di quel momento. Doveva dirgli tutto e farlo subito o non ne avrebbe mai più avuto il coraggio. «Mi dispiace averti scacciato in modo così ostinato. Non sono stata educata a comportarmi così, non è da me. Io non sono così...» le parole le si mischiarono in bocca.

Innervosita da quel caos che le si era formato in gola, sbatté i pugni, sbuffando.

«Vieni al punto, ho davvero tanto lavoro da sbrigare» asserì, poggiando lo sguardo sui piedi che strisciavano sulla segatura umida.

«Non è colpa mia! Sei stato tu ad abbandonarmi senza nemmeno darmi la possibilità di parlare. Mi hai accusato senza fermarti nemmeno un secondo a pensare se fosse vero o meno

La magia di Galena

e mi hai lasciata sola proprio nel momento in cui avevo più bisogno di te! Io ero la vittima...» a quel suo sfogo Galena lesse la colpa crescente negli occhi dell'Alfa.

«Sei tu che non capisci. Vederti tra le braccia di un vampiro mi ha accecato di rabbia» adesso la squadrava dall'alto con determinazione. «Io sono un licantropo, nelle mie vene scorre il sangue del lupo e faccio parte di un branco, anzi ne sono l'Alfa» ribadì e Galena si sentì sempre peggio.

Il pensiero di aver esagerato così tanto da aver rovinato tutto tra lei e il licantropo, la spaventava più del rivedere quel vampiro.

«Sono passato il giorno dopo... tu non c'eri ed era tutto chiuso. Ho creduto fossi tu a odiare me, per quello che era successo e che mi avessi lasciato per sempre».

Galena spalancò la bocca a quella rivelazione che la colpì dritta al cuore.

«Sebastian, io...» non finì di pronunciare il suo nome che il lupo l'attirò contro il suo torace e le alzò il mento per asciugarle una lacrima sfuggita al suo controllo.

«Che razza di scemo che sono...» le mormorò passandole un fazzoletto che Galena usò per asciugarsi le guance e gli occhi bagnati dal pianto.

Avvolta in quelle calde braccia, Galena seppellì il viso arrossato nella sua spalla.

Il giaccone imbottito del lupo, una volta rosso, era diventato del colore della digitale, un rosa carico e sfumato. Alla bandrui venne da ridere al pensiero che il digitale era il fiore perfetto per quel loro riavvicinamento; per ironia della sorte era il fiore della menzogna, quella che stava per separarli per sempre.

Solo dopo un silenzio infinito in cui restarono abbracciati, Galena trovò il coraggio di parlare ancora:

«Mi vuoi ancora nella tua vita?».

Sebastian si allontanò solo il necessario per guardarla in viso e accarezzarle una guancia con delicatezza.

di Federica Martina

«Devo farmi perdonare così tante cose da te: non solo di avermi lasciata da sola proprio quando saresti dovuto restare, le parole che ti ho detto, il modo in cui ti ho trattato... dovrei essere io a chiederti di perdonarmi per essere un idiota, non tu».

Per qualche misterioso motivo, adesso che si trovava lì con lui, tutto quello non le importava più. Se l'amava ancora non c'era niente che non potessero superare.

«Non devi. Aver creduto di perderti per sempre mi ha fatto capire quanto io tenga a te».

Il lupo puntò su di lei due occhi carichi di desiderio.

«Stai forse per dirmi...» il sorriso trionfante che si dipinse sulle labbra del licantropo resero la bandrui molto più sicura di sé. Invece che rispondergli a parole, lo attirò a sé baciandola con tutta la passione che trovò nel suo cuore esultante.

Sebastian accolse quel gesto che ricambiò tremante, cancellando ogni dubbio sul fatto che l'amasse con tanto trasporto da far partire fischi e urla di incitamento dal branco, appostato sull'uscio del magazzino per origliare a loro insaputa.

La magia di Galena

Capitolo Trentuno
"D'ora in poi penso io a te"

La settimana successiva si sarebbe festeggiato il Natale e Galena si trovava nel pieno dei preparativi.
Ora che Mariah era tornata per darle una mano in negozio, lei e la lupa avevano impiegato tutti i momenti liberi a creare addobbi e decorare il negozio, la staccionata e il tetto dell'edificio.

Del tutto inaspettato, per la bandrui, fu il regalo del branco che quel lunedì mattina le aveva donato: una matassa gigantesca di lucette variopinte.

La ragazza aveva sorriso ma, quando si era resa conto che i tre maschi si erano già arrampicati, camminando sulle tegole traballanti del tetto, venne colta dal panico.

«Che intenzioni avete?» chiese preoccupata, vedendo Mariah ridere di nascosto.

«È Natale, amore! Addobbiamo il negozio con una bella cascata di luci. Tranquilla siamo perfetti equilibristi» l'aveva rassicurata Sebastian, fingendo di cadere, strappando una risata a tutto il branco, ma non a lei.

«Fate attenzione per favore...» li ammonì, chiudendosi in negozio per non vederli fare gli sciocchi.

In quel periodo dell'anno, con il mare in tempesta e il freddo pungente, il lavoro allo scalo si era ridotto al minimo e i lupi facevano a turno per tenerle compagnia, anche se era Sebastian a restare lì con lei la maggior parte del tempo.

Per festeggiare il solstizio d'inverno inoltre, dopo averle illuminato la casa con un milione di lampadine a led, Victor si era presentato da lei con una pinza, una saldatrice e un

di Federica Martina

chilometro di filo di rame per crearle un cervo da mettere in giardino, con un palco di corna enormi e un muso fiero e possente.

Quello era stato il regalo più bello che aveva ricevuto in tutta la vita. Inoltre, dopo averlo agghindato con una bella luce bianca, le piaceva ancora di più.

Come una bimba felice, quella sera Galena era rimasta un'ora intera in contemplazione della splendida statua decidendo che, il giorno seguente, avrebbe confezionato una ghirlanda d'alloro e fiori secchi da incastonare nelle corna.

I giorni, dal brutto episodio con il vampiro, erano volati e Sebastian sembrava tranquillo e innamorato come i primi tempi, a differenza sua che passava spesso la notte a rimuginare sul futuro.

Quella mattina, in modo particolare, la bandrui era pensierosa e inquieta perché, sebbene il negozio fosse già aperto da un'ora, nessuno era ancora comparso sulla sua soglia.

Per ingannare il tempo aveva deciso di portare all'interno dei fiori che andavano trapiantati nei piccoli vasetti e posti in delle cassette di polistirolo, che poi, messe nella serra, avrebbero tenuto al caldo i semini facendoli germogliare per la primavera successiva.

Le piccole piantine da fiore che aveva tra le mani erano ridotte a boccioli dalle foglioline minuscole dal colore verde chiaro; alcune, ancora più arretrare nella germogliazione, presentando solo la punta di quelle che sarebbero state una corona di foglie smeraldine.

Le primule sarebbero fiorite in mille colori variopinti nelle aiuole primaverili, ma adesso, estratte dal terreno, dovevano solo dormire al caldo.

Galena sognava a occhi aperti di guadagnare abbastanza denaro per abbattere la vecchia serra traballante e ordinarne una in ferro e vetro da costruire contro l'alto muro che dava sulla strada; ne desiderava una come quelle dei film: con il

La magia di Galena

tetto trasparente, il tubicino dell'irrigazione che correva sul soffitto e tre banconi, due ai lati e uno al centro. Nella sua testa la immaginava bellissima e spaziosissima e, anche se sapeva costare molto, non si era ancora arresa a quel progetto.

Fantasticava sulla disposizione dei vasi, mentre infilava le dita nella terra umida attorno alle piccole primule dalle radici delicate.

«Come vorrei essere quel vasetto di terra...».

Galena si girò di soprassalto, con il cuore che le salì in gola per la paura, poi vide Sebastian, appoggiato allo stipite della porta, guardarla sorridente.

«Oh! Che sciocco, mi hai spaventato a morte! Non farlo mai più» protestò, andandogli incontro.

Il lupo si chinò a ricevere il suo bacio di benvenuto e sorrise sornione a quell'accoglienza.

«Mmh, mi piace quando mi baci e sai di miele» la stuzzicò cingendola per i fianchi per attirarla più vicino. Galena arrossì, ma lasciò che Sebastian si prendesse un'altra dose di coccole, ricambiando il suo bacio.

«Su, lasciami lavorare...» si divincolò poco dopo, allarmata che potesse entrare qualche cliente mentre lui si strusciava in quel modo con lei. L'Alfa la liberò con poca convinzione, imbronciandosi, ma Galena non si fece intenerire.

Stava per tornare al bancone e finire di accudire i suoi germogli quando adocchiò due grosse valigie sul portico.

«Cosa vuoi fare con quelle?» guardò perplessa il giovane, mentre lui si girava a sua volta verso il voluminoso bagaglio.

Era sabato mattina e il silenzio della piazza sembrava irreale.

«Be', ormai il porto sta per chiudere per le feste e ho pensato potesse essere il momento perfetto per trasferirmi qui con te. Abbiamo tutte le vacanze per organizzarci e tu per conoscere meglio il branco...» nell'esporgli il suo progetto si era chinato a darle un altro bacio, ma la bandrui lo schivò girando la testa, aggrottando la fronte poco convinta. «Ma soprattutto non posso stare tranquillo con te qui da sola tutta la notte e non voglio certo importi la presenza di Mariah o chi altro, quindi...» Sebastian sorrideva, convinto che la sua spiegazione fosse inamovibile.

Galena non era dello stesso avviso e, per poco, non ebbe un infarto mentre immaginava di avere, giorno e notte, il lupo che gironzolava per casa e per il negozio a suo piacimento.

«Posso, vero?» il lupo la guardò con un'espressione innocente, facendo qualche passo indietro per afferrare le due valigie e portarle nella piccola cucina.

La presenza di quei due voluminosi borsoni marroni fece scattare una crisi di panico nella bandrui che soffocò, sentendosi imprigionata nella sua stessa abitazione.

«Perché non dici niente?» il licantropo colse qualcosa nella sua espressione e tornò a circondarla con un abbraccio che peggiorò solo l'attacco.

«Oh no! Per piacere, lasciami subito» si agitò la ragazza, che lo spinse via, tornando nel negozio in cerca d'aria.

«Sei arrabbiata, vero? Accidenti a me, dovevo ascoltare Mariah, lei me lo aveva detto che ti saresti adirata se venivo qui senza dirtelo prima... è che...» Galena lo fece stare zitto tappandogli la bocca con entrambe le mani.

Sebastian tacque e lasciò le braccia penzoloni lungo i fianchi, mentre la scrutava con gli occhi spalancati.

«No, non sono arrabbiata, ma Mariah ha ragione. D'ora in poi sei pregato di discutere con me su decisioni importanti come questa... per favore» cercò di mantenere la calma e di non farsi prendere dall'ansia, ma più ci pensava più l'idea la gettava nel panico.

Per cercare di calmarsi chiuse la porta della cucina e infilò un coccio di legno nella stufa. I due bagagli erano così grandi da riempire la stanza e vi ci sbatté contro due volte, prima che

La magia di Galena

Sebastian le afferrasse e le appoggiasse sul primo gradino della scala.

«Senti, se preferisci porto tutto indietro. Se non vuoi che venga a stare qui posso continuare a dormire con te quando non sei stanca e a pattugliare la casa quando sei sola...».

«No, va bene, dai! Proviamoci... ma come farai con il tuo lavoro se sei qui con me?» domandò alla fine.

«In mia assenza Victor gestisce il porto e io resterò qui con te solo finché non arriverà Mariah. Tu e lei sembrate intendervela bene qui in negozio, io sarei solo un impiccio» un sorriso si dipinse sulle labbra della bandrui quando comprese che il suo innamorato aveva pensato a tutto, nonostante l'avesse tenuta all'oscuro fino a progetto compiuto. «Se vuoi ti aiuterò io per scaricare le consegne qui in negozio, ma dovrò comunque fare dei turni giù al porto» finì di spiegarle; guardandola in silenzio, serio e pieno d'amore.

Galena sentì una morsa di panico attanagliarle lo stomaco e il calore le colorò le guance ma, al contempo, saperlo lì con lei la rassicurava, facendola sentire amata.

Confusa, scosse la testa, concentrandosi qualche secondo sulle primule che giacevano sul bancone.

«Va bene... ormai hai organizzato tutto. Vediamo come va!» si rassegnò sospirando, bagnando con qualche goccia di acqua i primi vasetti completati.

Era quasi certa che il licantropo stesse portando le valigie al piano di sopra ma, quando si girò a controllare, lo vide a metà della scala intento a guardarla con un sorriso trionfante.

Nell'incrociare lo sguardo Sebastian lasciò di colpo le valigie e saltò vicino a lei, abbracciandola di slancio, chinandosi per baciarla.

Galena lo evitò per la seconda volta, divincolandosi e allontanandolo prima che si spingesse oltre.

«Non ora! Il negozio è aperto e poi devo finire qui».

di Federica Martina

«Ai tuoi ordini, mia signora» Sebastian ubbidì alla sua richiesta, imbronciandosi e tornando sulle scale con la coda tra le gambe.

Galena non si fece intenerire dall'espressione triste, lasciandosi sfuggire l'ennesimo sospiro.

«Non andrà a finire bene...» mormorò tra sé.

Le piccole primule sotto di lei parvero ridere della sua incostanza nei sentimenti, schernendola quasi, mentre l'udito sviluppato del lupo colse il commento.

«Sei sicura di non voler parlarne?».

Galena notò che era intenzionato a fare il bravo ospite quindi strinse i denti, cacciò via le sensazioni negative e scosse la testa con forza.

«No, no! Vai di sopra a sistemarti!» poi, per non farsi vedere, gli girò le spalle e sigillò le labbra.

La sensazione che sarebbe di nuovo stata costretta a subire nella sua vita la presenza maschile, così oppressiva e dittatoriale, la faceva innervosire e agitare. Non avrebbe permesso, per niente al mondo, che capitasse di nuovo.

I vasi di primule ondeggiarono, quasi si trovassero in balia del vento e, solo in quel momento, Galena si rese conto di avere gli occhi lucidi: stava di nuovo cedendo al volere di un maschio, senza protestare.

Eppure lei amava Sebastian, lui non era Deavon, con lui poteva essere davvero diverso.

Allora perché mi sento di nuovo soffocare?

Capitolo Trentadue
"Inutilità"

Natale era passato come Galena aveva immaginato: un turbine con la caotica presenza del branco e di Sebastian nella sua vita, pranzi, feste e tantissima nostalgia di casa.

Quel pomeriggio d'inizio gennaio la bandrui era riuscita, dopo lunghe discussioni, a ritagliarsi un momento di calma e solitudine. Il negozio aveva riaperto ma i clienti non erano molto propensi a frequentarlo con quel clima.

Con una tazza di tè alla cannella in mano stava sistemando delle nuove composizioni di fiori sull'espositore, eliminando i fiori rovinati cercava un posto per quelle nuove che aveva fatto quella mattina.

Il negozio era pronto all'arrivo della primavera. La serra, colma di germogli desiderosi di sbocciare, assieme a quelli nelle aiuole, attendevano impazienti. Per sua sfortuna però, la notte gelava ancora e, spesso, le piogge mantenevano una temperatura inadatta ai fragili boccioli.

La ragazza, finito di riordinare gli espositori, tornò al grimorio per sfogliarne le pagine quando il libro magico tremolò sotto le sue dita, chiudendosi di colpo.

Galena, sorpresa, fece un salto all'indietro e si portò una mano alla bocca. L'antico tomo tremò di nuovo e si riaprì da solo su una pagina tra le ultime scritte.

Sbirciando lesse il titolo del foglio, storcendo il naso.

Era certa che il grimorio la stesse prendendo in giro quando la campanella della porta la fece sussultare per la seconda volta in poco tempo.

di Federica Martina

Nascondendo il libro, più per abitudine che per vera precauzione, lanciò un'occhiata al fiorellino bianco formato da tante piccole corolle di cinque petali bianchi, vedendone uno appassito in una composizione che era rimasta da pulire sul bancone.

L'olmaria era uno dei fiori preferiti dai suoi clienti, nonostante non conoscessero il significato di quella candida fioritura, per le composizioni secche.

Si preparò ad accogliere il nuovo cliente quando, dal rumore sul portico, intuì di chi si trattasse: il battere ritmico del bastone da passeggio del sindaco le strappò un sorriso di sollievo.

Il negozio aveva risentito del suo blocco psicofisico e, adesso che aveva deciso di reagire, le erano rimasti un sacco di lavori arretrati.

Durante il periodo in cui era rimasta chiusa aveva sentito la mancanza degli abitanti di Skye come Hopaline e Jeremya: era quindi contentissima di vederlo.

Inoltre non doveva preoccuparsi più di tanto perché, per fortuna, Mariah era una presenza costante e silenziosa e, in modo del tutto inaspettato, si era rivelata abilissima nell'organizzazione dell'agenda del mese e per i piccoli lavoretti manuali.

Aveva, infatti, inchiodato un'asse sotto la finestra per avere un piano d'appoggio in più per i vasi che necessitavano di luce.

Lei, non ci sarebbe mai riuscita.

Rassicurata da quei pensieri si avviò verso la porta per accogliere il vecchio sindaco a metà strada, rallegrandosi di essere sola in negozio: quel pomeriggio la lupa era uscita presto perché aveva un impegno al porto.

Galena non era certo dispiaciuta per quell'attimo di solitudine. Aveva bisogno di quei momenti solitari a contatto con i fiori e le piante, soprattutto da quando Sebastian viveva con lei e occupava tutto il suo tempo libero dal lavoro.

La magia di Galena

Aprendo il chiavistello sfoderò un'espressione accogliente riservata solo per il suo gradito ospite.

Jeremya la salutò con un pacato sorriso e una strizzatina d'occhio, non appena arrivò sotto il portico e si fu tolto il cappello.

Quando i loro sguardi s'incontrarono, il viso rugoso del mago si distese, come se stesse guardando una figlia o una persona amata.

«Sono contenta di vedervi Jeremya, spero abbiate trascorso delle buone feste» lo accolse.

L'anziano non si fermò finché non arrivò al centro della stanza, dove si voltò a cercare di nuovo i suoi occhi. La bandrui gli si avvicinò per accarezzargli con gentilezza un braccio, sentendolo magro e fragile sotto la stoffa.

Jeremya, a quel punto, lasciò il bastone e il pesante giaccone sul bancone e sembrò quasi volesse abbracciarla, ma interruppe l'azione a metà.

Il respiro affannoso che gli gonfiava il petto la mise in allarme ma fu la stretta di mano che le artigliò il polso l'attimo dopo a spaventarla ancora di più.

Era evidente che qualcosa non andasse e Galena ne ebbe la conferma quando il sindaco le parlò con tono concitato:

«Fuggi!» la scosse per il braccio «Ascoltami, ti prego, scappa più lontano che puoi da questa isola! Fuggi!» le parole erano interrotte da rantoli che la preoccuparono molto, tanto quanto la debole forza con cui cercava di scuoterla.

Quell'uomo davanti a lei non era il solito sindaco che conosceva, c'era qualcosa di tremendo e spaventoso dietro quegli occhi scuri.

«Jeremya...».

Solo a quel punto l'anziano la strinse in un abbraccio debole e incerto, che la scosse più delle sue parole perché parve quasi che stesse per svenire tra le sue braccia.

di Federica Martina

«Jeremya ma cosa dite? Che succede?» domandò allarmata da quel cambiamento e già pronta al peggio.

Quando lo guardò di nuovo in viso si spaventò ancora di più: l'uomo aveva il volto scavato, smagrito e pallido; sembrava il cadavere di se stesso, svuotato e privo di forze.

Galena vide, negli occhi spenti del vecchio sindaco, paura e rassegnazione, ma fu un lampo; la rabbia le avvampò in viso e di riflesso alzò il mento.

«No, Jeremya! Non fuggirò ancora, basta! Ho promesso a me stessa che mi farò valere e se servirà proteggerò anche voi da quel mostro…» con una nuova forza che non sapeva di avere lo accompagnò fino alla sedia vicino al bancone per farlo sedere.

«Vi prego, Jeremya, non fatemi preoccupare. Raccontatemi cos'è successo. Chiameremo subito Sebastian, lui ci aiuterà, vedrete» aveva già il cellulare in mano, con parte del numero del lupo digitato quando le dita dell'anziano le strinsero di nuovo il braccio.

«Vattene!» sibilò con una voce spettrale che non gli apparteneva. «Lascia questa isola finché sei in tempo. Ormai lei è al pieno delle sue forze, non riuscirai più a contrastarla» il respiro si fece sempre più flebile e affaticato. Galena dovette sorreggerlo per evitare che cadesse a terra. «Tu non capisci… ha solo bisogno di un cuore sincero. Le hai tolto quello della sirena e adesso vuole il tuo…» Jeremya parlava ma la sua voce man mano cambiava e diventava più gelida e cavernosa, finché il vecchio si portò le mani al petto.

Sulla bocca gli si formò un urlo silenzioso esalando un ultimo spaventoso rantolo sibilante mentre i suoi occhi si spalancarono, diventando neri.

Indietreggiò, in cerca di un'arma con cui difendersi, trovando, nella tasca, il cellulare impostato per chiamare il mutaforma. Premette all'istante il tasto verde, afferrando la piccola zappa che teneva sul tavolo.

La magia di Galena

Jeremya crollò al suolo in quel momento e la bandrui si chinò inorridita per soccorrerlo.

Sperava che la magia, a protezione della casa, tenesse lontano la negromanzia anche dal sindaco, ma così non era.

Dal cellulare provenne la voce di Sebastian che, rispondendo, la chiamò almeno tre volte prima di ringhiare e attaccare: Galena non poteva parlargli, troppo presa dal soccorrere l'anziano.

Jeremya rantolava in cerca d'aria, stringendosi il petto attraverso la camicia, il capo reclinato all'indietro e gli occhi ormai del tutto ciechi.

Galena gli si avvicinò mentre allungava una mano tremante nella sua direzione in un'ultima richiesta d'aiuto prima di cadere in terra privo di sensi.

L'urlo d'angoscia che le sfuggì fu inutile, tanto quanto il suo tentativo di rianimarlo e prestagli soccorso: con quello spettrale rantolo Jeremya era morto.

Il silenzio riempì l'aria solo per i successivi due secondi, fino a quando la risata di Juliet riecheggiò dalla porta. Galena alzò lo sguardo, inebetita; non aveva idea di quando fosse arrivata né quando avesse aperto l'uscio.

La malefica donna osservava la scena ghignando, con un cuore pulsante in mano che grondava sangue sulle sue dita e lungo il braccio.

«La tua magia è inutile, allo stesso modo in cui lo era la sua. Siete solo un branco di sciocchi incapaci» la succuba si leccò le labbra. «È sempre stato il mio burattino. Un essere così inutile che nemmeno il suo cuore è sincero come voleva farmi credere» e lo gettò in terra schifata dopo averlo spremuto come un'arancia.

L'organo, ormai sventrato dalle sue dita, rotolò sul pavimento, lasciando una scia di sangue che arrivò quasi a toccare la testa di Jeremya, disintegrandosi in un mucchio di cenere.

di Federica Martina

«Tu!» Galena si alzò furiosa, pronta a contrattaccare con tutte le magie e armi che trovava.

«Cosa vuoi fare, offrirmi del tè?» la prese in giro, ridendo.

La casa tremò sotto l'attacco del suo nuovo potere. Galena poté solo cercare di non cadere, mentre vedeva la donna svanire.

La magia di Galena

Capitolo Trentatré
"I miei giorni migliori sono finiti"

Il tempo si fermò mentre Galena, sconvolta e scossa dai singhiozzi, si inginocchiava accanto a Jeremya.
Gli occhi vitrei del povero sindaco la fissavano, ciechi.
Provò a richiamare Sebastian: lui avrebbe saputo suggerirle cosa fare; poi pensò che avrebbe dovuto chiamare anche Hopaline o qualcuno che sull'isola rappresentasse la legge ma, non avendo idea di chi potesse essere, restò imbambolata a fissare il telefono.

All'improvviso una mano gelida si chiuse intorno al suo polso, facendo cadere l'apparecchio sul pavimento che, con quello schianto, ruppe il silenzio attorno a loro.

Jeremya, in qualche modo inspiegabile, non era ancora del tutto trapassato, i suoi occhi si mossero spaesati da quella cecità mentre la bocca si spalancò in un urlo muto e disperato. Il sindaco la cercò con la mano e, quando lei cominciò ad accarezzargli il viso, parve rasserenarsi.

Quel cuore non era il suo! C'è ancora una possibilità!

Galena, ritrovando l'ultima briciola di coraggio, appoggiò la mano libera su quella chiusa dell'uomo. Quella stretta era come una morsa sul suo polso da cui tentò di liberarsi ma Jeremya non glielo permise. Si agitò toccandosi il petto senza darsi pace finché la giovane non intuì che doveva guardare nel bavero della giacca.

Con timore, Galena infilò le dita dentro il taschino interno, dove trovò una piccola busta adatta solo a contenere solo una foto o una lettera personale.

di Federica Martina

Quando la bandrui l'aprì, al suo interno trovò un foglio di carta vecchia e dalla consistenza ruvida, di quelle che solo i veri aristocratici usano ancora.
L'adagiò a terra preferendo soccorrere prima l'anziano e dargli conforto nel suo ultimo viaggio.
Fu troppo tardi: appena posò lo sguardo sul viso contratto, Jeremya esalò il suo ultimo respiro e la mano cadde morta sul pavimento. Questa volta il suo cuore aveva smesso di battere e non poté fare niente se non chiudergli gli occhi con una carezza.
Un singhiozzo rimbombò nella stanza, sfuggendo dalla gola di Galena che si portò le mani davanti alla bocca, incapace di resistere oltre di fronte a quello spettacolo straziante.
Era la prima volta che assisteva al decesso di una persona cara e non era pronta a quello che vide sotto i suoi occhi: il cadavere di Jeremya, ora libero dalla magia nera della moglie, si rinsecchì fino a dimostrare la sua vera età e il suo aspetto da millenario stregone.
Lo sconcerto le mozzò il respiro, obbligandola a cercare aria fresca.
Alzandosi con movimenti lenti, barcollando malferma sulle gambe, riuscì a raggiungere il bancone appoggiando le mani sul ripiano per cercare di non stramazzare a terra.
Sebbene lo amasse non riusciva a guardare quello che restava del sindaco.
In quel momento Sebastian irruppe nella stanza come un urgano, cogliendola del tutto impreparata. Vedendolo gli volò tra le braccia scoppiando a piangere, affossando il viso dentro il suo giaccone. Solo quando si fu calmata, il lupo le consigliò di avvertire la regina delle fate, cosa che fece subito con l'aiuto di una fata che aveva un negozio lì accanto.
Quando non trovò più scuse ed ebbe chiuso a chiave tutte le porte del negozio, aiutata da Sebastian, si girò per affrontare il fatto che Jeremya fosse morto.

La magia di Galena

Solo allora rivide la lettera appoggiata a terra.
La raccolse e si diresse allo sgabello del bacone dove, accanto al grimorio, giaceva il suo tè ormai freddo.
Aprendola sentì il bisogno di conforto e, allungando una mano, cercò quella del lupo che l'abbracciò da dietro.
«Leggila con me, per favore...» mormorò.
«Sì» le bisbigliò, dandole un bacio leggero sul collo prima di appoggiare il mento sulla sua spalla.
In quella strana posizione Galena aprì la busta e il foglio piegato in due al suo interno:
"Se stai leggendo queste mie parole, amico mio, è perché i miei giorni migliori sono finiti. Chiunque tu sia, se ne sei in possesso, vuol dire che prima della mia dipartita sei entrato nella mia vita portando gioia e allegria. Ora non posso saperlo, ma tu lo sai di sicuro: ripensa ai nostri giorni passati insieme e capirai perché ho riposto la mia fiducia nelle tue mani. In un modo a me sconosciuto, mentre vergo queste righe, mi sei stato vicino e mi hai dato la speranza, che in questo momento mi viene a mancare. Grazie.

Ti starai chiedendo perché sto scrivendo questa lettera. E io te lo dirò: non sono riuscito a fermare Juliet. Lei è fragile, non capisce, ma tu sei diverso, amico mio.

C'è stato un tempo in cui era la moglie devota che ogni uomo sognava, ma poi il desiderio e la paura del futuro l'hanno corrotta. È stata tutta colpa mia: già dal principio sapevo che gli inverni freddi e rigidi e il passare degli anni senza nient'altro che il nostro amore, l'avrebbero resa debole. È stata la lusinga di una vita eterna a tentare il suo cuore gentile e innocente e questo è stato fatale per la sua infelicità, lo spiraglio di una vita ricca e agiata a quello che le era parso un prezzo molto piccolo.

Dopotutto un'anima non ha peso, né consistenza e quando hai fame non puoi venderla per sfamarti.

di Federica Martina

Per favore, se stai leggendo e non puoi andartene lontano da tutto questo, non odiarla, lei è senza colpa. È solo tutto mio, il peccato.

L'amavo ma avrei dovuto lasciarla nel villaggio in cui l'ho trovata. Quello era il suo posto, ma ero giovane e innamorato a mia volta e non volevo ascoltare i consigli del mio maestro molto più saggio di me. La carne è debole e lei è sempre stata un angelo d'ineguagliabile bellezza.

Sono stato costretto a farmi carico di questo peso, ma se adesso stai leggendo questa lettera vuol dire che la vecchiaia e la stanchezza mi hanno battuto.

Qui di seguito c'è una formula che mi diede Merlino, ti prego di usarla solo in caso di pericolo per tutta l'isola.

Con Juliet ho fallito, ma gli abitanti di Skye sono innocenti, adesso è compito tuo proteggerli e guidarli nel futuro con il tuo aiuto. Devi avere molta pazienza con alcuni di loro, sono così abituati a vivere in solitudine e lontano dal mondo umano che ne hanno perso la cognizione, accompagnali tu in questo nuovo viaggio. Sii coraggioso.

Anche la peggiore creatura di questo mondo ha un cuore a cui puoi fare appiglio.

Skye è un paradiso per tutti loro, il loro posto speciale. Non dimenticare mai che senza questo lembo di terra mistica sarebbero morti o braccati.

È la nostra casa, lo è anche per te, adesso che sai il suo segreto.

In fin dei conti tutti noi abbiamo bisogno di credere che esista un luogo in cui possiamo sentirci liberi di essere noi stessi, senza pregiudizi.

La mia battaglia contro il male è fallita, ma tu puoi vincere.

Sei giovane e forte, non lasciare che la magia nera regni; non pensare a me come a una persona morta, anche da lassù veglierò su tutti voi."

La magia di Galena

Galena lesse due volte quella lunga lettera, prima di chiuderla e asciugarsi le lacrime che le pungevano gli occhi. Sebastian attese con amorevole pazienza poi le portò dell'acqua.

«Va meglio, ora?».

Galena annuì, abbracciandolo.

Aveva sempre avuto fiducia in Jeremya e, adesso che leggeva quelle parole, comprendeva molte cose su di lui. Si sentì onorata di averlo conosciuto e aprendo il grimorio strappò il crodo, il simbolo dei giorni migliori che finivano e glielo mise tra le mani, sul petto.

di Federica Martina

Capitolo Trentaquattro
"L'ultimo saluto"

L a neve e il ghiaccio di fine gennaio ricoprivano le colline a nord dell'isola, sferzandole con un vento gelido. Le nuvole grigie e basse oscuravano il sole, rendendo cupa quella giornata già così lugubre e silenziosa.

Il mare agitato suonava iroso con le sue onde in tempesta, ma nessuno dei presenti faceva caso al clima.

Quel giorno, nel piccolo cimitero ai piedi delle montagne, si era radunata quasi l'intera isola per salutare Jeremya.

L'atmosfera rispecchiava gli animi dei suoi abitanti: addolorati e tetri, avvolti in pesanti cappotti o mantelli di pelliccia.

Una gelida spianata sul confine dei quattro regni, intervallata da non più di una ventina di croci di legno, rappresentava una zona neutra per piangere chi non c'era più.

Quello era il primo vero funerale celebrato a Skye: un nutrito gruppo di sagome nere osservava, con crescente rimpianto e rabbia, la bara di legno scuro salire con una carrucola in cima alla pira funebre.

Era stata Galena, con l'aiuto di Hopaline, a organizzare quella pira. La fata le aveva portato un libro antico che descriveva le cerimonie celtiche a cui si erano ispirati per rendere omaggio alla vita del sindaco.

La bandrui era quasi certa che, se fosse stato lì presente, l'uomo avrebbe approvato la loro scelta soprattutto perché, al contrario, Juliet si era rifiutata di fare alcunché, mandando un

La magia di Galena

messaggio alla regina per informarla che lei era contraria a quella messinscena.

Quando Hopaline aveva riferito a Galena quel messaggio un sorriso di soddisfazione aveva brillato negli sguardi di entrambe: infastidire e contrariare l'arpia era di immensa soddisfazione per loro.

Quel mattino avevano messo all'opera gli elfi e, nel pomeriggio, fate e nani avevano concluso il falò attorno al quale si erano radunati tutti, in quel gelido tramonto.

Galena era rimasta al cimitero tutto il giorno. Si sentiva troppo colpevole per lasciare che qualcun'altro se ne occupasse.

Con il capo chino verso il terreno a fissare l'orlo della sua lunga veste infangata, si aggrappò al braccio di Sebastian in cerca di calore.

Già da parecchio tempo aveva perso la sensibilità dei piedi per il freddo pungente e le mani, avvolte nei guanti, erano irrigidite allo stesso modo.

Insieme al branco assisteva alla scena con sempre maggior dolore nel cuore.

Gli elfi dei boschi accatastarono gli ultimi ceppi di legna mentre il loro re recitava un'antica preghiera per l'anima del defunto, nella loro lingua elfica, così melodiosa e altisonante da sembrare una cantilena.

Dopo di loro vennero i nani delle miniere che estrassero il corpo dalla bara e, dopo averlo portato in cima alla catasta di legna, lo ricoprirono di erbe aromatiche.

Per ultimo fu il turno delle fate che distribuirono, a ognuno dei presenti, un bocciolo di rosa bianca a stelo lungo, privata delle spine.

Quando Hopaline le porse la rosa che spettava alla ragazza, Galena trattenne il respiro, stringendo il fiore al petto. Sebastian, accanto a lei, se ne accorse all'istante serrandole più forte la mano.

di Federica Martina

Lui, come rappresentante del popolo dei lupi e di ogni mutaforma che abitava sull'isola. avrebbe parlato in favore dell'anima di Jeremya, mentre il fuoco veniva acceso. La bandrui non si era sentita di farlo, così l'Alfa avrebbe citato anche Galena tra i membri del suo branco.

Oltre a loro, decine di creature magiche, molte delle quali la ragazza conosceva solo di vista, si intervallarono in una lenta processione per gettare tra le fiamme le rose. Uno dopo l'altro, tutti i presenti, si avvicinarono al fuoco crepitante in un corteo commemorativo per omaggiare l'uomo puro e saggio che Jeremya era stato per loro.

Il fuoco scoppiettava bruciando la legna secca e, mentre le fiamme lambirono le guance arrossate dal vento gelido dei presenti, il falò si alzò verso il cielo.

Le prime stelle erano già apparse in cielo quando le fate, con la loro magia bianca, crearono per ognuno dei presenti una piccola sfera di luce. Gli elfi e i nani, a loro volta, imitarono le piccole creature dei boschi passandosi l'un l'altro i globi luminescenti.

Quando tutti ebbero una palla, simile a una bolla di sapone, nelle mani messe a coppa, le sfere vennero sollevate verso l'alto e lasciate volare nel firmamento insieme alle stelle e alle scintille del fuoco.

Mille piccoli globi di luce bianca e tremolante galleggiarono nell'aria, verso il cielo tinto di rosso e arancio del tramonto, per guidare l'ascesa dell'anima del mago che saliva verso il firmamento per raggiungere i suoi avi.

Galena osservò la scena aggrappata al corpo del lupo e alla sua statuaria forza rassicurante. Quando le sfere furono libere, Sebastian le passò un braccio intorno alle spalle stringendola al petto nel momento in cui lasciò che una lacrima le scivolasse lungo le guance, prima di asciugarla con un fazzoletto.

L'Alfa le appoggiò il mento sulla testa e la bandrui si sentì protetta dal suo profumo che l'avvolgeva come una coperta.

La magia di Galena

L'odore delle rose le era rimasto nelle narici per tutto il giorno e la scelta di usare quelle bianche fu in onore alla purezza del cuore del vecchio stregone.

«Ti senti meglio adesso?».

Sebastian le appoggiò sulle spalle il suo cappotto imbottito. La sua amata stava tremando, ma non per il freddo.

«Non proprio, ma grazie» lo rassicurò, alzando gli occhi verso i suoi e sfregando la punta del naso gelato contro il collo bollente e profumato del lupo.

«Sei pronta a tornare a casa?» le chiese dopo qualche secondo mentre il branco li circondava.

Tra la folla, sebbene Hopaline avesse dichiarato a tutti che lei non la riteneva colpevole, c'era ancora chi le lanciava occhiatacce di rimprovero.

Soprattutto quelle creature che credevano Juliet loro alleata, l'accusavano di essere la responsabile della morte del sindaco e di quel clima teso tra gli abitanti.

«Sì, prima voglio solo ringraziare Hopaline» rispose al lupo che le restò accanto, mentre procedevano verso la regina.

La fata, in quanto creatura più potente di Skye, insieme ad Adamante, il re degli elfi, fu l'ultima a innalzare la sua preghiera trovandosi, quindi, ancora vicino al fuoco.

La bandrui le si avvicinò con cautela per non indisporla nell'accostarsi; proprio in quel momento, come chiamata da una voce invisibile, fu attirata dal falò: con lo sguardo osservò le lingue di fuoco danzare verso il cielo, oltre la pira funebre.

Dall'altra parte dell'enorme fuoco Juliet era in compagnia di Katherina e Ginevra, al braccio del suo compagno. Nonostante le loro parole di diniego alla fine il trio si era presentato alla cerimonia, senza entrate nel cimitero, limitandosi a restarne al confine.

La bandrui rivide, per la prima volta Artorius e, nel guardarlo, con un brivido di terrore si strinse a Sebastian.

di Federica Martina

Il licantropo ringhiò nello scorgere il quartetto. Il branco si strinse di più attorno a Galena mentre Mariah incrociò il suo sguardo, rassicurandola: in mezzo ai lupi si sentiva a casa, tranquilla tra loro più di qualsiasi altro luogo dell'isola.

La curiosità, però, era tanta e ritornò con lo sguardo verso la vedova. Juliet non piangeva, né cantava delle preghiere; stava immobile come una statua e, quando i loro sguardi si incrociarono, il suo viso si trasformò in un ghigno terrificante da creatura del male qual era.

Galena seppe che non era finita: il trio avrebbe escogitato di tutto, ma lei era sicura che Hopaline, l'anima di Jeremya e il branco non l'avrebbero abbandonata più.

La magia di Galena

Capitolo Trentacinque
"La calma prima della tempesta"

Galena si destò di soprassalto, udendo un colpo improvviso rimbombare nella casa vuota.
«Sebastian?!» chiamò con il cuore in gola, mettendosi a sedere sul letto, frastornata.
Dalla cucina sentì un borbottio mischiato ad altri rumori e, solo dopo qualche minuto, il licantropo si affacciò alla porta della camera da letto.
«Ehi! Scusami non volevo spaventarti. Fa con calma, torna a dormire se hai sonno, io...» lo vide grattarsi la cute, sorridendole con una smorfia. «Ehm, cercavo di farti una sorpresa preparandoti la colazione» le confessò.
La bandrui alzò gli occhi al cielo prima di scendere dal letto, avvolgendosi nella vestaglia di ciniglia.
«Ormai sono sveglia... tanto vale che faccia io, prima che tu dia fuoco a tutta la casa» gli rispose.
Sebastian non voleva farla collaborare quindi bloccò la sua incursione culinaria con il possente torace.
«Mmh, no!» mormorò avvolgendola in un abbraccio. «Oggi è domenica e la mia bella signora ha proprio bisogno di dormire per bene» le sussurrò, chinandosi a darle un bacio sulle labbra al sapore di caffè, segno che almeno quello era riuscito a prepararlo senza combinare disastri.
«Sebastian, davvero, non c'è bisogno...» protestò.
«Torna subito sotto le coperte o sarò costretto a mettertici io stesso» finse di redarguirla, senza cedere.
Galena sorrise, nonostante le fosse venuto un nodo allo stomaco per il brusco risveglio.

di Federica Martina

La testa, ancora troppo piena dei terribili momenti in cui Jeremya era morto, la teneva sveglia di notte.

Dormire le sarebbe piaciuto molto ma, ogni volta che chiudeva gli occhi, vedeva il viso mummificato dell'anziano mago e si risvegliava terrorizzata.

Gli incubi l'avevano tormentata per tutta la settimana precedente alla cerimonia e aveva sperato, invano, che si placassero.

«Non riesco a dormire, continuo ad avere sempre gli stessi incubi» piagnucolò alla fine, lasciando che Sebastian l'abbracciasse.

Affossò il viso nel suo maglione profumato di caffè, godendosi quel calore. Quelle braccia virili iniziavano a creare una dipendenza, ogni volta che si sentiva insicura lui l'avvolgeva, facendola sentire in paradiso.

«Galena...» il lupo le accarezzò i capelli infilandole le ciocche ribelli dietro le orecchie, coccolandola. «Dimmi cosa posso fare per aiutarti. Lo farò, per te... per noi...» la sua voce calda contro la guancia la cullò come una nenia.

Sarebbe restata in quella posizione per sempre da quanto si sentiva bene, tanto che quasi non si accorse quando lui la prese in braccio per deporla sul letto tra le coperte ancora calde, restando accoccolato a lei, cullandola finché Galena quasi tornò ad addormentarsi.

«Mi manca così tanto la mia famiglia...» confessò alla fine, tra la veglia e il sonno di quel tepore rassicurante.

«Allora partiremo. Io, tu e il branco al completo. Tutto per vedere di nuovo la speranza e l'amore brillare nei tuoi occhi».

Galena comprese solo a metà quelle parole: si era riaddormentata, cedendo a un sonno agitato che, dalla morte di Jeremya, l'affliggeva per mezzo di un cadavere dai denti aguzzi e le mani grondanti sangue marcio.

Si svegliò che era quasi mezzogiorno, sentendosi tanto quanto prima. Avrebbe dormito ancora per ore intere, se non

La magia di Galena

fosse per il profumo succulento che l'aveva strappata dall'incubo, stuzzicando il suo stomaco bisognoso di cibo.

Stirando la muscolatura come un felino al sole lasciò che l'aroma l'avvolgesse, studiandone la composizione come un animale affamato; si leccò le labbra quando i suoi sensi vennero solleticati dal profumo dell'alloro con cui la carne stava sfrigolando.

Il pensiero successivo la riscaldò come una coperta poiché, se c'era qualcosa che cuoceva di buono nella sua cucina, Sebastian doveva trovarsi ancora in casa.

Si alzò e, avvolta in una calda vestaglia di ciniglia, andò in perlustrazione.

L'ampia zona aperta che fungeva da salottino, con il divano e la vecchia televisione, era deserta a differenza della piccola cucina.

Quando vi entrò, spinta più dal borbottio del suo stomaco che dalla curiosità, le sue supposizioni vennero infrante dalla totale assenza di qualcuno che badasse al fuoco.

Sollevò il coperchio e sbirciò nella pentola: un grosso pezzo di arrosto era adagiato su un letto di verdure tagliare ad arte e coperto da uno strato di foglie aromatiche.

Quel profumo la riportò a casa facendole ricordare quando, da bambina, aiutava sua madre a cucinare il pasto della domenica. Un moto di tristezza le annodò le viscere, ma durò poco: una porta che veniva chiusa la mise in allarme.

«Sebastian?» chiamò a mezza voce, stringendosi le braccia al corpo e tendendo le orecchie.

Non dovette attendere molto la risposta perché, poco dopo, la criniera mossa di Mariah entrò in cucina e sussultò nel vederla in piedi.

«Oh, bene sei sveglia! Buongiorno!» mormorò, superandola per andare a controllare lo stufato.

«Sebastian dov'è?» le chiese, senza girarci intorno.

di Federica Martina

«È dovuto scendere al porto. Mi ha chiamato per controllare il pranzo e assicurarmi che tu stessi dormendo tranquilla... non volevo svegliarti» le riferì con il suo solito modo spiccio e diretto.

«Non mi hai svegliato, è stato il profumo a farmi venire fame».

«Meglio» asserì, cercando un mestolo di legno per mescolare le verdure in modo che non attaccassero. «Così, mentre io finisco di farlo cuocere, tu puoi farti una doccia o quello che ti pare... Sebastian arriverà a momenti e potrete mangiare insieme».

Galena valutò l'idea di cacciarla via, ma poi pensò che una bella doccia le serviva per togliersi il fastidio degli incubi di dosso e poi, essendo domenica, poteva concedersi un piccolo vizio. Sì, avrebbe lasciato che fosse la lupa a cucinare per lei, conscia del fatto che era una cuoca formidabile.

«Sì, credo mi concederò una doccia» decise. «Resti anche tu a pranzo?».

Maria scosse il capo, infilandosi un grembiule per non sporcarsi con il sugo.

«No, Victor e Boyd mi aspettano. Faremo una rimpatriata un'altra volta. Sebastian mi ha detto che sei stanca, non vogliamo affaticarti».

Galena aggrottò la fronte ma non chiese altro, dirigendosi nel bagno per infilarsi sotto l'acqua calda.

Quando, parecchi minuti dopo, ne uscì rinvigorita, la bandrui si diresse in cucina, da dove non proveniva nessun rumore, per scoprire se l'Alfa fosse tornato.

«Ciao amore, ben svegliata» l'accolse Sebastian con un abbraccio, dandole un bacio casto sulle labbra.

«Bentornato» lo salutò, circondandogli la vita con le braccia e alzando il mento all'insù per scroccargli un altro bacio.

«Hai fame?» le domandò dopo un minuto in cui la contemplò con occhi innamorati.

La magia di Galena

«Sì, sto morendo di fame!» gli sussurrò la bandrui, vedendolo sorridere.

«Mi piace quando la mia donna non si vergogna di ammettere di avere una fame da lupi».

Scoppiarono entrambi a ridere a quella battuta mentre Sebastian le scostava cavalleresco la sedia dal tavolo per farla accomodare.

«Con il profumo che hai sparso per la casa è il minimo...» confermò la ragazza, mettendosi comoda.

«Volevo garantirmi che avessi un risveglio adeguato alla sorpresa che ti ho organizzato» disse a sua volta il lupo, sedendosi di fronte a lei.

«Sorpresa?».

«Ti ricordi cosa hai detto prima di riaddormentarti stamattina?» Galena arricciò il naso, strappando un sorriso al lupo «Che ti mancava la tua famiglia...».

La ragazza arrossì imbarazzata: non ricordava d'averlo ammesso.

«Sì, certo».

«Sono stato al porto. Domani parte un mercantile che va a sud, se ci imbarchiamo presto possiamo essere in Inghilterra per mezzogiorno e da lì, entro sera, passare per la Manica ed essere in Bretagna per la mattina successiva» le spiegò tutto d'un fiato, lasciando che l'ansia di dirle tutto trasparisse dalle sue parole affrettate.

«Oh Sebastian, sarebbe stupendo...» esordì, per poi allungarsi sul tavolo verso di lui e accarezzargli una mano. «Ma non posso tornare a casa. Se lo facessi la mia famiglia verrebbe colpita dalla maledizione che mi ha costretta a fuggire. Non posso rischiare di sterminare la mia stirpe solo perché mi sento un po' sola».

A quelle parole il lupo non reagì bene.

L'aria profumata di agrifoglio rattristò Galena: la pianta dalle foglie scure era famosa per rappresentare la forza e la resistenza già dagli antichi romani, ma era anche il simbolo della felicità famigliare e della difesa.

«Intanto mangiamo» cercò di distrarla l'Alfa, ponendo sulla tovaglia due piatti colmi di succulenta carne e del vino rosso. «Potremmo comunque concederci una vacanza» mormorò alla fine fingendo di essere distratto dal cibo.

«Pensi che sia una buona idea andarcene e lasciare qui da solo il tuo branco?» era perplessa a quell'idea anche se le sarebbe piaciuto molto visitare un posto nuovo con lui.

«Se ci fermiamo in un luogo prestabilito, ci posso raggiungere. Dipende da cosa vuoi fare e dove…» sembrava che Sebastian, per l'ennesima volta, avesse pensato a tutto.

«E se scendessimo in Bretagna, loro verrebbero con noi?».

Il lupo annuì.

«Dopo due giorni parte un'altra nave che fa lo stesso viaggio».

Galena assaggiò lo stufato, concedendosi un mormorio di approvazione e un sorriso. Poco prima, appena sveglia, aveva confuso l'aroma, ora che ne assaporava la carne intrisa, si stupì di quell'accostamento: era la prima volta che mangiava uno stufato all'agrifoglio.

«Hai pensato a tutto, vero?» gli domandò, ricevendo un'alzata di spalle in risposta.

«Se non vuoi non ho ancora preso i biglietti, prima volevo discuterne con te» la guardò dal basso con un sorriso.

Galena capì che stava ripetendo le sue parole, allungò una mano sul tavolo per intrecciare le dita della sua mano calda.

«Va bene, mi hai convinto!» disse, sorseggiando un po' del vino che lui le aveva versato. «Mostrerò a te e al branco quanto è bella la Bretagna».

Sebastian gongolò, soddisfatto di averla convinta, succhiando una foglia di agrifoglio, per poi appoggiarla sul bordo del piatto.

La magia di Galena

Felicità famigliare... *che fosse davvero possibile: lei, lui e il resto di quel pazzo branco di mutaforma?*

di Federica Martina

Capitolo Trentasei
"Non è ancora finita"

Nonostante gli sforzi di tutti, dopo il funerale del vecchio sindaco, Skye si era trasformata in un regno del male.
Galena sentiva questo cambiamento come una corda intorno al collo che la soffocava e quindi, la sera, dopo aver cenato con Sebastian, i due si erano riuniti con gli altri lupi per esporre loro il piano.

La vacanza sarebbe durata quindici giorni, di cui tre di viaggio, dove Victor e Mariah avrebbero badato a negozio e porto in loro assenza, prima di raggiungerli.

Quella notte stessa, con l'aiuto della lupa, avevano preparato due grandi borsoni e Sebastian aveva ordinato i biglietti on line.

Evitare di farsi vedere in giro per l'isola era il primo punto del loro piano d'azione: meno si sapeva dov'erano diretti, meglio sarebbe stato.

L'oscurità della magia nera era calata sulle alte vette, annidandosi come nuvole temporalesche, creando un'atmosfera surreale su tutto l'abitato; nemmeno i regni a nord delle fate, degli elfi e dei nani erano stati risparmiati.

Dal loro rientro dalla cerimonia funebre i messaggi d'odio verso la bandrui non avevano smesso di venir recapitati con piccioni e corrieri, così Galena aveva deciso di chiudere il negozio fino a primavera.

Non mancava molto tempo, dopo tutto; sarebbe trascorso poco più di un mese in cui la ragazza e il lupo erano intenzionati a ricevere solo ordini per telefono o messaggio.

La magia di Galena

Sebbene tutto fosse pronto per la loro partenza all'alba e in gran segreto, Galena non riusciva proprio a chiudere occhio, quella notte; il lupo, quindi, le raccontò di conoscere un uomo potente che poteva aiutarli a trovare una nuova casa, se al loro ritorno la situazione si fosse fatta ingestibile.

«Sebastian, ho promesso a Jeremya di badare all'isola, non posso abbandonarla nelle mani del trio di streghe...».

«Jeremya non avrebbe mai anteposto l'isola alla tua salute...» commentò il licantropo.

«Ti sbagli, lo avrebbe fatto eccome. Anzi, l'ha fatto lui stesso, restando accanto a Juliet sapendo cos'era, divenendo suo succube e preferendo morire al farla vincere» asserì la bandrui.

«Però morendo non ha risolto niente anzi, ha peggiorato le cose».

Galena ammutolì a quel commento, non potendo ribattere: Sebastian aveva ragione. Morendo, aveva lasciato l'isola nelle mani della moglie, agevolando il suo piano invece che impedirlo. Ma forse, riflettendo, quella vecchia formula avrebbe potuto sovvertire le sorti di tutti.

Anche se era notte fonda, la ragazza rovistò nel comodino e la estrasse. Quando Sebastian la vide, allungò il collo e sbirciò i caratteri antichi.

«Cosa dice?» chiese.

«Non lo so, ho provato a leggerla, ma niente» il licantropo la prese tra le mani e la rigirò un paio di volte prima di riconsegnargliela.

«Potremmo portarla con noi in Bretagna, se tua madre non sa leggerla, possiamo passare da quel tizio di cui ti ho parlato, lui la saprà decifrare senza alcun dubbio».

«È un tuo amico?» gli chiese, curiosa.

«Non proprio, ma mi deve davvero molto e sono sicuro che se andassi da lui e gli raccontassimo chi sei, dell'isola e gli lasciassimo leggere questa lettera, sarebbe molto contento».

di Federica Martina

«Vedremo…» mormorò alla fine la ragazza, non volendo escludere nessuna possibilità, ma con una sensazione strana.

L'alba si stava avvicinando con velocità e Sebastian la cullò tra le sue braccia fino all'ora stabilita per alzarsi.

La bandrui bagnò fiori e piante alla svelta, tornando subito all'interno. Sentiva un fremito sotto pelle quando, attraversando il negozio, infilò il grimorio dentro il suo bagaglio a mano. Aguzzando l'udito ascoltò i rumori senza percepire alcunché fino a quando, dal nulla e in mezzo alla stanza, comparve un uomo.

Lo sconosciuto indossava una vistosa camicia hawaiana, un panama e stringeva una valigia di pelle in una mano. La bandrui indietreggiò spaventata in cerca del lupo quando l'uomo fece un passo verso di lei, fissandola negli occhi, senza badare alle fiamme che s'innalzavano dal pavimento.

«Quanta fretta!» la voce era cavernosa e spettrale «Credevi forse di fuggire di nascosto?» la bandrui, in preda al panico, corse alla porta finendo tra le braccia del lupo che aveva sentito il suo urlo. «Ehi tu, non scappare, torna qui!» lo sconosciuto demone dell'inferno la richiamò a sé con una mano protesa verso di lei.

Sebastian, sfoderando gli artigli, ringhiò parandosi davanti a lei per proteggerla, ma il demone, senza paura, si avvicinò ai due.

Era grande e grosso come un pugile, aveva qualcosa di famigliare negli occhi e, soprattutto, man mano che usciva dalle fiamme demoniache il suo aspetto diventava umano e di un uomo di mezz'età.

L'aria si riempì del profumo che emanava, simile all'odore dell'erica selvatica che cresce al sole delle pianure francesi.

La ragazza collegò quella fragranza alla pianta simbolo di protezione e aggrottò la fronte non capendo perché quello sconosciuto così minaccioso profumasse a quel modo.

La magia di Galena

«Prima di costringermi a uccidere il tuo amante, figlio della luna, dimmi dove posso trovare una certa Galena».
Sebastian ringhiò ancora, furioso, ma lei si sporse a guardarlo meglio, incuriosita.
«Sono io Galena e questo è il mio negozio» asserì, vedendo il viso dell'uomo distendersi in un sorriso educato.
«Allora non sono in ritardo. Io sono Balthazar... Balthazar Addams!» si presentò, toccandosi il cappello e facendo un inchino.
I due giovani spalancarono gli occhi a quel nome, guardandosi perplessi. Quel demone aveva lo stesso cognome del sindaco, non poteva essere una coincidenza, ma non era possibile che...
In un attimo, dal retro, arrivò Mariah messa in allarme dal lupo e, non appena superò l'Alfa, si immobilizzò.
«Balthazar! Credevo fossi morto!» nel dirlo gli volò tra le braccia, lasciando i due compagni di stucco. L'anziano l'afferrò come se fosse una piuma, abbracciandola come un nonno fa con la nipotina adorata.
«Lo ero, piccola lupacchiotta» le mormorò accarezzandole i capelli per poi sciogliere l'abbraccio e adagiarla sul pavimento con un colpo di tosse. «Guarda come sei diventata grande! Sei una donna bellissima!».
Mariah sorrise imbarazzata, lasciando sia Galena che Sebastian a bocca aperta per lo stupore. Nessuno dei due commentò, limitandosi a osservare quell'uomo bizzarro comparso dal nulla con crescente curiosità.
«Perdonami, Galena» disse poi, guardandola. «Immagino che Jerry non abbia fatto in tempo a dirti che aveva un fratello, uno di quelli che tornano solo nel momento del bisogno».
Tranquillizzata dalla reazione di Mariah, Galena decise di concedere fiducia al demone. Avvicinandoglisi riconobbe in lui lo stesso sguardo del fratello così, con un leggero inchino, gli porse una mano.

di Federica Martina

«Signor Addams, mi spiace dover essere io a dirglielo, ma...».
Balthazar la fermò alzando una mano, ricambiando il suo saluto stringendo, con entrambe le mani, le sue dita tremanti.
«Oh, lo so! È per questo che sono qui. Prima di morire il mio fratellino mi ha rievocato, chiedendomi di proteggere l'isola e una certa Galena» Sebastian emerse dall'ombra abbracciando Galena da dietro con il viso incupito dal dubbio. «E tu devi essere il nuovo Alpha, vero?» un sorriso di circostanza piegò le labbra dell'anziano.
«Sebastian Rhonda!» Mariah lo disse per prima, guadagnandosi un'occhiataccia di rimprovero dall'Alfa, strappando una risata a Balthazar che si toccò di nuovo il cappello.
«Piacere ragazzi» l'uomo si sedette al bancone, come tale naturalezza da far credere che la sua presenza non fosse occasionale, ma che conoscesse quel posto da tempo.
«Quindi tu saresti il nuovo sindaco di Skye?» Galena era perplessa, non capiva perché fosse tornato dal regno dei morti e quel pensiero fu il primo che le balenò alla mente.
«Assolutamente no! Era Jeremya quello abile con carta e penna, io ero quello che combinava guai. Sono qui per tenere a bada Juliet, la mia amorevole cognata! Di sicuro resterò nei paraggi per un pezzo, finché non sarà tornata la calma, ma poi capiterà che dovrò andarmene» sorrise, guardandosi intorno. «Piccola cara, non devi preoccuparti, conosco quest'isola e i suoi abitanti. Non appena la calma sarà tornata verrà fuori qualcuno che si prenderà l'incarico di essere sindaco. Da quello che so Hopaline e Adamante sono ancora in giro e anche su, in mezzo alle pietre, i nani se la cavano benone... quindi non sarà difficile».
Da come parlava e si muoveva con quei modi diretti e spicci, Galena capì perché Jeremya non ne parlasse mai: Balthazar era l'esatto opposto del vecchio sindaco ma,

La magia di Galena

all'apparenza, era un uomo di cui fidarsi. La ragazza gli offrì del tè che l'anziano accettò di buon grado.

Mentre versava, in quattro tazze il liquido bollente, Mariah si sedette vicino a Balthazar e Sebastian la seguì nel retro.

«Ti fidi di lui?» le domandò senza mezzi termini.

«Credo di sì... voglio chiedere al grimorio» a quelle parole il lupo le passò la borsa da cui lei estrasse il libro. Appoggiandolo sul ripiano lo aprì, sempre con lo sguardo del lupo che la seguiva premuroso.

«Che dice?» era ansioso più lui del verdetto di chiunque altro. «Partiamo o restiamo?».

Galena girò il libro perché lui potesse leggere da sé la risposta: erica, protezione.

Un sospiro sconsolato concluse lo scambio di battute prima che Sebastian tornasse in negozio.

«Mariah torna al porto e dì a Victor che il piano è cambiato» disse a mezza voce.

«Oh, mi spiace aver rovinato la vostra partenza...» si scusò Balthazar, proprio mentre Galena entrava con il vassoio con il tè e qualche biscotto.

«No, non è un problema. Sarà solo rimandata» mentì, vedendo il vecchio alzare un sopracciglio e scrutarla con poca convinzione.

«L'ultima volta che sono stato qui, questa era la casa di una banshee. Era una cuoca abilissima, ma non parlava molto» Mariah ridacchiò e Galena scosse il capo, mentre il demone infilava in bocca un biscotto. «Oh, ma è stupendo. Mi rimangio la mia precedente affermazione. Questi biscotti sono superlativi, cara».

«Quando l'ho comprata era disabitata da decenni» le rispose Galena, tornando alla sua prima affermazione.

«Questo è il problema per noi demoni della vendetta. Perdiamo la cognizione del tempo fin troppo spesso» lo disse

di Federica Martina

come se fosse una cosa normalissima ma a Galena vennero i brividi.

Nel grimorio si parlava di un unico demone della vendetta: Zarathos ed era nominato come una tra le più antiche e potenti creature degli inferi.

Per fortuna Balthazar era dalla loro parte.

Capitolo Trentasette
"Vita a due"

La domenica successiva, Galena si svegliò avvolta dalle braccia calde e possenti di Sebastian.
Quella era la prima notte di luna piena che i due passavano come coppia e l'Alfa le aveva promesso di restarle accanto, combattendo contro il richiamo.

Quando aveva aperto gli occhi, vedendolo dormire, il senso di fastidio si accese come un fuoco nel suo cuore; attorcigliata in quell'intrico di gambe e lenzuola, la giovane aveva cercato di alzarsi senza svegliare il lupo. L'irritazione crebbe a ogni tentativo fallito che, alla fine, esplose in collera silenziosa.

Con un gesto infastidito aveva spinto via Sebastian, liberandosi con uno sbuffo.

Nonostante la promessa fattale, sotto l'influsso della luna piena, l'Alpha si era assentato per buona parte della notte infrangendo la parola data, concedendole comunque una tregua alla sua presenza.

Sebbene si fosse sforzato di comportarsi bene era comunque una figura fissa che a lungo andare la sfiancava.

Con l'arrivo di Balthazar, poi, la loro vacanza era andata in fumo e Sebastian le aveva tenuto il broncio per giorni interi, come se l'arrivo del demone fosse stata colpa sua.

L'anziano era passato a trovarla varie volte dopo la sua comparsa e, insieme, avevano chiacchierato molto, sempre con la presenza costante di Mariah.

La sensazione di essere controllata a vista stava diventando, giorno dopo giorno, troppo da sopportare, per lei.

di Federica Martina

Alla fine si alzò dal letto per andare a farsi una doccia, stiracchiandosi come un gatto e concedendosi il lusso di camminare nuda, tranquillizzata dal mesto russare del giovane.

Stava per uscire dalla stanza quando il frusciare delle lenzuola la fece girare per scrupolo: gli occhi neri del licantropo era puntati sulla sua schiena, segno che la sua missione di non svegliarlo era fallita.

«Non volevo svegliarti. Torna pure a dormire» mormorò mentre afferrava la vestaglia.

«Non è un po' presto per alzarsi?» le chiese Sebastian con atteggiamento da cucciolo bisognoso di coccole.

Al suo rientro l'aveva svegliata, eccitato, chiedendole di prendersi cura di lui, come ogni sera. Si era preso tutto il tempo per stuzzicarla e solo dopo essersi saziato, si era addormentato come un sasso.

Lei, invece, non era più riuscita a dormire.

«Ormai ero sveglia... mi faccio una doccia e poi preparo la colazione. Tu non preoccuparti, torna a dormire» tagliò corto.

Il lupo era sdraiato con le braccia dietro la testa, a torso nudo e la coperta attorcigliata in vita a coprirgli solo il bacino: una delle sue pose preferite per farla cadere in tentazione. Quella mattina, però, tutto quello che Galena provava a sbirciarlo da sopra la spalla, era fastidio per la rilassatezza con cui poltriva.

«Ti piace quello che vedi, signor Rhonda?» lo stuzzicò.

Il lupo, a quella domanda, sorrise tronfio e divertito.

«Perché non torni a letto a farmi qualche grattino?» Sebastian si divertiva a darle il tormento e, ogni volta, la ragazza si sentiva come in un ergastolano.

Volendo sfuggirgli per concedersi qualche momento da sola, si limitò a scuotere la testa per negare, mentre legava la cintola della vestaglia attorno ai fianchi e afferrava una spazzola.

La magia di Galena

Se era intenzionato a non lasciarla nemmeno uscire dalla camera da letto per farsi una doccia, avrebbe resistito al suo richiamo, sedendosi alla toilette.

Quando lei non rispose, il licantropo si sporse sul letto a pancia in sotto, regalandole un nudo integrale di schiena, sedere e gambe lunghe e tornite. Lo sbirciò dallo specchio, sentendo lo stomaco attorcigliarsi su se stesso per la voglia di prenderlo a pugni.

«Amore, perché sei arrabbiata?» cercando il contatto fisico, Sebastian strisciò sul materasso fino a sporgersi con il busto verso il lato di Galena.

«Non sono arrabbiata» sbottò, guadagnandosi un sopracciglio alzato con perplessità.

«È per ieri notte? Hai avuto paura?» Galena lo guardò attraverso il riflesso dello specchio, spazzolandosi qualche ciocca di capelli. «Mi dispiace, lo so che ti avevo promesso di restare, ma è stato davvero più forte di me! La prossima luna escogiterò qualcosa di serio, giuro!» stava parlando in modo veloce, mangiandosi le parole, così la ragazza si limitò a sospirare, sconsolata.

«Non c'è bisogno» commentò, ma la bugia non attaccò e Sebastian socchiuse gli occhi, mettendosi seduto sul letto. I loro occhi si incrociarono attraverso la superficie riflettente.

«Galena...» mormorò, ma non si mosse, restando dov'era. «Ho letto la paura nei tuoi occhi ieri sera, quando stavo per uscire. Non mentirmi, per favore...». La bandrui non si scompose, finché il lupo non si alzò in piedi.

Nel divincolarsi si era premurato di afferrare i boxer che, nell'alzarsi, aveva infilato con un unico gesto fluido. Non trattenendosi però dal dimenare le natiche per farla ammattire.

«Che ti succede?» le si avvicinò con lentezza, in attesa e Galena reagì alzandosi in piedi e legandosi la treccia. «Ti prego non chiuderti nel tuo solito mutismo freddo, parlami» la supplicò.

di Federica Martina

«Non è vero» protestò, puntando i piedi.

«Ecco che lo fai di nuovo» il licantropo si fermò a poca distanza, con lo sguardo indagatore. «Ti isoli da me ogni volta che c'è qualcosa che ti spaventa. Perché lo fai? Di cosa hai paura?» continuò a persistere.

La bandrui dovette mordersi la lingua per non rispondergli, ma così facendo svelò il bluff.

«Non so di cosa parli, davvero, ero solo sovrappensiero».

«Come preferisci!» si arrese, rimettendosi a letto.

Nel tornare sul materasso colpì, però, in modo del tutto casuale, l'angolo del grimorio che giaceva sulla cassapanca, facendolo cadere a terra, aprendosi.

Sebastian rimase fermo immobile dov'era, sbirciando il viso di Galena che lo fissava molto arrabbiata.

«Sebastian!».

Il licantropo la guardò imbronciando le labbra, mentre lei sfoderava lo sguardo da mamma che sgrida il bambino disubbidiente.

Entrambi erano curiosi di sapere su che pagina si fosse aperto, anche se la ragazza avrebbe voluto dargli un pugno sul naso. Sebastian sporgendosi, cercò di sbirciare, prendendosi una ciabatta sulla testa, lanciata dalla bandrui.

«Ahia!» si lamentò massaggiandosi il capo «Non l'ho fatto apposta!» si lagnò.

«Quante volte dovrò ripetertelo che il grimorio non è un giocattolo, eh?» Galena non trattenne lo sfogo. Il lupo incrociò le braccia al petto, impuntandosi e irrigidì la mascella.

«Lo sanno anche le pietre che qui vige la regola ferrea che solo tu puoi toccare quell'ammasso di pagine, sta tranquilla!» adesso era lui quello infastidito.

«Sei un idiota!» eruppe Galena, afferrando il tomo antico, chiudendolo per accertarsi che non si fosse rovinato.

«Be', si può sapere cosa dice stamattina il tuo prezioso libro?» la punzecchiò offeso e indispettito.

La magia di Galena

«Che ti importa!?» Galena lo strinse al petto, ferma sulla sua posizione. Lei sapeva su che pagina si era aperto e, la consapevolezza che anche il tomo la stava redarguendo per il suo comportamento freddo e la sua scarsa comprensione, la rendeva furiosa. «Tornatene a dormire, io vado a farmi la doccia e preparo la colazione. Poi torno a svegliarti» ringhiò mentre il disegno dell'ortensia blu le tornava in mente e la costringeva a fare un esame di coscienza e un po' di analisi della sua coerenza, mentre si faceva una doccia bollente.

di Federica Martina

Capitolo Trentotto
"Punto di rottura"

Quasi due ore dopo il licantropo entrò in cucina già vestito, mentre Galena era ancora in vestaglia e con i capelli bagnati.
L'aria tra i due era elettrica dopo la discussione avuta. Sebastian scaricava il nervosismo grattandosi il mento, la bandrui, invece, rimestando i cereali nella tazza.

Galena, tentando di tenere la mente occupata aveva preparato anche del caffè bollente e della spremuta d'arancia. Stava evitando lo sguardo dell'uomo da quando era uscita dalla camera da letto; ora, però, che erano uno di fronte all'altra la cosa si complicava.

Sebastian mangiava di gusto, come se niente fosse successo poco prima, con lei che, dopo qualche secondo, si mise a contemplarlo in silenzio, piluccando qualche cucchiaio di cereali e miele, stringendo i denti per non dirgli nulla di sgradevole, con il fastidio che la spinse a mordersi l'interno della guancia.

«Me lo dici, adesso, perché sei così nervosa, stamattina?» il lupo allungò una mano sul tavolo in cerca di una delle sue.

Galena però sviò il gesto d'affetto infilandosi in bocca un cucchiaio di musse, prima di parlare.

«Perché tu sei così ossessionato dal mio grimorio» le sfuggì in un tono fin troppo duro che si pentì subito di aver usato, ma l'espressione sul viso del licantropo aumentò la voglia di tirargli i cereali in testa. «Devi smettere di pensarci, ti farai male con la tua curiosità» nel tono c'era più fastidio che

La magia di Galena

preoccupazione e sulla fronte di Sebastian si disegnò un intrico di rughe: il commento lo aveva indispettito più del dovuto.

Sebbene comprendesse che la giovane non poteva essere sorridente ogni giorno e che i fatti recenti l'avevano stressata, trovava incredibile il nervosismo che gli riversava addosso negli ultimi giorni.

Quella mattina, poi, era irritata quasi quanto una tigre affamata. Un brivido corse lungo la nuca del giovane, mentre ripensava ai suoi primi giorni lì sull'isola con il branco.

Quei pensieri gli fecero credere che, forse, anche la bandrui potesse essere influenzata dalla luna piena e che, quel suo stato d'animo fiammeggiante, derivasse dalla fase planetaria.

Una settimana, poteva farcela; ma Galena non era certo dello stesso suo preavviso perché, quando Sebastian alzò lo sguardo su di lei, la trovò che lo pugnalava con gli occhi.

«Ti prego, Galena, credimi. Non l'ho fatto apposta, mi dispiace davvero per prima» in realtà più che dispiaciuto, in quel momento, si sentiva in bilico sul burrone del litigio furioso con una belva feroce e non era sicuro di volerlo provare con la ragazza.

Da quando abitava lì si era sforzato in tutto e per tutto di riempirla di attenzioni amorevoli: non l'aveva mai lasciata sola o senza un aiutante per farla stare tranquilla ma, allo stesso tempo, si era sforzato di lasciarle dello spazio.

Forse non è stato sufficiente, per lei.

Galena, con la testa altrove, stava colpendo con decisione la tazza con la posata che usava per mangiare i cereali, infastidendo Sebastian.

Era uno stridore che gli faceva accapponare la pelle.

Il lupo era consapevole di averla ferita la sera prima, quando le aveva promesso di restare con lei senza riuscire a tenere la maledizione a freno, ma solo perché aveva corso con il branco sotto la luna, per andare a caccia, non meritava certo quell'atteggiamento da battaglia.

di Federica Martina

«Sì certo! Tu non fai mai niente di proposito. Non hai rotto la serratura della porta, di proposito. Non hai rotto il vaso, di proposito. Fra un po' mi verrai a dire che non l'hai fatto nemmeno di proposito a innamorarti di me» a quel commento sibilato tra i denti Sebastian spalancò gli occhi sorpreso, mentre quelli di Galena lanciavano dardi infuocati di rabbia.

«Ma perché ti arrabbi tanto?» sbottò, vedendola immobilizzarsi e stringere le labbra.

Sul ripiano della cucina un piccolo vasetto di vetro con dei fiori disegnati sopra con della tempera vibrò come scosso da una scarica elettrica.

Il licantropo sbirciò il disegno dai tratti infantili: erano tre fiorellini bianchi, a forma di stella.

«Perché mi soffochi!».

Il lupo, a quella risposta, non ci vide più dalla rabbia: aveva provato per giorni a essere comprensivo e gentile, ma lei era più incontentabile del re degli elfi.

«Avresti potuto parlarmi, non ti ho mai impedito di sfogarti. Dovevi solo guardarmi e dirmi qualsiasi cosa tu volessi» nonostante si fosse sforzato di non cedere, alla fine la sua parte animale aveva prevalso, arrabbiandosi.

A peggiorare quella situazione ci si mise Galena che reagì lanciandogli la musse in faccia.

Sebastian scattò in piedi imbufalito e sfoderò i denti, ringhiandole addosso.

«Sì, che lo hai fatto!» gli urlò contro lei, senza la minima preoccupazione nel vedergli mutare le iridi. «Da quando ti conosco non fai che importi. Non ti ho mai potuto raccontare niente su di me, tu parli solo di te e del tuo dannato branco» la bandrui era fuori controllo e, mentre parlava, gli aveva lanciato anche il tovagliolo e il cucchiaio.

«Tu non sai quello che dici…» mormorò tra i denti affilati da lupo.

La magia di Galena

«Ti sbagli, lo so fin troppo bene! E sai cosa altro ti dirò: sono contenta di non far parte del tuo branco».

Galena tacque dopo aver pronunciato quella frase, consapevole che non avrebbe dovuto dirle, fissandolo.

Il licantropo, a quelle parole, fece uno sforzo immane per trattenersi.

«Dopo tutto quello che ho sopportato per te... quello che hanno sopportato loro per accoglierti e farti sentire al sicuro è questo quello che vuoi? Bene!».

Più arrabbiato che mai, Sebastian se ne andò, senza attendere che lei gli rispondesse: era davvero troppo

«Se tu facessi parte del mio branco non diresti mai una cosa simile!» le ringhiò contro, prima di sbattere la porta principale e andarsene via.

«E tu sei un ipocrita!» gli sbraitò in risposta Galena dal piano di sopra.

Sebastian lo sentì: il suo udito sovrasviluppato non glielo impedì, come gli fece percepire lo schianto del vasetto con i fiorellini di datura disegnati dalla bandrui quand'era bambina.

Solo il sapere il significato di quel fiore e che lo aveva disegnato lei lo innervosì ancora di più.

di Federica Martina

Capitolo Trentanove
"Telefonate difficili"

Erano serviti tre giorni, a Galena, per sbollire tutta la rabbia repressa, con il nervosismo che si era tramutato in senso di colpa.
Il giorno precedente, in negozio, si era presentata Morvarid chiedendo di cominciare i preparativi per il matrimonio sempre più imminente. Le due amiche, senza rendersi conto del tempo che passava, avevano trascorso l'intera giornata insieme a fare segnaposti e cuscinetti di fiori per il giorno prestabilito, o meglio, a ordinare i vari boccioli per comporli.

Poco dopo si era unita a loro Hopaline che, a sorpresa, veniva accompagnata sottobraccio da Balthazar per assicurarsi che Galena stesse bene.

Il trio di amici aveva, infatti, quasi subito colto che qualcosa non andava per il verso giusto, insospettiti anche dall'assenza di Mariah.

Solo dopo qualche domanda insistente, Galena aveva detto loro cos'era successo.

Il primo a darle conforto, in un gesto del tutto inaspettato, era stato proprio il demone della vendetta che, toltosi cappello e cappotto, si era seduto vicino al bancone e le aveva raccontato che in amore i momenti come quello vanno superati insieme e con il dialogo.

Hopaline e la sirena le avevano dato il loro appoggio, ma anche loro, prima di lasciarla, l'avevano spinta a chiarire col giovane, soprattutto se aveva davvero usato parole così dure e crudeli, volte a ferirlo nel suo punto più sensibile.

La magia di Galena

Quel giorno non si era sentita di compiere quel passo e aveva atteso fino a sera inoltrata, speranzosa che fosse Sebastian a comparire invece di farla andare fino al porto, come la prima volta.

Scesa la quarta sera consecutiva la giovane fioraia si trovava ancora sola in casa e seduta a lume di candela. Davanti a un piatto vuoto e un bicchiere di vino si arrovellava il cervello per capire qual era la cosa migliore da mettere in atto. Mentre pensava a Sebastian e al loro rapporto, sbocconcellava la sua cena a base d'insalata e pesce bollito e, più di una volta, aveva sbirciato il piccolo vasetto di vetro blu che si era rotto durante il loro litigio.

Lo aveva aggiustato il giorno stesso: teneva così tanto a quel piccolo e fragile oggetto legato alla sua infanzia che non aveva avuto il coraggio di gettarlo.

Nel silenzio del piccolo appartamento ogni angolo le raccontava qualcosa di diverso fatto da lui: lì in cucina, davanti al lavello, le aveva servito un'omelette a lume di candela una delle prime volte che aveva cucinato per lei; in cima alle scale l'aveva baciata l'ultima volta, prima di portarla a letto, la sera della luna piena; sul piccolo divano del salotto, mentre guardavano un vecchio film in bianco e nero, le aveva massaggiato una caviglia dolorante, dopo che le si era storta.

Tutte piccole cose che Sebastian aveva fatto per lei, che nessun'altro si era premurato di offrirle in tutta la sua vita; e Galena ne comprendeva il significato profondo solo ora, a giorni di distanza da quando erano accaduti e solo perché sentiva la mancanza quell'egocentrico e geloso di un Alfa.

Si sforzava soprattutto di non pensare a quello che avevamo fatto in camera da letto, sotto la doccia e persino lì, sul lavello, dopo che lei aveva finito di lavare le stoviglie; non solo l'ultima notte in cui era stato lì, con la luna piena in alto nel cielo, ma ogni volta che i loro sguardi si incrociavano e lei gli sorrideva.

di Federica Martina

Sebastian era l'unico che poteva trasformare un semplice sorriso in qualcosa di molto più intimo e focoso. Gli bastava sfiorarla o coglierla mentre si pettinava sovrappensiero: in quei momenti si chinava, le baciava il profilo del collo o la spalla e da lì a un battito di ali erano uniti anima e corpo.

Galena si torturava, con lo stomaco che si contorceva per la colpa e il senso di vuoto. Più si sforzava di non soffermarsi su quegli aspetti così dolci e speciali, meno riusciva a spiegarsi il motivo, dopo quegli attimi, del timore di dirgli ciò che davvero provava.

La sua paura più grande si stara realizzando: stava di nuovo perdendo la battaglia contro il suo cuore. Nonostante avesse cambiato vita e si fosse lasciata tutto alle spalle, la sensazione che Sebastian diventasse un maniaco del controllo come Deavon l'aveva così spaventata da aver rotto in modo drastico il loro rapporto genuino e sincero.

E, per la seconda volta, non era altro che colpa sua e della sua codardia.

Considerando il fatto che, geloso com'era Sebastian, Galena non poteva raccontargli del druido più delle poche parole che le erano già sfuggite, sicura che l'Alfa sarebbe andato a ucciderlo, ma tacere li stava allontanando e la giovane ne era conscia.

Alla fine era giunto il mercoledì e dopo la lunga giornata al mercato Galena non sopportava più di restare sola in casa.

Guardando l'orologio vide che era passata la mezzanotte e, per lei, era ora di andare a letto ma non trovava pace; con una scrollata di testa mise a tacere le voci e, prendendo il cellulare dalla tasca, digitò il numero di Sebastian.

«Pronto?».

«Ciao!».

«Cos'è successo, stai bene?» dall'altro capo del filo la voce si fece agitata.

«Sì! È solo che...».

La magia di Galena

«Vuoi che mandi Mariah a farti la guardia?» la bandrui fece un sospiro.
«Non c'è bisogno, non ho paura... è che stavo pensando a te».
Il silenzio si prolungò per lunghi secondi in cui Galena sentì il rumore delle onde.
«Io non ho mai smesso di farlo, ma non posso venire a casa adesso. Sono di turno al faro, stanotte».
«Mi ricordo... me lo avevi detto. È che se non ti telefonavo non sarei mai riuscita a dirti quello che devo».
«Devi?».
«Sì!».
«Ok, aspetta solo un momento...» rumori metallici e di un chiavistello che veniva maneggiato riempirono il silenzio della comunicazione, seguiti da una sedia che veniva fatta strisciare sul pavimento e altri rumori che coprirono il respiro del lupo.
«Ok, ho fatto. Ti ascolto, parlami...».
«Sebastian, io... Ho capito di aver sbagliato, tanto, troppo con te. Sono un disastro con i rapporti personali, soprattutto se si parla di amore. Mi spaventa da morire.» il silenzio rimase immutato per tutto il tempo, tanto che dopo un po' Galena credette di star parlando da sola. «Sebastian, sei ancora lì?».
«Certo» fu la risposta pronta. «Stavo aspettando...».
«Mi dispiace» le si formò un nodo in gola. «La verità è che è solo colpa mia. Sono una codarda, perché penso al dolore che hanno patito mia nonna, quando suo marito è stato bruciato sul rogo perché credevano fosse uno stregone, o a quello di mia madre quando uccisero mio padre e... ho paura!» Il flusso di parole non fu mai interrotto «Sebastian potrai mai pensare di tornare con me e darmi un'altra possibilità?».
«Dipende...».
«Da cosa?».
«Da te. Da quanto sei disposta a cambiare e se sei sicura di voler affrontare le tue paure. Se mi prometti di parlare con me

di Federica Martina

delle difficoltà che si presenteranno man mano senza aspettare che sia troppo tardi. Ma, soprattutto, se sei sicura di voler dividere la nostra vita con il branco e a venire qui a chiedere loro scusa per come li hai malgiudicati» un altro momento di silenzio e il rumore di qualcosa di lontano. «Perché io ti amo. Non ho paura di dirtelo, Galena, né di dimostrartelo, ma loro sono la mia famiglia e non puoi chiedermi di scegliere tra te e loro. Nessuno può dividere un Alfa dal proprio branco, solo la morte».

Galena tacque finché non fu certa che lui avesse finito poi, sfiorando con la punta delle dita la copertina del grimorio, ne seguì i contorni e, prima di aprirlo, chiuse gli occhi. La risposta sarebbe venuta dalla sua anima, prima che dalle sue labbra.

Quando vide la pagina che si era aperta, chiuse di nuovo gli occhi prima di rispondere al lupo.

«Non ti avrei mai telefonato se non fossi disposta a superare ogni singolo giorno buio che verrà. Ma solo se sarai al mio fianco».

Il rumore dei passi si fermò e la giovane sentì il lupo respirare.

«Domani mattina sarò lì appena ti svegli».

«Grazie. Stai attento, per favore».

«Stai tranquilla è solo routine. Buona notte».

Galena chiuse la conversazione, voltando lo sguardo sul disegno del papavero, osservandone i dettagli della corolla disegnata da una sua ava, il rosso sbiadito e il centro scuro, quasi nero.

L'oblio che quella pianta portava con sé non era dato solo dal suo significato mistico, ma anche dalla famosa polvere che ne veniva ricavata dai suoi semi. Era il fiore per chi, sopraffatto dalla negatività, cerca aiuto per riemergere e lo trova, dimenticando.

Chissà quanto tempo avrebbero impiegato lei e Sebastian a dimenticare…

La magia di Galena

Capitolo Quaranta
"Il tuo sguardo mi raggela"

Appena la luce vinse la battaglia contro il buio dietro le montagne che circondavano il lato est dell'isola, Galena uscì di casa, avvolta in un pesante scialle di lana, per scendere al porto.

Il cielo, quella mattina di fine febbraio, era coperto da una coltre di nebbia bassa, ma già si percepiva l'effetto benefico del sole che di lì a poco avrebbe fatto capolino.

L'aria durante la notte era ancora fredda e, a volte, la temperatura scendeva sotto lo zero, ghiacciando l'erba rimasta sotto la neve che si scioglieva.

La natura si stava risvegliando dopo il lungo sonno, ma non era ancora pronta a destarsi davvero; al contrario della bandrui che si era attivata già da un'ora buona senza riuscire a starsene al caldo.

Una sensazione spiacevole si era insinuata in lei e non le aveva più permesso di rimettersi a dormire.

Dopo la telefonata con l'Alfa si era infilata sotto le coperte concedendosi prima la lettura di un libro, poi aveva sfogliato il grimorio fino alla descrizione delle festività rituali della primavera e, alla fine, si era appisolata, ma solo per un paio d'ore, troppo presa dai ricordi del passato che si mischiavano a quelli del presente, creandole uno stato di perenne agitazione.

Quel fastidioso presentimento non l'aveva abbandonata dal giorno precedente e, adesso, le batteva in petto così forte da toglierle il respiro.

di Federica Martina

Dopo essersi vestita e aver già riordinato l'intera casa, aveva deciso di anticipare il lupo e andare a portargli la colazione, scendendo al faro dove lui avrebbe finito il turno all'alba.

Procedendo a passo svelto per la stradina in discesa, si diresse nell'unica taverna aperta a quell'ora.

Entrando nel piccolo e fumoso locale, impiegò qualche secondo per riabituare la vista a quell'ambiente malsano e, scuro com'era, non prestò particolare attenzione agli occupanti dei tavolini vicino alla grande vetrata.

In quel modo, però, non notò che tra gli occupanti della stamberga fatiscente e puzzolente erano presenti anche un trio di signore; Juliet e le due amiche sedevano composte al tavolo illuminato, sorseggiando i loro rispettivi tè fumanti parlando tra loro a voce molto bassa. Il trio non sembrava sentirsi a disagio nell'essere le uniche donne presenti in tutto il locale, apparendo a loro agio nel chiassoso parlare dei portuali in sosta e in mezzo agli urli di ordini tra cameriere e cuoco.

«Due caffè da portar via e due ciambelle, per favore» ordinò Galena dirigendosi al bancone, dove un vecchio barbuto con il viso deturpato le lanciò un'occhiata scocciata.

Nel tempo che l'anziano impiegò a segnare su un foglietto la sua ordinazione e appuntarla sull'asse del cuoco, la ragazza notò che il silenzio era calato nel locale e che il vecchio non le aveva rivolto la parola, preferendo distogliere gli occhi da lei.

Insospettita da tale comportamento la bandrui volse lo sguardo verso l'angolo dietro le sue spalle e, con incredulità, non poté evitare di collegare le due teste scure e quella bionda a un funesto presagio. Quando le riconobbe la sensazione che l'aveva sopraffatta di buon'ora divenne un nodo alla gola di paura e sospetto.

Un brivido gelido le corse lungo la schiena nel vedere le tre donne sedute a un tavolino che facevano colazione, parlando tra loro, come se fosse una normale mattina di fine inverno.

La magia di Galena

Quando Juliet alzò gli occhi dalla tazza, Galena ebbe la certezza che le tre donne l'avevano vista e non nascondevano il loro odio verso di lei. La succuba, che era l'unica rivolta nella sua direzione, le lanciò un'occhiata carica di disprezzo per poi bisbigliare qualcosa alle compagne.

Il sorriso glaciale che colorò gli occhi blu della vedova le raggelò il sangue, facendola pentire di essere entrata nella taverna.

Quando il vecchio le consegnò la sua ordinazione, adagiandola davanti a lei senza rivolgerle la parola, la bandrui era convinta di non volere più farsi intimorire da quelle tre creature malvage, così alzò il mento verso l'uomo, pagò il conto e si voltò verso l'uscita come se non avesse nemmeno visto le tre arpie.

Se avessero deciso di stuzzicarla era pronta a ricambiare le accuse, riservando loro il trattamento che si meritavano, usando la stessa moneta che le avevano propinato per tutto quel tempo. Era pronta a dar battaglia e, in quel locale, era certa che avrebbe trovato sufficiente aiuto in caso di pericolo.

Si trovava quasi alla porta quando, con la coda dell'occhio, vide Juliet appoggiare, con innata eleganza, la tazza sul tavolo, senza proferire parola, scambiando un'occhiata con le due compagne che all'unisono, come se fossero un'unica persona, si alzarono dai loro posti.

Fu Ginevra a lasciare sul tavolo le banconote sufficienti per saldare il conto, mentre le altre due si infilavano i cappotti e prendevano le loro borse costose.

Il trio attraversò il locale nel silenzio generale, riunendosi davanti al bancone dove Katherina sorrise al vecchio.

«Alla prossima e grazie per il tè».

Le due accompagnatrici la seguirono altezzose passandole accanto, spintonandola, mentre Ginevra, strusciandosi contro la sua spalla, le rivolse un sorriso da brivido sfoderando i lunghi canini da vampiro.

di Federica Martina

«Andiamocene!» mormorò Juliet verso la vampira. «Un conto è fermarsi un minuto per bere un tè, ma dopo un po' questa bettola inizia a disgustarmi oltremodo. Per non parlare della scarsa qualità della clientela che ha il permesso di frequentare questo postaccio» disse tra i denti.

La bandrui, impreparata a una simile reazione, afferrò il pacchetto, trattenendosi dal correre fuori per rispondergli a dovere.

Osservando, attraverso i vetri luridi della finestra, le tre donne che tornavano in paese, si domandò se ci fosse un motivo meno frivolo del mero tè per la loro presenza in quel posto così poco adatto ai loro target.

Qualcuno alle sue spalle diede voce ai suoi sospetti:

«Era ora che se ne andassero».

«Saranno anche tre belle donne, ma mettono i brividi» fu il commento, detto con un tono straniero, che le strappò un sorriso.

«Ehi, fioraia, tutto bene?» dal bancone fu il burbero padrone del locale che la richiamò al presente.

«Oh sì, grazie. Corro subito al faro da Sebastian. Buona giornata, signori!» salutò tutti, agitando la mano prima di afferrare a sua volta la porta e uscire correndo.

Fece appena in tempo a vedere Katherina e Ginevra girare l'angolo dell'edificio in cima alla via: forse la stavano aspettando, perché si voltarono e, vedendola immobile a fissarle, scoppiarono a ridere agitando le chiome voluminose. Solo Juliet non la derise, preferendo sorriderle con il ghigno famelico.

Galena sentì un altro brivido ghiacciato lungo la schiena e si domandò di nuovo perché le tre fossero in quella parte della città.

Con una scrollata di spalle guardò verso il porto vedendo, sulla collina, i primi ciuffetti di erba ghiaccio spuntare dalla

La magia di Galena

neve. La fanghiglia ricopriva la stradina che portava giù allo scalo merci e, poco più in là, il viottolo che conduceva al faro.

Galena collegò l'evento di poco prima con la presenza della pianta e il suo terribile significato.

Sebastian era solo al faro e Katherina l'aveva più volte minacciata che, se fosse restata, avrebbe iniziato a uccidere tutte le persone a cui teneva di più.

I piedi si mossero ancora prima della sua mente, correndo da soli sulla strada, più veloce che potevano.

di Federica Martina

Capitolo Quarantuno
"Il ritrovamento di Sebastian"

I l rumore della ghiaia e dell'erba ghiacciata sotto i piedi di Galena aveva lo stesso suono dei pezzettini del suo cuore che si frantumavano: ogni passo era una fitta al petto.
Ogni metro diventava lungo un miglio per la sua corsa forsennata.

Il gelo le si insinuò sotto la pelle fin dentro le ossa, mentre arrivava trafelata alla piccola porta rossa che dava accesso al grosso faro, trovandola chiusa.

Le onde si infrangevano prepotenti sullo scoglio, schizzandola e aumentando il freddo del suo corpo; il vento le soffiava rabbioso nelle orecchie, assordandola e impedendole così di chiamare il giovane chiuso dentro alla lampara o chiunque altro potesse aprirle la porta.

Galena però non si arrese e, con il pugno stretto, bussò con tutta la forza che possedeva, sperando di non essere arrivata troppo tardi.

Il frastuono dei colpi e la sua voce che chiamava Sebastian, per sua fortuna, non passarono inosservate.

Dopo qualche minuto vide, da lontano giù nel porto, il branco che, udendola, lasciava il lavoro e si precipitava verso di lei.

Mentre Mariah le sembrava muoversi al rallentatore, insieme a Victor, la bandrui ricominciò a colpire l'uscio.

Aveva già le lacrime agli occhi e la gola in fiamme quando, senza se ne rendesse conto, una mano forte le si posò sulla spalla, costringendola ad allontanarsi e a guardare il volto famigliare di Little Boyd.

La magia di Galena

«Che succede?» la scosse piano per farla tornare in sé.

La ragazza vide che il trio era lì e la scrutava preoccupato.

«Non apre. Al bar c'erano Juliet e...».

Victor annuì, fermando il suo fiume di parole roche, lanciando un'occhiata a Mariah che la prese per le spalle, sorreggendola.

«Lascia fare a me» dichiarò e, dopo aver fatto tre passi indietro, sfondò la porta con una spallata poderosa.

Galena contemplò la schiena del grosso lupo di origini russe, ringraziando il destino che il branco l'avesse perdonata per la sua stupidità. Averli come alleati, in quel momento era una vera fortuna.

Quando il licantropo riuscì a liberare l'entrata, il quartetto entrò nel faro.

Little Boyd passò per primo, sfoderando gli artigli; dietro di lui, Mariah e la bandrui, seguite da Victor, a chiudere il gruppo.

La ragazza però non resistette e, dopo che il lupo accese la lampada a olio, scattò più veloce che riuscì verso la stretta scala a chiocciola che portava al piano superiore.

Il cuore le martellava nel petto, mentre sentiva il trio ringhiare di disapprovazione per poi seguirla.

L'ascesa durò un'eternità e quando arrivò in cima la scena che le si presentò davanti la lasciò impietrita, strappando ai licantropi un paio di commenti ingiuriosi.

Sebastian era seduto su una piccola e traballante seggiola di legno rivolta verso il mare agitato, la testa inclinata di lato, appoggiata a una spalla e lo sguardo fissò nel vuoto.

Galena gli andò incontro, inginocchiandosi davanti alle gambe dell'Alfa, sperando che fosse solo addormentato o svenuto.

«Nessuna ferita...» mormorò, vedendo Mariah annuire.

Con molta probabilità il branco avrebbe percepito l'odore del sangue, entrando.

di Federica Martina

Il nodo alla gola la soffocava per l'ansia: non vedendo ferite l'unica ipotesi valida erano traumi interni o, peggio ancora, incantesimi.

Scosse la testa per non pensare al peggio, cercando gli sguardi dei tre lupi che l'avevano aiutata.

«No, non c'è odore di sangue» le disse Mariah con tono distratto, attirata da un oggetto posto sul ripiano del tavolo, che afferrò, sollevandolo a mezz'aria.

«Ma che diavolo…?».

Galena si alzò di scatto per vedere con più chiarezza quello che teneva in mano: un loto rinsecchito. I petali rosa erano stati appiattiti e ora, privi di vita, avevano assunto un colorito tendente al rosso scuro, quasi viola.

«È un fiore di loto» spiegò.

«È un chiaro messaggio per te…» Victor le si avvicinò, sbirciando Sebastian immobile sulla sedia.

«Sì, è un fiore acquatico molto importante per la cultura buddista, è il simbolo della consapevolezza della propria natura, della propria forza e della capacità di non farsi contaminare dalle malignità di questo mondo» parlando, la giovane tornò a osservare Sebastian.

Per tutto quel tempo non aveva mosso un muscolo, come pietrificato in quella posizione, con lo sguardo vuoto e il volto privo di emozioni.

Inginocchiandosi di nuovo Galena prese una delle mani del lupo tra le sue: era calda. Quello era un buon segno, ma scoprì che le punte delle dita cominciavano ad annerirsi.

Il branco la teneva d'occhio, camminando nervoso per la piccola stanza.

«Sebastian?».

Non ci fu nessuna reazione.

«Cosa pensi che sia?» Victor si avvicinò, osservandola dall'alto della sua mole.

A Galena si riempirono gli occhi di lacrime.

La magia di Galena

«Non reagisce e, guarda...» sollevò la mano dell'Alfa che pendeva molle lungo il corpo. «Le estremità stanno diventando nere. Abbiamo pochissimo tempo, questa è quasi di certo una fattura» sentenziò, attirando l'attenzione di tutti e tre i lupi.

Mariah gettò il fiore sul tavolo, guardandolo con odio come se fosse colpa di quel piccolo bocciolo rinsecchito se il loro capo era diventato una statua morente.

«Come si annulla questa schifezza da Maga Magò?» Boyd andò dritto al punto, nel suo solito modo di fare schietto e spiccio.

«Non lo so...» si lagnò Galena, tornando a contemplare il bel viso del suo amato, che diventava pallido ed esanime.

Il silenzio calò nella piccola stanzetta come un mantello soffocante. I lupi fissavano la bandrui mentre lei scrutava i segni sul corpo del licantropo sotto incantesimo.

«Sei o no una druida? Spezza quella dannata magia!» la prima a perdere la calma fu Mariah che esordì con quel commento, mentre grattava con gli artigli il tessuto liso dei suoi pantaloni da lavoro in un gesto nervoso.

«Non proprio...» non era quello il momento migliore per soffermarsi su quei dettagli, parlando pensava a cosa avrebbe fatto la nonna nella sua situazione. «Io sono solo la discendente di una bandrui, la versione femminile di un druido, ma non ho nessun potere. Posso solo far crescere fiori e piante, finché saranno in vita mia nonna e mia madre, poi la saggezza fluirà in me».

Mariah rispose con uno sbuffo, Victor le andò vicino con un sorriso e Boyd si appoggiò allo stipite della porta, mordendosi il labbro.

«Be', allora telefona alla nonna e chiedile aiuto» tagliò corto Victor.

«Non posso fare nemmeno questo, mi dispiace, l'avrei già fatto molto tempo fa se ne avessi avuto la possibilità».

di Federica Martina

Mariah per poco non ruppe il tubo di ferro che fungeva da passamano per il piano superiore: lo stava prendendo a pugni per trattenere la rabbia.

«Pensaci Galena. Dev'esserci per forza qualcosa che possiamo fare per aiutare Sebastian!» continuò a spronarla il russo.

Galena guardò il volto ormai cereo di Sebastian, sentendo un brivido gelato lungo la nuca, gli accarezzò le mani dalle estremità annerite, credendo che lui potesse percepire il suo contatto e trarne giovamento.

Le lacrime le bruciavano gli occhi, sfocandole la vista, quando le balenò la soluzione.

«Il mio grimorio. Se c'è una soluzione a tutto questo è scritta dentro le sue pagine» annunciò e vide i tre lupi scattare sull'attenti.

«Vado io!» disse Little Boyd, correndo fuori dal faro insieme a Victor.

Capitolo Quarantadue
"Non ti vorrei in nessun altro modo"

I dieci minuti che i due maschi impiegarono per precipitarsi fino al suo negozio, prendere il libro e tornare al faro, furono in assoluto i più lunghi della vita della bandrui.
Per tutto il tempo che rimase da sola con Mariah, Galena osservò, sconvolta, la magia nera inghiottire le dita del lupo e avanzare incontrollata verso le mani.

Dovevano fare presto: se il nero della morte avesse raggiunto il petto, Sebastian sarebbe stato spacciato.

Per sua fortuna, Victor e Boyd, tornarono con il grosso tomo e la sua borsa piena di erbe mediche, consegnandole il tutto con molta accortezza.

Appena la bandrui lo ebbe tra le mani, il grimorio vibrò percependo la magia nera su Sebastian, cadendo a terra con un tonfo sordo.

I lupi indietreggiarono spaventati e presi alla sprovvista.

«Tranquilli, non è niente. È la protezione che ogni fattura ha contro la magia, basta una piccola formula per combatterla» spiegò.

A quello era preparata: sua nonna le aveva insegnato la filastrocca quando era molto piccola.

Non era quello il momento per pronunciarla, però, prima doveva trovare il rimedio all'incantesimo.

Mariah le porse il bocciolo e lei lo prese, appoggiandolo in terra accanto al libro. Di nuovo il tomo si mosse e, non appena lei lo sfiorò, si aprì sulla descrizione della pianta.

«Cosa dice?».

di Federica Martina

«Dammi qualche minuto per leggere il paragrafo giusto» guardò Sebastian, il veleno era arrivato quasi ai polsi e alle caviglie. «Nel frattempo, cercate una coperta e avvolgetelo».

Mariah corse alla cuccetta dietro di loro, strappando il piumino dal letto per gettarlo sulle spalle dell'Alfa.

Il tempo scorse come un fiume in piena, ma lei fu più lesta nel trovare le caratteristiche del fiore, scoprendo cosa costringeva Sebastian in quello stato catatonico.

«Lo hanno isolato in una bolla e gli hanno cancellato la memoria» sentenziò a voce alta, senza smettere di guardare il viso immobile di Sebastian, in cerca di un minimo movimento che smentisse la sua ipotesi.

L'atmosfera si era fatta tranquilla in modo surreale.

«Quindi, che si fa?» il commento arrivò dalla lupa che la riportò al presente.

Galena la osservò con attenzione prima di risponderle. Sebbene i tre lupi paressero placidi, nei loro occhi Galena leggeva ansia e preoccupazione, sapeva che i lunghi denti erano nascosti dalle labbra e gli artigli dentro le ampie tasche. Erano davvero la famiglia di Sebastian ed erano così preoccupati per lui da commuoverla.

«Gli appunti di mia nonna dicono che, per cancellare una magia fatta con il fiore del loto, bisogna riportare il soggetto nel presente, strappandolo dal suo stato con un ricordo emotivo o un oggetto del passato, ad esempio» mormorò in risposta vedendo la lupa ascoltarla.

Quando finì di parlare, anche Victor e Boyd erano tornati attorno alla sedia dove giaceva Sebastian.

«Che tipo di oggetto?» la domanda venne da Victor, Galena fece spallucce non sapendo come rispondergli, però Mariah si alzò di scatto, colta da un'idea.

«Lo so io!» disse a voce alta e, senza nemmeno attendere la sua risposta, volò giù dalla scala e fuori dal faro. Per la seconda

La magia di Galena

volta in poco più di mezz'ora il branco uscì rapido da quella lampara per aiutare lei e il loro Alfa.

Meno di cinque minuti dopo ricomparve, ansimante e scompigliata come se avesse frugato tra roba vecchia e polverosa con, tra le mani, un ciondolo d'oro rotto che lanciò a Galena.

La bandrui, afferrandolo, se lo rigirò tra le dita, incuriosita.

«Questa è l'unica cosa che Sebastian aveva nelle tasche il giorno che lo ripescammo dal mare» le disse Mariah, tornando accanto a lei.

Osservandolo notò che era uno di quei vecchi ciondoli che si aprono a metà atti a contenere delle foto molto piccole, ma era vuoto. In compenso era molto pesante e fatto tutto d'oro.

In rilievo c'erano incisi dei simboli che sembravano tre lupi mentre si mordevano la coda l'un l'altro. Non dava nessun indizio su qualcosa del suo passato, ma forse era il monile stesso quello che serviva loro per riportare Sebastian al presente.

In quel momento la giovane recitò la filastrocca, sminuzzando delle erbe secche dentro il piccolo pastello che aveva tolto dalla borsa, inumidì tutto con dell'acqua, stringendo infine l'oggetto tra le mani del licantropo.

«Guarda Sebastian, è il tuo ciondolo, lo vedi? Osservalo bene, ripensa a chi eri, ricordati di noi, di Skye... del tuo branco» le venne da piangere mentre parlava, ma si fece forza e resistette. «Ti prego, torna da noi...» lo supplicò, accarezzandogli le mani. Il nero arrivava ormai fino a metà avambraccio.

Lui non mosse nemmeno le iridi, tutto sembrava inutile.

Galena cercò di mostrarglielo di nuovo, invano: la sua immobilità era totale e gli occhi parevano ciechi.

«Non funziona» si arrese, lasciandosi scuotere dai singhiozzi.

di Federica Martina

A quelle parole i tre lupi si guardarono, l'aria era tesa e immobile più del loro Alfa, poi Victor, con un ghigno si avvicinò alla giovane.

«Fa provare me, forse so io come riportarlo indietro» con gesti cauti l'aiutò a rialzarsi, deponendola tra le mani di Mariah che l'afferrò per le spalle. «Tienila a una distanza di sicurezza, se funziona non garantisco la reazione» spiegò, prendendo il posto di Galena davanti al lupo.

La ragazza non sapeva cosa avesse in mente ma, quando la lupa la costrinse a indietreggiare tenendola salda per le spalle, ebbe paura che i tre licantropi volessero fargli del male.

«Non ucciderlo, ti prego, fammi ritentare!» lo supplicò, senza venire ascoltata.

Il grosso lupo contemplò, per qualche secondo, il suo Alfa, poi si alzò in piedi e le sorrise.

«Tranquilla, non gli farò niente, voglio solo bisbigliargli qualcosa in un orecchio» le comunicò, poi si posizionò dietro la schiena di Sebastian in modo che non potesse vederlo.

Nemmeno Galena vedeva il volto del russo ma quello che udì le diede i brividi: Victor, con un ringhio disumano, mutò il volto in una maschera di pelo e denti acuminati, le dita si accorciarono e le unghie divennero artigli. La parte superiore del giovane mutò per diventare quella del lupo che sbavava copioso sulla spalla dell'Alfa.

Galena sentì un altro brivido di terrore lungo la schiena quando le zampe del licantropo si appoggiarono sulle spalle di Sebastian.

«Recita quella formula, Galena, forza!» Mariah la scosse mentre lei assisteva, sciocccata, allo spettacolo del licantropo che si avvicinava all'orecchio di Sebastian.

Sembrava pronto a staccargli la testa con un morso, invece piantò le unghie nelle braccia di Sebastian e, con una voce roca e distorta dal muso, gli parlò nell'orecchio.

La magia di Galena

«Ti ricordi chi sono, piccolo rifiuto? Mi senti, escremento di meretrice? Indovina un po' chi è tornato a prendersi ciò che gli appartiene... Oh sì, piccolo stronzetto, paparino ti ha trovato.» disse, con tono duro. «Mi divertirò moltissimo qui, sulla tua piccola isoletta, ho giusto visto un paio di femmine che potrei usare per occupare le notti! Mi senti scarto di lupo? Sono qui e mi sono appena preso la tua donna... alza quel culo da donnicciola su dalla sedia o non mi prenderò solo lei, ma anche la morettina a cui tieni tanto. Sei sicuro di voler restare a guardare cosa farò loro?».

Galena non comprese cosa volesse dire ma non dubitò che chiunque le avesse udite si sarebbe terrorizzato a morte. Il muso di Victor era spaventoso e quella voce lo era ancora di più. Per sua fortuna, nell'istante in cui quella voce tacque, Sebastian si inarcò e Victor, che lo teneva per le spalle, sentì il rumore di ossa che si spezzavano.

Tutti, nella piccola stanza, udirono lo scricchiolio della colonna che si piegava in modo innaturale per un uomo comune, seguito dall'urlo disumano dell'Alfa.

Il secondo dopo Sebastian era carponi, pronto ad attaccare il suo aggressore, mezzo uomo e mezzo lupo. Sveglio e vigile come non mai.

«Sebastian!» strillò Galena, spaventata, vedendo il licantropo puntarli.

La reazione fu immediata, Sebastian sbatté gli occhi, mettendosi in piedi, tornando umano e correndole incontro per stringerla in un abbraccio fortissimo.

«Oh Dio, ho avuto una paura terribile. Stai bene?» le chiese con la voce trafelata e il respiro ansante.

Galena scoppiò in lacrime, affondando il viso nel suo petto.

«Tu hai avuto paura? E io cosa dovrei dire!» singhiozzò, ma poi si crogiolò nel calore di quell'abbraccio mentre l'ansia svanì. «Ero terrorizzata e non sapevo come salvarti. Per fortuna ci sono loro, è solo merito del branco se sei tornato da me...»

di Federica Martina

gli confessò a bassa voce per non farsi sentire dal trio. Sebastian alzò il capo verso i tre lupi e annuì.

«Grazie!» sillabò loro con le labbra tornando ad accarezzarle i capelli. «Dio quanto ti amo. Non puoi capire che cos'ho provato quando ho creduto che lui fosse qui, che ti tenesse in ostaggio. Solo il pensiero...» non terminò la frase perché Victor si avvicinò e gli mise una mano sulla spalla.

«Mi dispiace, capo, ma lei ha detto che doveva essere qualcosa del tuo passato a farti tornare e, quando il ciondolo non ha funzionato...».

«Grazie, Victor».

Galena stava per chiedergli altro ma Mariah le porse l'acqua bollente che lei aveva messo sul fuoco.

«Sebastian, ti prego, bevi questo. È solo una piccola pozione di Dafne per farti rimettere» Sebastian la bevve e sorrise, ubbidendo e svuotando la tazza di latta.

«Giuro, Galena, non ti vorrei in nessun altro modo...per niente al mondo!» le sussurrò, dandole un bacio sulle labbra.

Capitolo Quarantatré
"Il grande giorno"

I giorni successivi erano corsi veloci. Galena e Sebastian si erano concessi la tanto agognata vacanza ma senza spingersi fino in Bretagna, preferendo andare verso est, in una terra più adatta a correre sotto la luna.

Il branco era partito con loro e la bandrui aveva lasciato a Balthazar il loro numero per le emergenze.

Il demone aveva riso di gusto quando lo avevano informato che sarebbero andati in Olanda e che, sarebbero tornati giusto in tempo per il matrimonio di Morvarid.

La sirena si era preoccupata molto quando Galena l'aveva cercata per informarla della novità. La bandrui aveva dovuto, infatti, rassicurarla per ore che il diciotto del mese sarebbe stata al negozio e tutto sarebbe stato pronto per il grande giorno.

Lei e il branco si erano così concessi quasi venti giorni per fare pace, conoscersi e diventare una vera famiglia.

Galena e Sebastian, invece, avevano sfruttato le notti per riappacificarsi e, soprattutto, avevano imparato ad ascoltarsi quando la luna era alta nel cielo e i loro animi si ribellavano, diventando una solida coppia di innamorati.

Il giorno in cui ripresero il traghetto per tornare a Skye, i quattro lupi e la bandrui erano tanto felici quanto dispiaciuti, ma quella sensazione durò solo il tempo di vedere il profilo famigliare dell'isola, dello scalo e dei tetti del villaggio per scoprire una forte mancanza di casa.

A Galena era bastato varcare la soglia del negozio per tornare in piena attività; il suo grimorio, sempre in borsa, aveva vibrato della contentezza di essere riunito con i fiori e le piante.

di Federica Martina

Tre giorni dopo, all'alba, il centro della piazza di Skye si era pian piano popolato di ogni creatura per celebrare il felice evento.

La giovane arrivò poco dopo, al braccio dell'Alfa. Il cuore era colmo di felicità per la sua amica e il suo sorriso brillava del sentimento che le fioriva nel petto.

Nulla poteva più spaventarla o ricacciarla in quel posto orribile nel quale era piombata per colpa delle tre arpie: ormai aveva imparato di chi fidarsi e a chi donare la sua anima.

Camminando fino al tappeto rosso, varcò l'arco decorato di fiori freschi dal significato speciale e percorse il tunnel fatto di piante rampicanti fino alle panche dove, da lì a pochissimi minuti, Morvarid avrebbe sposato il bel tritone, Thorn.

Sotto al tendone, aperto su due lati, il profumo della celidonia impregnava l'aria.

Le due ragazze avevano riempito la piazza di quel fiore portatore di gioie future.

Insieme avevano passato i giorni precedenti a preparare i mazzolini da mettere sulle seggiole e le ghirlande da appendere al soffitto. Mariah, Hopaline e molte altre piccole fate si erano unite a loro per appendere i lunghi festoni e, alla fine, gli elfi avevano aggiunto luci per creare l'atmosfera giusta per la festa che sarebbe seguita e che avrebbe accompagnato i novelli sposini fino al giorno dopo.

Gli ospiti arrivarono alla spicciola ma, poco dopo, sulle panche Galena riconobbe molti volti famigliari.

Hopaline e Adamante erano rimasti sul fondo del tendone, stavano parlottando tra loro, come consuetudine, di confini e politica ma si fermarono per rivolgerle un saluto, non appena la scorsero entrare, scortata dal branco.

Poco più avanti la bandrui riconobbe il suo amico nano che, quel giorno, era al braccio del suo innamorato in mezzo agli altri elfi. Altri nani gironzolavano per le panche, salutando i presenti e mischiandosi agli astanti.

La magia di Galena

Sebastian, percependo la sua trepidazione, la strinse al fianco, con un gesto protettivo, sfiorandole la tempia con un bacio. La ragazza lo tranquillizzò con un sorriso, conducendolo verso i primi posti sulla destra, dal lato della sposa.

Qui videro Thorn già in piedi davanti all'altare: nervoso, si torturava i pantaloni con le dita; quel giorno, lo sposo, sfoggiava un elegante completo grigio cangiante, era in forma umana, come tutti i presenti anche se, con molta probabilità, per lui era la prima volta.

Galena si accomodò dopo averlo salutato con la mano, sorrise poi in direzione di Balthazar, che stava vicino al tritone e gli parlava per calmarlo.

Il demone, in quanto personalità influente, sarebbe stato il cerimoniere, scelto e approvato da tutte le creature autorevoli.

Quando l'Alfa ebbe trovato posto al suo fianco, gli bastò una sola occhiata alle sue spalle perché Mariah, Victor e Boyd si sedettero proprio nella fila dietro di loro, sgombrata da una coppia di amazzoni, quando videro chi sarebbero stati i loro vicini.

La bandrui non tratteneva l'emozione, scalpitando perché la cerimonia iniziasse. Era emozionata perché, loro cinque, occupavano quelli che di solito erano i posti riservati ai parenti della sposa.

Morvarid le aveva chiesto di tenere le fedi e le aveva domandato se volesse essere la sua testimone. Thorn dal canto suo, non conoscendo nessuno dell'isola, aveva chiesto a Hopaline di essere il suo testimone per quella cerimonia, dopo che Adamante aveva rifiutato con eleganza.

La ragazza non ne comprendeva il motivo ma la cosa importante, per quel giorno, era che Morvarid fosse contenta e felice e, da quello che aveva visto prima di uscire dal suo negozio, si poteva dire che la sirena fosse euforica.

di Federica Martina

Il sole sorse con i suoi raggi, ora caldi e luminosi, che accesero la piazza di nuova vita facendo diventare la brina come una cascata di diamanti.

Tutti i presenti si sedettero e la cerimonia iniziò con un colpo di tosse del demone.

La sirena si trovava dietro a una tenda, pronta a entrare, quando la musica delle arpe si librò nell'aria, dolce e melodiosa, dando l'inizio alla cerimonia.

Un altro colpo di tosse del demone fece calare, tra i presenti, il silenzio delle grandi occasioni con Morvarid che fece il suo ingresso.

A Galena si appannò la vista mentre la sirena camminava lenta ed emozionatissima verso il suo sposo.

Il suo abito, impreziosito da migliaia di preziosi diamanti e perle, illuminava la sua figura e, per la prima volta da quando la conosceva, la bandrui vide la bellezza dei tratti regali della creatura. I suoi occhi brillavano come smeraldi e i lunghissimi capelli erano acconciati in modo egregio da mani fatate ed esperte.

La melodia scelta era un'antica sonata che la bandrui non conosceva, ma lesse l'approvazione da parte di molta gente per la cornice romantica che lei e la sirena avevano progettato per pomeriggi interi.

Molti mormorii d'assenso furono bisbigliati nascosti dalle mani e tutti annuirono, speranzosi, che quello fosse l'inizio di una nuova vita felice per la coppia e per l'isola, quando la principessa arrivò di fronte al demone.

Girando il capo Galena non si stupì di vedere, in una delle ultime panche sul fondo, Juliet seduta accanto a Katherina, Ginevra e il marito.

Persino Artorius, che non aveva visto da quella notte, pareva più pacifico e a suo agio di come se lo ricordava, sebbene scorgerlo le diede i brividi.

La magia di Galena

Quell'atmosfera idilliaca rese orgogliosa la giovane che, appena Morvarid le passò vicino, sfoderò un enorme sorriso.

Tutto sarebbe andato nel migliore dei modi adesso che era arrivata la primavera, il sole avrebbe scacciato il malessere e la celidonia avrebbe portato loro la speranza di cui avevano bisogno.

Quello che Morvarid aveva scelto era, infatti, il giorno in cui l'inverno finiva e con esso il freddo, il gelo e il buio che era caduto sull'isola.

Alla fine il bene aveva vinto ed era arrivato il periodo della rinascita.

di Federica Martina

Capitolo Quarantaquattro
"La bilancia"

Non appena Morvarid arrivò accanto allo sposo, il suo viso si illuminò da uno splendente sorriso, bello quasi più di quanto lo fosse il suo vestito.
Galena, in un moto di emozioni travolgenti, per trattenere la commozione, cercò la mano dell'Alfa che trovò proprio accanto a sé.

Nell'esatto momento in cui le loro dita si intrecciarono, anche il tritone prese la mano della sua amata e la strinse con amore. I due novelli sposini si girarono per guardarsi negli occhi davanti a Balthazar che annuì, per poi rivolgersi alla platea con tono formale e deciso.

«Carissimi amici, abitanti dell'isola e miei amati famigliari oggi siamo tutti riuniti in questa splendida piazza per celebrare l'inizio di un nuovo ciclo, all'alba è sbocciata la primavera e con essa l'amore di questa meravigliosa coppia di innamorati...» il tono era gentile, come quello di un saggio nonno che parla ai nipotini.

Galena si agitava ansiosa. Per sua fortuna, accanto a lei, Sebastian la calmava con carezze lungo il braccio mentre, dietro di loro Victor, Mariah e Little Boyd tentavano di farla ridere con battute oscene e pettegolezzi degni delle migliori comari.

Appena Balthazar si fermò, Morvarid si voltò nella direzione della bandrui e annuì.

Il momento della ragazza era arrivato. Galena per l'emozione quasi saltò in piedi e con un paio di passi si avvicinò ai due sposi, posando sui loro capi le due corone di caprifoglio.

Quella di deporre dei diadimi sulla testa degli sposi era un'usanza dei popoli del mare, che usavano adornare i capi degli innamorati in procinto di unirsi in matrimonio con alghe e corallo. In quell'occasione, però, non disponevano di tali materiali, fin troppo deleteri, così Galena e Morvarid avevano studiato con particolare minuziosità le piante del grimorio e avevano optato per quella speciale pianta, unica per il suo significato: il caprifoglio, essendo un arbusto sempreverde, rappresentava un legame d'amore molto forte e di dedizione tra amanti.

Ora che i cerchietti di foglie erano stati deposti, Balthazar poté proseguire il suo discorso.

La sirena e il suo sposo, concentrati sulle parole del demone, voltavano le spalle ai presenti ma Galena. tornata al suo posto, intravedeva le labbra piegate all'insù dell'amica e, nel scorgere quel sorriso, si strinse ancora al fianco di Sebastian. I licantropi, alle loro spalle, iniziarono a prenderli in giro, punzecchiandoli.

Durò poco l'Alfa li zittì fulminandoli con lo sguardo.

«Ora che le corone d'amore dedicato con fervore sono state posate, continuiamo...» riprese. «Oggi, in veste di cerimoniere e di rappresentante di qualcuno che dall'alto muove i fili del nostro destino, sono qui davanti a voi per celebrare quest'unione di anime innamorate. Sì, miei cari, anime, perché di fronte a me non ho solo due giovani abitanti del popolo del mare, ma anche due cittadini dell'isola come molti tra di voi, soprattutto una ragazza meravigliosa, che tutti voi conoscete per la sua gentilezza e sincerità. Oggi, mia cara, hai il sorriso più bello di sempre e sono felice di vederti così. Non è certo un caso che sia io a celebrare la tua unione. Voltati, tesoro, guarda quanti amici hai qui, osserva come piangono commessi nel vederti così felice e radiosa».

di Federica Martina

Morvarid seguì le parole del demone e sbirciò da sopra la spalla le panche piene di gente vedendo che Galena ormai era un fiume di lacrime pronto a straripare. La sirena sorrise a tutti mentre, tra i banchi, si mischiavano risate compiaciute e commenti divertiti di approvazione.
«Tutto bene?» Sebastian si chinò verso la guancia della sua bandrui per assicurarsi delle sue condizioni.
Galena, con un nodo in gola, annuì senza rispondere o non si sarebbe trattenuta
«A volte la vita chi ha messo davanti a scelte difficili e situazioni scomode, la nostra sposina qui ne è la prova vivente. Ne hai passate davvero troppe, piccola mia, ma hai dimostrato di avere un cuore forte e puro» Balthazar ricominciò il suo discorso. «E cosa dire del suo sposo? Dico, signore, lo abbiamo guardato bene, prima di accasarlo?» una risata collettiva spezzo la tensione del discorso rallegrando il pubblico e la coppia di innamorati. «È poco che conosco Thorn, lo ammetto. Da vecchio demone quale sono non mi era mai capitato di scontrarmi con un tritone e, ora che ho avuto l'occasione di conoscerne uno non posso esimermi dal reputare il nostro sposo un vero giovane guerriero valoroso e possente; un uomo d'armi e dal coraggio indomito... non a caso ha solcato i sette mari per ritrovare la sua amata. Se non è una prova d'amore questa!».
Galena si fece sfuggire un singhiozzo e Sebastian le cinse le spalle. Quando la ragazza alzò gli occhi verso quelli del lupo, questi le baciò la punta del naso arrossato.
«Sei meravigliosa» le sussurrò piano, perché nessuno sentisse.
«Thorn, da quello che ho potuto vedere da quando sei venuto a Skye, posso confermare a chiunque me lo chiederà che sei un fedele figlio del mare e un forte soldato. Questo dimostra che non solo il popolo degli oceani, a cui appartenete, è abile con le armi ma anche sincero e leale verso noi terrestri»

La magia di Galena

quello era un commento molto politico, quasi a sancire che Skye approvava l'arrivo delle sirene e dei tritoni; molti infatti si erano aspettati che Dragan, il padre di Morvarid, facesse il suo ingresso per presenziare alla cerimonia, ma il silenzio che calò dopo le parole di Balthazar confermò il sospetto della giovane sposa e l'assenza del re.

Il demone cerimoniere si schiarì la voce, tornando a guardare i due giovani che attendevano il resto della cerimonia tradizionale, come avvenne.

I due sposi si scambiarono la promessa di amarsi in eterno, come il primo giorno e fino alla loro dipartita, Thorn regalò a Morvarid uno splendido monile di oricalco: la pietra dei reali; perché, come loro usanza, non si scambiavano anelli di metallo, ma oggetti che provenivano dal loro amato oceano.

La sirena diede al suo amato le chiavi della loro nuova casetta e, quando Balthazar riprese la parola, Galena aveva gli occhi che le bruciavano dal troppo piangere.

«Skye, vi presento Morvarid e Thorn dei mari dell'ovest» disse solenne. «Andate, bambini miei, costruite insieme la vostra nuova eternità qui su Skye e laggiù tra i flutti del mare che è la vostra casa! Come uomo, non posso che essere emozionato nel vedere che, su questa mia amata isola, si è creato un luogo così pacifico da permettere a due innamorati di fare una scelta simile. O meglio, sono davvero sconvolto che ci siamo due giovanotti così belli che abbiano scelto di vivere in mezzo a noi vecchie cariatidi» l'ennesima battuta scherzosa, strappò a tutte le più anziane creature dell'isola una risata.

Persino Mariah e Victor risero di gusto e Galena si voltò a osservarli. I due lupi, a differenza del solito, stavano vicini a parlottare tra loro invece che litigare.

«Come demone della vendetta e fratello del defunto Jeremya, sono qui per dirvi, miei cari, che l'equilibrio tra cielo e terra è fondamentale perché il nostro piccolo mondo magico continui a esistere, proprio come la bilancia del bene e del male

di Federica Martina

deve sempre avere entrambi i piatti sullo stesso piano per essere in equilibrio. Oggi ci troviamo in un momento in cui uno dei piatti pesa più dell'altro, ecco perché mi trovo qui con voi. Eppure, vedendo questi due innamorati così felici, non posso che sperare che il mio avvento sia inutile e che l'amore torni a scandire le ore senza che la vendetta e l'odio macchi questa terra. Il mio augurio finale non è solo per Morvarid e Thorn, ma per tutti voi, vi auguro la vita eterna e felice che tutti noi meritiamo».

Il silenzio dei grandi discorsi era calato sotto al gazebo. Quelle parole furono proclamate a voce alta e chiara e più di una volta lo sguardo del demone si posò sulla cognata che, vestita di nero, restava impassibile vicino alla sua banda di amici, per poi spostarsi a guardare Galena e sorridere. Il branco fremette quando Balthazar concluse e Sebastian strinse al fianco la sua amata.

«L'amore eterno è un dono preziosissimo che dura fino alla fine dei nostri giorni e io ve lo auguro con tutto il cuore, ragazzi miei» Balthazar sorrise «Ora dai un bel bacio alla tua sposa, Thorn!» e con quell'ultimo commento diede ai giovani il permesso di suggellare con uno sfioramento di labbra la loro unione mentre, dietro di loro, un applauso e un boato di congratulazioni per i novelli sposi.

La magia di Galena

Capitolo Quarantacinque
"Te lo avevo promesso"

Q uando Morvarid e Thorn si furono scambiati un casto bacio, tutti i presenti si avvicinarono per congratularsi con loro.
Tanti si complimentarono con i due giovani e con Balthazar per il bellissimo discorso e, nel caos festoso che si venne a creare, qualcuno si azzardò anche ad avvicinarsi al branco di licantropi, per dire a Galena quando fosse stata brava nell'organizzare tutto in così poco tempo.

La festa proseguì dentro al piccolo edificio adiacente alla piazza, dove le fate e gli elfi avevano organizzato un buffet per i presenti.

Fuori dal tendone, poco dopo, Morvarid radunò tutte le giovani dell'isola per il tradizionale lancio del bouquet: una piccola composizione di rose rosa chiaro ricevuta in regalo dall'amica Galena per quell'occasione.

La sirena quindi, mentre il suo sposo rideva, voltò le spalle alla folla e lanciò i fiori in aria.

Fu in quel momento che, davanti a Morvarid, comparse una sagoma trasparente e inquietante.

La bandrui si distrasse e non partecipò alla scena festosa; sentendo un brivido freddo scorrerle lungo la schiena notò, con orrore, che l'alone iniziava a ingrandirsi e a tremolare come la superficie d'acqua colpita da un sassolino, seguita poi da un odore di cardo selvatico che si diffuse nell'aria.

Su tutto il prato spuntarono cespugli di quella pianta infestante, che crebbero alti e spinosi in ogni direzione, quasi fossero vivi.

di Federica Martina

La sirena lanciò un urlo terrorizzato, cercando la sicurezza dell'abbraccio di Thorn, bloccata da una mano che le artigliò la gola.

Il panico divampò tra i presenti; solo Galena fu l'unica che comprese la verità di quell'apparizione nefasta portandosi le mani davanti alla bocca incapace di credere a quello che vedeva, troppo sciocata.

«Deavon!» le sfuggì dalle labbra con terrore.

Di fronte a loro l'immagine prese consistenza, diventando un corpo solido, avvolto in una tunica scura. In pochi istanti il demone finì la trasformazione, mostrando i capelli alle spalle del colore della pece e furenti occhi verdi.

«Ciao Galena, sorpresa di vedermi, tesoro?» il giovane la schernì, ignorando lo sgomento generale e rivolgendo un sorriso malvagio verso la bandrui.

Sebastian ringhiò, spingendola dietro di sé in mezzo al branco. Non appena Morvarid urlò, l'ex fidanzato di Galena fece la sua apparizione, sfoderando gli artigli e le zanne.

Thorn tentò di afferrare Morvarid, liberandola dalle grinfie del druido, ma venne subito immobilizzato dalle foglie acuminate del cardo.

«Oh avanti, non ditemi che davvero avete creduto a tutte quelle fesserie sull'amore, sulla felicità. Quella sciocchezza della bilancia, poi...» il mago oscuro scoppiò a ridere e, con un gesto della mano, fece crescere rampicanti attorno a tutti i presenti, bloccandoli in modo che nessuno potesse interrompere la sua comparsa.

Alcune radici crebbero fino a stringere le gole degli sventurati e molte foglie stritolarono i loro prigionieri ferendoli con le loro spine.

«Galena, amore, dì loro la verità. Digli come si finge di amare qualcuno per poi fuggire alla prima occasione, su...» le parole del ragazzo versavano veleno e crudeltà.

La magia di Galena

Galena si liberò dal branco e lo fronteggiò caparbia. Conosceva quel tipo fin da quando erano bambini, non aveva paura di lui.
«Lasciali andare, Deavon! Loro non c'entrano nulla. Io non ti ho mai amato, tu mi tenevi prigioniera!».
Deavon restò impassibile, i lineamenti eleganti e belli del suo volto vennero resi gelidi dalla malvagità e dalla magia nera che lo avvolgeva come un'aura.
«Te lo avevo promesso che saresti tornata da me strisciando! Adesso inginocchiati e supplicami per le loro insulse vite, sempre che ti interessi qualcosa di loro».
Deavon fece un gesto e i rampicanti crebbero fino a strangolare i due giovani sposi.
Anche Hopaline e Adamante erano prigionieri e si dimenavano per liberarsi, ferendosi nei tentativi di riprendere in mano la situazione.
Deavon però non aveva nessun interesse per i due regnanti; troppo concentrato su Galena, trascinò i due sposi davanti a lei per farle vedere meglio la loro sofferenza: i cardi che li tenevano prigionieri avevano scavato profonde ferite e lacerato i loro abiti. Prima che chiunque potesse sovvertire la loro sorte, i due sirenidi spalancarono le bocche in cerca di aria e caddero privi di vita, ingoiati in quell'intreccio di rami.
«No!» l'urlo sofferente della bandrui spezzò l'aria.
Galena tentò invano di salvare Morvarid, strappando i cardi che la separavano da lei e correndo al suo capezzale, fermata da Juliet che si fece avanti graffiandola con le sue unghie.
«Ti avevo avvertito, insulsa ragazzina: ora farai la fine che meriti!» furono le parole arroganti della succuba, subito accompagnata dalle risa di Katherina accanto a lei.
«Siete anche voi due inutili e stupide donne, non fatevi illusioni» disse il druido, alzando una mano verso di loro.

di Federica Martina

Le risate si interruppero di colpo nell'attimo in cui anche le due donne iniziarono a soffocare, stritolate dalle radici del cardo campestre, portandosi le mani al collo.

Sebastian colse l'occasione per scattare verso Galena e allontanarla il più possibile dalla minaccia del mago ma Deavon fu più veloce e lo fermò imprigionando Galena in un intrico di rampicanti.

«A cuccia cagnolino, non è ancora il tuo turno! Ho in mente qualcosa di speciale per il tuo branco di cani rognosi... vedrai».

Tutti i presenti erano già spaventati a dovere, mentre Juliet e Katherina soffocavano, morendo in modo lento e straziante davanti ai loro occhi, come poco prima era capitato per i due sposi.

Ginevra, poco lontano, si dimenava inferocita senza poter intervenire: anche lei era bloccata dal fiore misantropo.

«Che cosa vuoi?» Alla fine fu Hopaline che urlò la sua ira verso il druido in un ultimo tentativo di liberarsi.

Il mago inclinò la testa a quelle parole che non attirarono l'attenzione del giovane; si voltò a scrutare il fondo della sala, da dove stava avanzando il vero demone della vendetta, avvolto dalle rosse fiamme dell'inferno a cui apparteneva.

«Ora si che la festa è al completo!» ghignò.

Il calore che emanavano le fiamme che ricoprivano lo scheletro del demone carbonizzavano il cardo che gli impediva il passaggio dando così la libertà a un paio di creature. Balthazar camminò finché non fu abbastanza vicino alla regina delle fate per liberarla.

Lo sguardo che lanciò alla fata fu inequivocabile, ma l'attimo successivo il demone si girò ringhiando verso lo stregone facendo rabbrividire molta gente.

«Hopaline, allontanati...» furono le uniche parole che Zarathos le rivolse, per poi creare una palla di fuoco che lanciò verso il druido.

La magia di Galena

Il silenzio divenne palpabile e la paura per quello che sarebbe successo fece fuggire tutti quelli ancora liberi: il demone della vendetta non era certo famoso per la sua magnanimità e, in quel momento, era furioso.
Il fuoco carbonizzò quasi tutte le piante, ma cadde ben presto nel nulla, quando il contrattacco del druido le spense, alzando un muro invisibile di forza.
«Mi prendi per stupido, Balthazar? Quelle tre stupide oche mi hanno avvisato del tuo arrivo, patetico vecchio! Non c'è nulla che tu possa fare che io già non conosca e possa combattere ad armi pari» Deavon scoppiò a ridere e, senza nemmeno doverle toccare, recise con un colpo netto le teste di Juliet e Katherina per poi lanciarle in mezzo alla gente, privandole dell'ultimo alito di vita.
«La miglior fine per una spia, non trovi?» lo schernì Deavon.
Il demone guardò gli occhi spenti della cognata, tornando poi a osservare il druido.
«Mi hai appena dato la scusa per farti fare la stessa fine di quella donna, pivellino» disse a denti stretti.
In quel momento la sua attenzione fu catturata da Galena che, con gli occhi lucidi, cercava di strappare i rampicanti stretti attorno al suo collo.
Zarathos carbonizzò le radici che l'avvolgevano, liberandola.
A quel punto Hopaline chiamò a raccolta tutta la magia della natura, aiutata dagli elfi e dalle ninfe: un vento potente divelse dal terreno il gazebo sotto il quale si erano ritrovati, portando allo scoperto un cielo grigio pieno di nuvole nere, facendo alzare dei mulinelli sul terreno e tutto intorno alla fata.
«Siete ridicoli» Deavon scatenò lampi e tuoni, facendone cadere uno ai piedi della regina, che fu costretta a indietreggiare, con l'orlo del vestito bruciacchiato.

di Federica Martina

La magia bianca pareva insufficiente di fronte a quella del druido nero, tanto quanto quella del demone; ma Balthazar non si arrese e scagliò un'altra palla di fuoco verso il druido, per indebolirlo, ottenendo, come risultato, un suo sorriso.

«Adesso basta, mi avete annoiato! Avete un'ora esatta per portarmi quello che voglio» Deavon guardò Galena sorridendo e, imprigionandola con la magia, le si avvicinò per accarezzarle i capelli con una mano elegante. «Su tesoro! Dì loro dove tieni il mio grimorio, io voglio quello che mi spetta!».

La bandrui, in lacrime, si voltò in cerca di Sebastian. Il licantropo si dimenò, cercando di attaccare il giovane, ma venne scagliato contro il suo branco da una forza invisibile, che partiva dal giovane mago.

«Me la pagherai cara, verme! Approfittarti della mia donna non ti salverà» ringhiò.

«Tu la chiami innocente, lupo ignorante! Tu non sai chi è lei, vero?» Deavon al commento del licantropo scattò come se fosse stato punto da una freccia avvelenata.

Fu allora che tutti videro un sorriso spuntare sul viso contorto dalla rabbia, il sorriso più spietato che avessero mai visto.

«Tu davvero non lo sai» scoppiò a ridere, voltandosi verso la folla allargando le braccia. «Bene inutili creature, avete un'ora di tempo per portarmi il libro o inizierò a uccidere a caso uno di voi».

Capitolo Quarantasei
"L'ultima pagina del libro"

L'ora che Deavon gli concesse, parve non trascorrere mai. Nel piccolo spiazzo dov'era stato allestito il tendone per celebrare il matrimonio di Morvarid, non restava che il branco di lupi con Sebastian tenuto fermo su una panca da Victor e Mariah, insieme a Balthazar e Hopaline.

Tutti quanti fissavano il druido che, dopo aver dato l'ultimatum, si era seduto con estrema naturalezza su un trono, fatto comparire poco prima, per mettersi a giocherellare con i rampicanti che tenevano prigioniera Galena.

Ogni tanto, per divertimento, li faceva stringere in modo che la giovane urlasse dal dolore, o faceva sì che la graffiassero strappandole il vestito; le spine erano acuminate come zanne e si intrecciavano come tentacoli ai suoi arti.

Galena, stremata, non aveva più lacrime da versare; odiava con tutta se stessa il druido, ma era decisa a non dargli la soddisfazione di dirglielo.

Ogni volta che lei singhiozzava, Sebastian tentava di aggredire Deavon, mentre questo lo colpiva con la magia per metterlo al tappeto.

Alcune spine le si erano conficcate nella pelle lasciandole dolorosi graffi ma, la cosa che le faceva più male, era vedere i quattro cadaveri lasciati a terra in posizioni scomposte.

Morvarid e Thorn erano ai piedi dell'altare, liberi dai rampicanti che si erano dissolti alla loro morte e adesso giacevano come bambole rotte sul tappeto; i corpi di Juliet e Katherina, invece, si trovavano vicino ai suoi piedi, riverse in

di Federica Martina

due pozze di sangue. Galea evitava con cura di guardare nella direzione in cui erano rotolate le loro teste, creando uno spettacolo orripilante, che non poteva tollerare, sebbene le disprezzasse.

Il silenzio regnava da troppo tempo attorno a loro, quando i piccoli passi di Peppermint si avvicinarono al tappeto rosso che andava fino all'altare. Tutti lo sentirono arrivare poiché il nano non fece nulla per farlo in silenzio.

«Era ora che qualcuno si decidesse a farsi vedere» Deavon era un tipo a cui non piaceva per niente aspettare.

Galena guardò il piccolo nano procedere nella loro direzione, il volto contrito e lo sguardo basso. Lontano, oltre la strada, vide parecchia gente osservare la scena spaventati e preoccupati, primo tra tutti l'elfo innamorato del nano.

«L'ho fatto solo perché devo tanto a lei» disse Peppermint indicando Galena con il mento. «Ho paura per il mio amato, non certo perché mi spaventi, ragazzino» precisò posando il grimorio in terra a circa tre metri dal druido e dandogli un calcio che lo fece scivolare fino ai piedi dello stregone.

Il druido non si chinò a raccoglierlo ma lo sollevò con la magia, lasciando che l'antico tomo si aprisse e andasse alla pagina scelta. Il grimorio ubbidì al suo volere, dopo aver tremato in segno di protesta, aprendosi all'ultima pagina.

Tutti videro le scintille che emanò il libro e le piccole creste a dimostrazione che la pagina in questione era stata strappata; al suo posto capeggiava il rametto di lauro disegnato, testimone del trionfo di chi giungeva alla conclusione di quell'antico volume.

«Cosa significa?! Dov'è l'ultima pagina?» Deavon sbottò inferocito verso la bandrui, molto alterato.

«Non c'è! Il grimorio mi è stato dato in eredità da mia madre ma, essendo lei ancora in vita, la sua eredità si sarebbe completata alla sua morte. Ciò significa che quella pagina non si unirà al libro finché lei è viva».

La magia di Galena

I presenti restarono immobili e incuriositi.

«Non dovrebbe essere un problema, mia cara, ho già risolto questo piccolo inconveniente prima di venire qui a riscuotere ciò che mi spetta».

Galena spalancò gli occhi, comprendendo le parole del druido. Se sua madre era morta, lo era di sicuro anche sua nonna e questo poteva dire solo un'unica cosa: Deavon aveva perso del tutto la testa.

«Tu... tu le hai uccise?» balbettò sconvolta, mentre Deavon scoppiava a ridere alla sua espressione sconcertata.

«Oh, avanti non fare la piccola orfana. La cara nonnina era fin troppo vecchia per poter competere con la mia magia e tua madre troppo stupida per capire quanto io fossi potente» con un piccolo gesto della sua mano i rampicanti di cardo tornarono a crescere minacciosi, intrecciandosi alle piante di lauro per costruire sbarre impenetrabili in cui rinchiuderli. «E tu sei così incapace da non esserti accorta che io ero sempre stato qui a controllarti» concluse, afferrando il libro.

«Sei un mostro!» urlò Galena, mentre il lauro li rinchiudeva in una enorme gabbia dalle sbarre alte come querce.

di Federica Martina

Capitolo Quarantasette
"Alla fine la pace"

La nonna e la madre della bandrui erano morte. La famiglia di Galena era stata sterminata dalla voglia di potere di Deavon e lei era l'ultima persona che lo separava dal potere del grimorio.

Galena venne soffocata dal panico a quella consapevolezza.

Le due donne a cui era legata e che amava più della sua stessa vita avevano oltrepassato il velo dell'esistenza ultraterrena ed era solo colpa sua.

Le lacrime le appannarono la vista ma, questa volta, erano per il dolore che le squarciava il petto: non voleva dimostrare di essere debole e di lasciarsi sopraffare dal pianto ogni volta che veniva colpita, ma loro erano la sua famiglia.

Quando un singhiozzo le sfuggì Sebastian ringhiò furioso e, né Victor né la magia di Deavon, riuscirono ad arginare la sua rabbia. La gabbia, per fortuna, trattenne la bestia che fremeva per uscire nonostante qualche spranga si spezzò sotto le unghie del lupo.

«Apri queste sbarre. Se davvero hai il potere che dici, affrontami da uomo» lo aggredì.

«Trattieni i tuoi cani o...» Deavon rivolse a Galena un'occhiata di fuoco.

La giovane non si fece nessuno scrupolo a sfidarlo, nonostante gli occhi arrossati dal pianto.

«Lui non è un cane! È il mio fidanzato, io lo amo, Deavon. Tutta questa tua messinscena è inutile tanto quanto i tuoi ridicoli poteri. Questa è un'isola di creature magiche, la tua magia nera non spaventa nessuno, guardati intorno...» dal

La magia di Galena

fondo del suo animo sentì crescere una fiammella che l'aiutò ad affrontare il giovane druido impazzito. «Credi davvero di essere la persona più potente in questa piazza?» lo istigò indicando il gruppo di abitanti che si erano radunati attorno a loro, tenendosi a debita distanza. «Osservali: se si unissero, chi credi avrebbe la meglio? Tu, un solo druido o tutti loro messi insieme?».

Quelle sue parole fecero breccia nella sicurezza del druido perché, per un secondo, i suoi occhi scrutarono lo spiazzo con una luce diversa da quella di sfrontata arroganza che aveva mantenuto fino a quel momento.

Balthazar, imprigionato nella gabbia insieme al branco, cercò la regina delle fate, bisbigliandole qualcosa che nessuno comprese.

«Sì, hai ragione. Se lei è davvero chi dice di essere e le due donne sono morte, vuol dire che è l'ultimo ramo fertile della progenie di Lirhon e quindi ne detiene il pieno potere...» questo lo udirono quasi tutti i presenti, ma solo Galena ne colse il significato nascosto.

I due conoscevano la fama della sua famiglia. Quando Hopaline lo ebbe confermato al demone della vendetta, quest'ultimo annuì rivolgendo uno sguardo a Sebastian che osservava la scena attorno a sé, confuso e ancora arrabbiato.

«Galena...» Balthazar per parlare con la bandrui tornò nella sua forma umana e le si avvicinò come un saggio vecchietto. «Hopaline sostiene che tu sei l'ultima discendente di Lirhon...».

«Questo è quello che mi ha sempre raccontato mia nonna» confermò la giovane.

«Allora lui non deve temere nessuno degli abitanti di quest'isola... deve aver paura solo di te, bocciolo di rosa» il demone le sorrise e le sfiorò un braccio con una carezza.

«Allontanati da lei!» protestò Deavon, lanciando una palla di energia verso il demone, che cadde all'indietro.

di Federica Martina

«Vedi, lui lo sa che, per avere il potere, prima deve uccidere te... Concentrati, ascolta la forza che ti scorre nel sangue e trasformala nella potenza della natura che conosci da tutta la vita. Piega la magia al tuo volere, puoi farlo!» Balthazar le si rivolse con il respiro corto, ma con severa determinazione.

«Chiudi la bocca, vecchio!» Deavon lo minacciò con la voce rotta dalla rabbia.

In quell'istante Galena lo capì: se qualcuno poteva fermare quel druido impazzito, adesso, quella era lei, perché il grimorio le aveva insegnato la magia buona e l'amore per la natura.

Deavon lanciò un'altra bolla di energia per zittire il demone e intimorire i presenti, ma non fece in tempo: le maglie della magia iniziarono a indebolirsi e la fatica di tutta quella che aveva usato stava per farsi sentire.

Galena approfittò di quel momento per cercare la mano di Sebastian, trovandola poco distante. Rassicurata da quel contatto, chiuse gli occhi e si concentrò.

Deavon fece tremare i rami che li ingabbiavano ma lei non si mosse, seguendo il consiglio del demone cercò dentro di sé la potenza dei suoi avi e la riportò pian piano in superficie finché la magia non si palesò come un pizzicore sulla punta delle dita.

«Continua così, Galena, ci sei quasi... ancora un piccolo sforzo!» la spronò Hopaline.

Alla fine la forza della natura la percorse dai piedi fino alla punta delle dita, come un fiume in piena.

Quando capì di riuscire a controllare quel potere, la giovane lo canalizzò nelle mani; ora che sapeva di dover sfruttare quel dono ereditato dei suoi avi, fece svanire le altre sbarre di lauro e le radici del cardo che ancora trattenevano in prigionia lei e i suoi amici.

Subito deviò il potere verso il druido, puntando i suoi occhi verdi sul viso sconvolto del mago.

La magia di Galena

Deavon la guardava con il viso scarlatto per la rabbia furente, gli occhi spalancati, le mani gli tremavano dal nervosismo che aveva trattenuto troppo a lungo.

«Non è a te che deve andare il potere, sei solo una donna! Quel potere è mio! Dammelo!» il delirio folle del giovane stregone lo agitò e, dalla foga, si graffiò gli arti rivelando tutta la sua malsana allucinazione. «Me lo sono meritato, ho servito tua nonna e tua madre per decenni. Io, non tu, la cocca di casa! È a me che tocca, non a te! A me! A me! A me...» Deavon continuava a urlare agitando le mani e tendendo il collo verso l'alto.

Galena tirò le labbra in un sorriso pregno di tristezza.

«Sei sempre stato cieco alla verità, Deavon! È per questo che non ha funzionato tra noi. Le continue bugie e la tua sete di potere non avrebbero mai dato a noi due un futuro insieme» gli rispose, ma il druido ormai era troppo fuori di sé per ascoltare. Dopo quelle parole la bandrui si diresse verso Sebastian e gli strinse la mano. «Per lo stesso motivo mia madre mi ha nascosto l'ultima pagina del grimorio. Lei ha sempre saputo che tu l'avresti pretesa.» Solo quando sentì il palmo caldo del licantropo contro il suo, si tranquillizzò del tutto. «Mi dispiace averti mentito, Sebastian» gli disse, mentre percepiva anche da quella piccola distanza il battito del suo cuore forte e coraggioso e il calore del suo corpo rassicurante.

«Non mi importa chi erano tua madre e tua nonna, Galena. Io mi sono innamorato di te, non dei tuoi antenati» le sussurrò. «E poi, se sei qui, non è certo perché sei figlia di una semplice erborista» le mormorò, dopo averle fatto l'occhiolino.

Galena, emozionata, lo guardò colma d'amore.

Fu il turno della regina delle fate. Hopaline voleva ringraziarla e lo fece accostandosi e accarezzandole una spalla. I graffi che le deturpavano la pelle sparirono come neve baciata dal sole primaverile.

di Federica Martina

«Ora che conosci la verità e possiedi il potere della tua famiglia, Galena, dovrai decidere la punizione per questo druido» le disse la fata. «Cosa dice il tuo grimorio per i traditori e i folli?».

Galena osservò gli abitanti dell'isola che poco alla volta si avvicinavano alla scena, incuriositi.

Lei non era mai stata una ragazza vendicativa o crudele e non voleva usare la saggezza di Lirhon per punire qualcuno, così cercò, tra gli sguardi dei presenti, la risposta a quella domanda. Solo quando il suo sguardo cadde sui corpi freddi e contorti di Morvarid e Thorn seppe cosa doveva fare.

«Skye ha bisogno di pace e di un monito per il futuro» asserì. «Non voglio usare la mia magia per atti malefici o brutali, ma Deavon ha fatto troppo male e Skye non può dimenticare. Ha usato la natura per i suoi fini malvagi e lei rivuole indietro ciò che le appartiene».

Attingendo alla sua nuova forza, la bandrui usò l'unico cespuglietto di fiori che restava arzillo sul prato: un gruppetto di tife che stavano per sbocciare nei loro steli sottili e flessuosi.

La tifa, come simbolo di pace, sarebbe stata il miglior monumento al ricordo.

Da esse partirono radici simili agli stessi rampicanti che Deavon aveva scatenato contro di loro, ma più forti, spessi e contorti.

Sebbene il giovane tentò la fuga, venne raggiunto e avvolto in un intrico di tralicci che ricoprirono il suo corpo. Le urla che riempirono l'aria spaventarono le piccole fate, ma cessarono in breve tempo mentre tutti videro il tronco di radici indurirsi come marmo inghiottendo, in quel modo, il druido che divenne parte integrante del tronco cresciuto in mezzo al prato.

Balthazar esplose in una sonora risata.

«Bell'idea!» disse, avvicinandosi al branco e alla giovane. «Mio fratello ha lasciato a te l'isola, piccola streghetta, cosa farai adesso?».

La magia di Galena

Tutti puntarono lo sguardo su Galena, che avvampò.
«Oh no! Io non sono portata al comando. Se Hopaline e Adamante sono d'accordo lascerei a te l'eredità di Jeremya, finché non troveremo qualcuno che voglia prendersi l'incarico».

A quelle parole Sebastian l'avvolse in un abbraccio, mentre Balthazar si voltava verso i due regnanti che annuirono all'unisono.

«Ah, accidenti, ragazza! E io che pensavo di venire qui in villeggiatura!» scherzò il demone, strappando un altro momento di risate ai presenti e a qualche curioso. «Ma se proprio dovrò assumermi quest'onore, tu, Galena, dovrai essere il mio vice. Non si discute!» e nel dirlo fece la linguaccia alla ragazza che scoppiò a ridere.

«Così sia! Skye ha bisogno tanto di te con la tua saggezza, che di me con i miei fiori, sperando che torni la calma e la pace».

di Federica Martina

Capitolo Quarantotto
"La fine è solo un nuovo inizio"

Ora che Balthazar era il sindaco e Galena la sua vice, per approvazione generale, tutti degli invitati tornarono sul prato devastato dell'attacco. Molti di loro avevano gli occhi arrossati dal pianto; quasi tutti si stringevano l'uno con l'altro in cerca di conforto e coraggio.

Ognuno guardava, con occhi bassi colmi di tristezza, lo scempio che si era creato sulla piccola e bella piazzetta e, poco a poco, si radunarono attorno ai quattro corpi che giacevano in terra.

Qualche anima coraggiosa aveva raccolto le teste di Juliet e Katherina per adagiarle accanto ai corpi, qualcun altro aveva deposto due grosse tovaglie sui corpi per coprirli alla vista dei più impressionabili, attendendo che venisse loro detto cosa fare.

Peppermint fu il primo a chiedere perdono a Galena. Il piccolo nano, dalle gambette contorte e il viso scurito dalla polvere di carbone, s'inginocchiò ai piedi della bandrui e, chinato il capo, appoggiò il cappello di lana rosso vivo sul torace.

«Vi chiedo perdono, mia signora» mormorò.

Galena non sapeva cosa rispondere al nano, per sua fortuna le venne in aiuto Hopaline.

«Peppermint, il popolo dei nani è sempre stato fedele a Jeremya, a noi fate e, mi pare di intendere che tu sia molto amico anche di Galena. Su alzati, non devi prostrarti, non ce n'è alcun bisogno. Il tuo comportamento è stato dettato

La magia di Galena

dall'amore sincero che nutri per il tuo elfo, non certo per malvagità».

A quelle parole Hypswich si avvicinò e prese la mano del suo piccolo innamorato. Sia la fata che Galena non riuscirono a trattenere un sorriso, nel vedere l'elfo così sorridente.

«Te lo dissi la prima volta che ti incontrai, Peppermint, te lo ripeto oggi: l'amore è amore in ogni sua forma, purché sia sincero. E poi, non dovevamo darci del tu?» lo rassicurò la bandrui a quel punto, vedendolo un po' incerto nel mostrare l'affetto che provava per l'eterea figura che gli stava accanto.

«Grazie Galena. Il tuo benestare davanti ai nostri rappresentanti ti rende onore e giustizia, come la creatura più amata dell'isola. La degna rappresentate di lealtà che sei».

Quando i due si allontanarono, molte altre creature vennero a salutare e rivolgere la loro fedeltà al demone e alla giovane.

Qualcuno si presentò in forma umana, altri preferirono comparire con il loro aspetto magico. Tutti, nessuno escluso, misero in dubbio la posizione di potere che era stata assegnata a Balthazar e a Galena; nemmeno Adamante, famoso per il suo carattere poco avvezzo alle concessioni, protestò, apparendo soddisfatto.

Quando il baccano si placò e tutti gli abitanti stavano per ritornare alle loro abitudini quotidiane, Sebastian ne approfittò per prendere la sua amata e portarla in un luogo un po' più intimo e riparato.

«Che succede?» domandò la giovane.

«Ti prego, vieni con me... vorrei chiederti una cosa prima che questo baldacchino venga distrutto del tutto» le mormorò, tirandola piano per un polso.

Galena lo seguì perplessa, finché il lupo non fece un segno a Victor che radunò il branco a formare un semicerchio.

Il loro allontanarsi non passò inosservato tanto che, nonostante stessero parlando con Hopaline e Balthazar, più di un abitante di Skye occhieggiò la situazione con curiosità.

di Federica Martina

Il clamore si fece meno insistente finché, dopo un paio di secondi di incertezza, la curiosità ebbe la meglio e divenne solo un basso brusio; molti si radunarono sul bordo della piazza, dove rimaneva ancora qualche brandello del tappeto rosso che portava all'altare centrale.

«Capo, è tutto pronto...» bisbigliò Victor all'orecchio dell'Alfa che, invece di parlare con Galena, le fece segno di restare immobile dov'era.

«Grazie Victor» disse, dando un bacio sulle labbra alla ragazza. «Resta ferma qui un momento, ok?».

Sempre più incuriosita da tanta segretezza e mistero, la bandrui seguì con lo sguardo il lupo che corse fino al cospetto della regina delle fate, inchinandosi davanti a lei in segno di rispetto.

Quell'atteggiamento le fece aggrottare la fronte ma, nemmeno un'occhiata a Mariah, le rivelò l'intento dell'Alpha.

Il licantropo scambiò una manciata di parole con Hopaline, tornando da lei dopo meno di un minuto, con un grosso sorriso dipinto sul volto.

Le fate, mentre lei era distratta dal suo innamorato, si sparsero per tutto il prato e, quando Sebastian prese le mani di Galena nelle sue, sul piccolo giardino devastato calò il silenzio.

Con lentezza appoggiò il ginocchio destro a terra, alzando il viso per guardare Galena negli occhi. Quando la bandrui capì venne colta dalle palpitazioni e si portò una mano davanti alla bocca.

«Sebastian?».

«Aspetta un secondo, per favore... devo chiederti una cosa» le ripeté, ma la ragazza aveva un forte sospetto su quale poteva essere la domanda e, a fatica, stava trattenendo altre lacrime d'emozione.

Con un sospiro di coraggio Galena annuì e, sebbene non lo volesse, le vennero gli occhi lucidi.

La magia di Galena

Dal cielo cominciarono a piovere petali di rosa rossa su tutti i presenti alla scena mentre piccole bolle luminose si sollevarono dai cespugli di rose che stavano sbocciando sul prato.
«Galena figlia di Lirhon e di Cahen...» appena Sebastian cominciò a parlare il silenzio divenne assordante. Il lupo fece una pausa a effetto, porgendole un mazzolino di tre boccioli di rosa rossa che teneva nascosti dietro la schiena. «La natura ti ha portata su quest'isola e nella mia vita. Ci ha messo alla prova con mille peripezie, ma le abbiamo superate, imparando a farlo insieme. Ora che la pace è tornata a Skye, che il male è finito e che la primavera sta per sbocciare, vuoi compiere un'altra magia e diventare la mia compagna per la vita?».
Appena il lupo finì la frase un'ovazione di applausi scoppiò tra la folla, comprendo la risposta che si perse nel frastuono.
Alla fine Galena fece alzare Sebastian per abbracciarlo, prima di dirgli il sì che il lupo desiderava tanto sentire, suggellando poi la proposta con un bacio, davanti alla regina, al demone e a tutta l'isola.
La magia nera e la sua malvagità erano state sconfitte. L'amore era tornato e a Skye si doveva preparare a un altro grande matrimonio.
La fine dell'inverno e del male volavano via, in favore di un nuovo risveglio, di un nuovo felice inizio.

FINE.

di Federica Martina

Fiori
Usati e significato, in ordine alfabetico

1. **Agrifoglio:** felicità famigliare
2. **Alloro:** gloria e successo
3. **Amello:** addio
4. **Anemone:** sentimento effimero
5. **Begonia:** fai attenzione
6. **Bella D'Irlanda:** Buona fortuna
7. **Calendula:** dispiacere, crudeltà, dolore
8. **Camelia Bianca:** ammirazione
9. **Camelia Rosa:** mi manchi
10. **Camelia Rossa:** passione
11. **Caprifoglio:** dedizione legame d'amore
12. **Cardo campestre:** misantropia
13. **Celidonia:** gioie future
14. **Cisto:** popolarità
15. **Crisantemo:** dolore
16. **Crodo:** i miei giorni migliori sono finiti
17. **Dafne:** non ti vorrei in nessun altro modo
18. **Dalia:** riconoscenza
19. **Datura:** ipocrisia
20. **Digitale:** menzogna, falsità
21. **Erba ghiaccio:** il tuo sguardo mi raggela
22. **Erica:** protezione
23. **Felce** fiducia
24. **Fiordaliso:** primo amore
25. **Fiore d'arancio:** la tua bellezza e pari alla tua purezza
26. **Fiore di Loto:** crescita spirituale, resurrezione,

La magia di Galena

consapevolezza della propria natura e della propria forza e capacità di non farsi contaminare dalle "lordure" di questo mondo

27. **Fritillaria:** persecuzione
28. **Giglio:** Maestà
29. **Girasole:** allegria
30. **Ibisco:** bellezza precaria
31. **Iris:** ardo di passione per te
32. **Kockia:** dichiarazione di guerra
33. **Lauro:** gloria, trionfo
34. **Mirto fiore:** amore tradito
35. **Olmaria:** inutilità
36. **Orchidea:** grazie per esserti concessa
37. **Ortensia:** freddezza, rigidità
38. **Papavero.** oblio
39. **Potentilla:** figlia prediletta
40. **Pratolina:** ci penserò
41. **Primula:** incostanza
42. **Rosa arancione:** desiderio
43. **Rosa bianca:** purezza
44. **Rosa gialla:** gelosia
45. **Rosa rossa:** amore e passione
46. **Sambuco:** tradimento
47. **Stella alpina:** coraggio
48. **Tifa:** pace
49. **Verbena:** incantesimo
50. **Vilucchio:** speranza svanita, tenebre

di Federica Martina

Ringraziamenti

Da quando ho avuto l'idea iniziale per scrivere questo fantasy, la storia ha avuto un'evoluzione lunga anni.

Vi risparmierò dettagli noiosi, ma se questa storia ha la citazione da "*La Bohéme*" al suo interno è tutto merito di *Ylenia* e *Fernanda* e il loro *Pandemonio*.

Dopo di che sono passati almeno due anni prima che io riprendessi in mano la storia di Galena. Mi aveva colpito così tanto l'apprezzamento che chi la aveva letta mi aveva dimostrato, che volli provare a renderla più viva.

Qui devo ringraziare *Lara, Daniela e Alessia* che mi hanno dato una mano enorme, insieme a *Light*s che all'epoca mi fece un sacco di belle immagini su ogni personaggio. E non scherzo, l'ha fatti davvero, li ho ancora tutti.

Alla fine di quella seconda riscrittura Galena era cambiata da mia piccola idea traballante a una vera storiella da sito amatoriale, ma ovviamente a me non bastava.

Sono tantissime oltre a quelle qui citate le persone che devo ringraziare, perché la seconda versione è piaciuta tantissimo e ha riscosso il successo sufficiente da farmi venire voglia di riprenderla in mano e farne quello che avete appena letto.

Se siete arrivate a leggere fin qui e non avete ancora buttato questa storia nel cestino, siete diventate a pieno titolo delle abitanti di Skye.

Tornando al presente però c'è un piccolo gruppo che non posso proprio esimermi di citare in questi ringraziamenti sono le persone che hanno popolano i miei ultimi giorni su questa storia, quelle che si sono sacrificate a farmi da spalla durante la lunga e faticosa correzione e che giorno dopo giorno c'erano

La magia di Galena

mentre io impazzivo in mezzo alle righe: *Flavia, Marika, Siro, Elira* e *Ailene*.

Non sarà una riga scritta in fondo a questa storia a darvi il giusto merito per quello che avete fatto per me, ma prima o poi riuscirò a sdebitarmi a dovere.

Chiunque voi siate, qualsiasi cosa abbiate fatto per rendere vera Galena:

GRAZIE!

di Federica Martina

Indice

Prologo..5
Capitolo Uno..10
Capitolo Due..13
Capitolo Tre...19
Capitolo Quattro..24
Capitolo Cinque...29
Capitolo Sei...35
Capitolo Sette..41
Capitolo Otto...46
Capitolo Nove..51
Capitolo Dieci..57
Capitolo Undici..62
Capitolo Dodici..69
Capitolo Tredici...75
Capitolo Quattordici...80
Capitolo Quindici...85
Capitolo Sedici...90
Capitolo Diciassette...95
Capitolo Diciotto..102
Capitolo Diciannove...107
Capitolo Venti..112
Capitolo Ventuno...117
Capitolo Ventidue..123
Capitolo Ventitré..128
Capitolo Ventiquattro...134
Capitolo Venticinque..140
Capitolo Ventisei..145
Capitolo Ventisette..150
Capitolo Ventotto...156
Capitolo Ventinove...161

La magia di Galena

Capitolo Trenta 167
Capitolo Trentuno 172
Capitolo Trentadue 178
Capitolo Trentatré 184
Capitolo Trentaquattro 189
Capitolo Trentacinque 194
Capitolo Trentasei 201
Capitolo Trentasette 208
Capitolo Trentotto 213
Capitolo Trentanove 217
Capitolo Quaranta 222
Capitolo Quarantuno 227
Capitolo Quarantadue 232
Capitolo Quarantatré 238
Capitolo Quarantaquattro 243
Capitolo Quarantacinque 248
Capitolo Quarantasei 254
Capitolo Quarantasette 257
Capitolo Quarantotto 263
Fiori 267
Ringraziamenti 269

Printed in Great Britain
by Amazon